왜 하필
교도관이야?

편견을 교정하는 어느 직장인 이야기

왜 하필
교도관이야?

장선숙 지음

예미

차례

세상을 잇는 사다리

담장 안 사람들

담장을 허물다

대한민국 전체가 환합니다

나태주 시인

몇 해 전의 일입니다. 조금은 특별한 기관, 특별한 사람한테서 강의 청탁이 왔습니다. 서울 성동구치소에 근무하는 장선숙 교감이란 분(여기서 교감은 학교의 교감이 아니고 교도관의 계급으로서 교감입니다). 장선숙 교감은 본래는 교위였는데 교정대상을 받아 한 계급 특진한 분이라고 합니다. 나중에 알게 된 일이지만 법무부 산하 교도소나 동종의 기관 사람들이 훤히 알고 있는 유명한 사람이었습니다.

강의하기로 된 날은 매우 추운 겨울날이었습니다. 힘들게 찾아간 성동구치소. 가끔 교도소 같은 데에 가기는 하지만 구치소 역시 죄지은 사람들을 다루는 공간이라 으스스하고 마음이 많이 불편했습니다. 가능하면 피하고 싶은 공간이지요. 나 자신 죄를 지어서 구치소에 온 그런 기분이 십분 들거든요. 어쨌든 특별한 날이었습니다.

강의실을 찾아가는 길은 매우 까다롭고 힘든 절차를 거쳐야 했고 강의실 역시 맨 마지막 그 어디쯤에 있었습니다. 나는 선뜻 내 강의를 듣겠다는 사람들을 바라볼 수가 없습니다. 들어가면서 뒷모습만 대충 본 뒤 장선숙 교감의 안내대로 오른쪽 벽 쪽으로 가서 벽 위에 붙여놓은 시화 작품을 찬찬히 읽어보면서 앞쪽으로 나아갔습니다.

　시화 작품은 그날 내 강의를 듣기 위해 모인 사람들이 미리 만들어놓은 것들이었습니다. 그것들을 살피면서 나는 천천히 마음이 젖어갔습니다. 수감자들의 마음과 내 마음이 맞닿은 것입니다. 놀랍게도 그들의 작품 속엔 공통된 주제와 정서가 흐르고 있었습니다. 그것은 낙원 회귀의 소망이었습니다. 다만 가난한 밥상이 있고 밝은 불이 켜져 있는 조그만 방, 초라한 지붕의 집이 그들이 그리는 마음의 원점이었습니다. 돌아가고 싶다, 돌아가고 싶다 하고 말하는 사람들의 음성이 들리는 듯싶었습니다.

　나는 아릿한 마음을 안고 그들 앞에 서서 장장 두 시간 동안 이야기를 했습니다. 강의가 끝난 뒤에도 그들은 나를 놓아주지 않고 이런저런 이야기를 묻고 또 묻고 했습니다. 결코 그들은 학식이 높은 사람들도 아니고 문학 지망의 사람들도 아닌 보통의 사람들인데 그날은 그렇게 열성적으로 나에게 다가왔습니다.

실상 그 자체가 감동이었습니다. 아닙니다. 이런 힘든 처지에 있는 사람들을 진정으로 이해하고 도우면서 살펴주는 장선숙이란 사람이 새롭게 커다랗게 보였습니다. 아, 여기 세상의 한 의인이 있다. 이 사람을 보라. 크게 외치고 싶은 마음이 들었습니다. 죄는 밉지만 사람은 미워하지 말라는 옛날 어른들 말씀이 있습니다. 이런 말을 가장 잘 실천하고 있는 사람이 장선숙 교감이 아닌가 싶었습니다.

그런 만남이 있은 뒤로 우리는 여러 차례 이런저런 자리에서 만나는 사람들이 되었습니다. 귀한 인연이 새롭게 생긴 것이지요. 우선 그녀는 본성이 지극히 선량하고 솔직하며 한편으로 성실하고 근면하며 세상을 될수록 긍정적으로 보고자 노력하는 사람입니다. 그 가슴 속에 에너지가 넘쳐나는 사람이기도 합니다. 자신을 세우는 동시에 남을 세워주고 싶어 하는 의로운 사람입니다.

그 어려운 직장 생활을 하면서 그는 그동안 박사학위를 떠억 받고서 내 앞에 박사학위 논문을 내어놓기도 했습니다. 여자이기는 하지만 남자입니다. 여자 가운데서도 마음이 넓고 깊은 엄마 같은 큰누이 같은 여자입니다. 나 같은 사람은 안아주기도 버거운 여자입니다. 차라리 안겨보고 싶은 여자입니다.

아, 세상에 이런 여자분이, 여자 공무원이 있다는 것은 그것 자체만으로 얼마나 다행스런 일이고 고마운 일인가! 장선숙 한 사람으로 해서 대한민국 전체가 편안해지고 환해지는 느낌입니다. 그렇다면 그 모질도록 추운 날 내가 잠시 구치소 수감자가 되어 진짜 수감자들과 함께 한 그 시간은 매우 소중한 시간이라고 할 수 있겠습니다.

박사 공부도 모자라 이번에는 책을 낸다 합니다. 만류할 일이 아닙니다. 그동안 하고 싶은 이야기, 참았던 사연들이 얼마나 많겠습니까. 그것들을 차례로 쏟아 놓을 모양입니다. 아무리 질그릇이라도 보석이 쌓이면 보석함입니다. 그의 귀한 이야기가 모이면 귀한 책이 될 것입니다. 어지러운 세상을 건지는 방편이 될 것이고 힘든 인생을 함께 건디는 안내가 될 것입니다.

당신의 조그만 불씨를 믿습니다. 당신의 조그만 샘물을 사랑합니다. 당신의 힘겨운 온기를 아낍니다. 바라고 비노니, 지금만 그런 것이 아니라 나중까지 아주 나중까지 그렇게 할 줄을 믿습니다. 그날에 더욱 아름다워지고 환해진 당신의 모습을 보기를 원합니다.

장선숙 파이팅! 나에게는 예쁘기만 한 누이여. 내 그대의 성공을 비노라. 기다리노라. 그대의 성공이 나의 성공이고 세상의 성공이란다. 대한민국이 그대 같은 한 사람이 있어서 행복하단다.

담장을 뛰어넘는 교도관

저는 30년째 교도소에 수용 중입니다. 사람을 죽였을까요?

그것도 한두 사람도 아닌 많은 사람을 무자비한 방법으로?

저는 무슨 죄를 지었기에 이렇게 오랜 시간을 교도소에 있을까요?

철문 하나를 사이에 두고 수용자와 교도관이 있습니다. 같은 날 서로 다른 집에서 태어나 한 사람은 교도관 제복을 입고, 한 사람은 수용자복을 입었습니다. 어쩌면 이들은 비슷한 운명을 타고났는지도 모릅니다. 이들은 같은 공간에서 다른 옷을 입고 다른 이름으로 불리며 때로는 가장 가까운 곳에 존재하며 누구보다 서로를 아끼고 염려하지만 각자의 관점으로만 서로를 판단하기도 합니다.

교도관 30년 차

주로 여자수용동에서 밤낮을 함께하였고, 수용자의 출소

후 사회복귀를 위해 취업과 창업지원, 인성교육, 가족관계회복프로그램 등의 다양한 경험을 통해, 수용자와 출소자 그리고 그의 가족들을 들여다보았습니다. 오랜 시간 수용자와 교도관들의 진로와 두 집단이 서로 정해진 시간과 서로의 신분이라는 숙명을 지키며 자신에게 그리고 서로에게 긍정적인 존재가 될 수 있는 방법들에 대해 고민했습니다.

어떤 이들은 자신들 스스로 쌓은 옹벽에서 헤어 나오지 못하는 경우도 있지만 많은 경우는 세상이 그들을 향해 철옹성을 쌓고 있기도 합니다. 수용자만이 아니라 한때 아프고 힘들었던 경험으로 마음의 상처가 되어 스스로 지은 마음의 감옥에서 출소하지 못하고 있는 이들과 또는 그들 주변에 있는 분들에게 서서히 담장을 허물기를 권하고 싶습니다.

30년 동안 교도관으로 재직하며 '교도관은 어떤 사람인가?' 자문해보곤 합니다. 박노해 시인의 「해 뜨는 사람」에 등장하는 교도관처럼 여러 날 장마로 바깥 공기조차 못 마시는 이들에게 햇살을 안고 출근하지 못함을 아쉬워하는 사람인가? 교사로 도사로 파이프 역할을 하며 세상을 잇는 사다리 같은 사람인가? 우락부락한 수용자들 뒤에 힘없이 뒤따라다니는 무기력한 사람인가? 아니면 곤궁에 처한 이들을 교활하게 이용하여 이득을 취하는 사람인가? 보통 이상의 사람과 보통 이하의 사람을 보통 사람으로 만들기 위해 노력하는 사람인가? 힘든 이들에게 부모형제처럼 의지하고 싶은 그런 따뜻한 사람인가?

누군가는 세상을 보듬겠다는 원대한 꿈을 꾸지만 만 육천 명의 교도관들은 '한 사람'을 만들기 위해 노력하고 있습니다. 한 사람을 만들기 위해서는 어느 한 사람의 힘만으로는 결코 할 수 없는 일입니다. 한 아이를 키우기 위해 한 마을이 필요한 것처럼 한 사람을 교화해 사회로 내보내기 위해 교도관들은 밤낮으로 자신들의 자유마저 담장 밖에 영치시키고 들어와 애쓰고 있습니다. 또 5천 명의 교정위원과 각 분야에서 숭고한 사명을 가지고 참여하시는 많은 봉사자분들이 있습니다. 그래서 아직 담 밖에서 교도소와는 전혀 거리가 멀다고 생각하고 계신 많은 분들께 관심을 호소하고 싶습니다.

저는 여기서 '나와 내가 만난 사람들의 이야기'를 하고자 합니다. 그 사람들의 이야기는 처음 세상 밖으로 고개를 내밀었기에 머뭇거리고, 어리둥절할 수도 있습니다. 어두운 담장 안에서 출소하여 눈부신 햇살에 당황하는 담장식구들처럼 이 이야기는 낯설기도 하고, 많이 알려지지 않았을 수도 있지만 우리 주변의 이야기일 수도 있습니다. 이 이야기는 담 안에 있는 사람들의 이야기만이 아니라 담장 밖에서 살아가는 우리의 이야기일 수 있습니다. 우리는 모두 같은 사람이기 때문입니다.

　오랜 시간 담장 안과 밖에서 다른 교도관들이 경험해보지 못한 특별한 사례를 통해 터득한 노하우와 감동을 도움이 필요한 이들과 함께하고 싶습니다. 담장 식구들에게 마중물이 되겠다고 시작했는데 그들이 내게 보람과 에너지가 되고 또 다른 누군가에게 마중물이 되기도 합니다. 이런 담장 안팎의 친구들과 함께 한 이야기들을 통해 교정인을 꿈꾸며 교정의 실상을 보고 싶어 하는 예비교도관과 교도관의 자부심을 느끼고 싶어 하는 동료들, 여러 가지 이유로 수용되어 힘든 시간을 버텨내고 있는 수용자들, 사랑하는 이를 네모난 담장 안에 보내고 잠 못 이루는 수용자의 가족들과 지인들 그리고 그저 굳게 닫힌 철문 안 그 검은 세상이 궁금한 사람들을 위해 담장보다 높은 사다리를 만들었습니다. 누군가는 그 사다리를 딛고 올라가 그 안을 볼 수 있고, 또 누군가는 그 사다리를 타고 담장을 넘어 세상으로 자신 있게 나설 수 있기를 바라는 마음을 담았습니다.

　이제 제가 그 사다리가 되어드리겠습니다. 함께 올라가시겠어요?

여주교도소 배대현 촬영

세상을 잇는 사다리

간혹 우리 수용자들은 내게 '엄마'라는 표현을 합니다.

나보다 나이가 어린 사람들도 있지만

연배가 훨씬 많은 수용자들도 그렇게 말합니다.

그 말의 의미는 무엇일까요?

가장 절박하고 어둡고 무서운 곳에서

자신들을 보호해줄 사람이라고 생각하는 것입니다.

많은 교도관은 그런 마음으로 수용자들을 관리하고 있습니다.

교정은 새 생명을
다시 태어나게 하는 일입니다

각방 번호, 하나 둘 셋 넷 다섯…… 쉰 채로 귀만 주목해주세요.

에~ 여러분들 장마철에 벌써 5일째 햇볕 한 번 못 쬐고

운동도 못하고 좁은 방에서만 오글오글 지내다 보니까

땀 냄새는 나고 성인군자라도 짜증이 안 날 수가 없을 깁니다.

제가 근무 들어오면서 환한 해님을 모시고 왔어야 하는 건데

정성이 모자랐는지 오늘도 하늘이 먹구름입니다.

우짜겠습니까 동료들끼리 조금씩 양보하고 좀 더 친절하고

서로 위해주며 오늘 하루도 보람 있게 살아 보입시다

아다시피 말단 공무원인 제가 무슨 힘이 있겠습니까만

제 권한과 능력 안에서 여러분 애로사항을 최대한 들어드릴 데니

오늘도 즐거운 하루 되기 바랍니다. 이상 점검 끝!

— 박노해 시인의 「해 뜨는 사람」 중에서

교정기관에서는 전체 수용자를 대상으로 하루에 두 번 이상 충분한 간격을 두고 인원점검을 하게 되어 있습니다. 주로 기상 시, 일과시작 전 야근자로부터 인수를 받은 후, 일과종료 후 야근자에게 인계하기 전에 정기적으로 시행하고 있고 수용자들이 운동이나 집회, 접견 등 변동이 생길 때마다 수시로 하게 되어 있습니다. 1974년『창작과 비평』에 실린 정을병의 단편소설「육조지」는 작가 자신의 옥중 체험을 소설화한 것으로 유신 시절 우리의 사법 및 교도행정을 신랄하게 고발하고 있습니다. '조지다'는 호되게 남을 때린다는 뜻으로 죄수와 그 죄수를 조져대는 자들 간의 상호관계가 묘사되어 있습니다. 소설에 등장하는 육조지란 '집구석은 팔아 조지고, 죄수는 먹어 조지고, 간수는 세어 조지고, 형사는 때려 조지고, 검사는 불러 조지고, 판사는 미뤄 조진다'는 얘기입니다. 이 말에 의하면 수용자들이 겪는 고충을 대충 짐작할 수 있고 그와 함께 가족들의 옥바라지의 고충까지 알 수 있을 것 같습니다. 그중 '교도관은 세어서 조진다'는 말은 수용자들의 도주예방을 위해 수시로 인원 파악을 하다 보니 그런 말들이 전해온 듯합니다.

오래전 수용동 담당 시절엔 아침 교대 후 인수인계 점검을 마치고 나면 그날그날 하고 싶은 이야기를 잔소리나 지시사항 형식으로 딱딱하게 전달하기보다는 그 내용을 함축한

시나 수필을 인용하여 방송을 해주곤 했습니다. 그리고 필요한 이들에게 복사를 해서 필사를 하게 했는데 그 글들은 또 다른 교도소에 전달되곤 했습니다. 그러다 만나게 된 시가 박노해 시인의 「해 뜨는 사람」입니다. 여러 날 장마가 계속되던 날 아침 인수인계 점검 후 내가 하고 싶었던 말을 박노해 시인이 한 편의 시로 승화시켜주었습니다.

교도관이 된 후 고등학교 은사님을 찾아뵈었더니 선생님은 "사회경험도 부족한 네가 전혀 다른 환경에서 살아온 그들을 어떻게 이해할 수 있겠느냐, 그 일은 결코 머리로 할 수 있는 일이 아니고 가슴으로 보듬어야 하는 일이다"라고 말씀하셨습니다. 난 그 의미도 제대로 알지 못하고 무조건 잘할 수 있다고 생각했고 잘하겠다고 다짐했습니다. 그러나 그 일이 결코 만만하지 않다는 것을 알기까지 그리 오랜 시간이 필요치 않았습니다.

대부분 공무원들이 하는 일은 규정에 의해 문서를 처리하는 일인데 교도관은 서류보다는 사람을 다루는 일이기에 한두 가지 정해진 형식으로 처리할 수 없는 일들이 너무 많습니다. 그러다 보니 어린 나이에 사회경험도 부족한 나는 혼자 끙끙 앓을 수밖에 없었습니다. 이런 성장통을 이겨내기 위해 한밤중에 미친 사람처럼 도로를 걷고, 비번 날이면 야근에 지친 몸을 이끌고 야산을 헤매기도 했습니다. 때로는 좋아하는 책에 그리운 이들을 향한 기차표를 책갈피 삼아 하루하루를 버텨내기도 했습니다. 그리고 부족한 법률지식은 방송대에서 법학을 공부하며 보완했고, 직장 내 동호회 활동을 하며 다른 과와 업무협조하는 방법 등을 터득하게 되었습니다.

어떤 이들은 교정기관에 수용되면 교도관들이 수용자들을 괴롭히고 가혹행위를 한다고 생각하는 경우도 있습니다. 과연 그럴까요? 아니 어쩌면 옛날에는 그런 적이 있었을지도 모릅니다. 하지만 지금은 어느 누구보다 수용자들 가장 가까이에서 제일 많이 맘 써주는 이들이 교도관입니다. 교도관들은 자기가 맡은 또는 알고 있는 수용자의 가정이 평화롭고, 건강하고, 접견도 잘 오고, 재판도 잘 진행되길 바라는 사람입니다. 왜냐면 수용자의 가족들이 평안해야 수용자들도 평안하고, 수용자들이 평안하면 말썽 부리지 않고 잘 지낼 수 있게 되고, 그러면 교도관들도 편안하게 근무할 수 있기 때문입니다.

보통 사람들은 교도관이라면 영화나 드라마에 악역으로 나오는 교도관을 떠올립니다. 간혹 영화 〈하모니〉에 나오는 착하고 따뜻한 교도관을 떠올리는 사람들도 있지만 대부분은 온몸에 문신을 한 우락부락한 수용자들에게 굽신거리고 꼼짝 못 하는 매우 비굴한 모습이거나, 그저 접견장이나 통로에서 마네킹이나 그림자처럼 지키기만 하는 모습을 상상하곤 합니다. 그런가 하면 수용자들에게 부정물품을 연계하며 부당이득을 취하는 못된 교도관의 모습도 있을 것입니다.

과연 교도관은 그런 사람일까요? 그렇다면 왜 수용자들은 다른 기관으로 이송을 가서도, 출소 후에도 고맙다고 편지하고, 찾아와서 인사를 하는 것일까요? 교도관들은 모든 사람들이 기피하고 수치스러워하고 감추고 싶은 힘든 시간과 공간에서 수용자들과 함께 호흡하며 그들에게 안정을 취하게 하고 자신의 과오를 뉘우치지 못하는 이들에게 자기를 성찰할 수 있게 도와주는 이들입니다. 그런가 하면 사회와 가족들까지 포기하여 세상을 증오하고 좌절하는 이들에게 새 생명을 불어넣기 위해 애쓰는 이들입니다. 가장 어둡고 답답한 곳에서 그 어둠을 탓하기보다 한 자루 촛불이 되어 희망을 잃은 수용자들에게 빛이 되고 온기가 되어 한 생명이라도 거두기 위해 애쓰는 사람입니다. 교도관들은 그런 사람입니다. 누군가 '교정'은 대한민국의 자궁과 같은 곳이라고 했습니다. 새 생명을 다시 태어나게 한다는 의미입니다. 누가 그들을 다시 태어나게 할까요?

교도관은 정말 다양한 사람들을 경험하게 됩니다. 최근에 만나본 수용자들은 사회복지 종합편인 듯합니다. 신입 상담을 하다 보면 절반 정도는 기초생활수급을 받고 있고, 가족관계가 얽혀 지원이 어렵고, 장애가 있거나 정신질환이 있거나 노숙생활을 하다 온 경우도 많습니다. 이렇게 복잡하고 안타깝고 다양한 사람들을 만나고 겪다 보니 자연스럽게 사람에 대해 깊게 이해하고 수용할 줄 알게 됩니다. 교도관은 지나가는 사람 눈빛만 보고 걸음걸이만 봐도 상대방을 읽을 수 있는 능력을 가지게 되고, 그냥 문을 열고 닫고 보고 지키기만 하는 것이 아니라 그 많은 과정들에서 만나는 사람들과 유언무언의 대화, 표정, 몸짓만으로도 소통하고 지시를 하는 사람들입니다. 때로는 수용자들의 부모형제가 되기도 하고 선생님이 되기도 하고 변호사가 되기도 하고 사회복지사가 되기도 합니다.

며칠 전 여러 날 휴가를 마치고 사무실로 돌아왔습니다. 한 수용자를 접견실로 동행하는데 평소 쑥스러움이 많고 조용한 그 여자 수용자는 내게 "계장님이 안 계시니 우리가 엄마 없는 자식이 된 것 같았어요"라고 합니다. 간혹 우리 수용자들은 내게 '엄마'라는 표현을 합니다. 나보다 나이가 어린 사람들도 있지만 연배가 훨씬 많은 수용자들도 그렇게 말합니다. 그 말의 의미는 무엇일까요? 가장 절박하고 어둡고 무서운 곳에서 자신들을 보호해줄 사람이라고 생각하는 것입니다. 많은 교도관은 그런 마음으로 수용자들을 관리하고 있습니다.

　언젠가 어떤 분께 본의 아니게 호통을 들은 적 있습니다. 연구에 도움을 받고자 다른 분의 소개로 알게 된 법조인인데 그분의 업무나 사생활에 불편을 끼치지 않으려고 전화를 드리지 않고 용건을 조심스럽게 문자로 드렸습니다. 제가 찾아뵐 수 있는 상황이 아니라 다른 분이 인터뷰를 하시게 된다는 내용 등을 전달하고 알았다는 답장까지 받았는데 당일 전화드린 책임연구자분께서 급하게 전화하셨습니다. 그분이 단단히 화가 나셨으니 얼른 전화드려서 용서를 구하라고요. 전화를 드렸더니 역시 호통이십니다. 그분의 지인이 교도소 수용 중이어서 접견을 가신 적이 있었는데 그때 교도관에게 느꼈던 불친절과 불편함을 말씀하십니다. 사실 그분은 교도관이 자신에게 했던 불친절한 태도보다 힘들고 지친 수용자 가족들에게, 사회적 약자들에게 고압적이고 권위적인 자세로 대할 것을 우려하신 것이었습니다. 난 그분이 만났던 교도관과 같은 교도관이라는 이유와 그분이 느꼈던 불쾌감으로 훈계를 들어야 했고, 또 사죄드리며 한마디 덧붙였습니다. 어쩌면 일부 불친절하고 권위적으로 느끼게 했던 직원이 있었을 수는 있지만 대부분은 그렇지 않다고요, 그렇지만 오랜 시간 사람들의 교도관에 대한 인식이 그렇게 오해하게 했을 수도 있다고 말씀드렸습니다. 그리고 저는 최소한 '범죄

자'라는 관점보다 '한 사람'이라는 관점으로 보고 있고 앞으로
도 그렇게 하겠다고 다짐하며 마무리했습니다.

오늘도 나는 인수인계점검을 하며 각 방별로 함께 인사
하고 한 사람씩 눈을 맞추며 아픈 사람은 없는지, 기분은 어
떤지, 잠깐 스쳐 가면서도 분위기를 파악합니다.

아 …… 오늘도 평안한 하루가 되길…….

▚▚▚
왜 하필 교도관이야?

교도관 최종합격자 발표가 나고 초등학교 은사님께 인사를 드리러 갔습니다. 그분은 축하한다는 말씀 대신 "왜 하필 교도관이야?"라고 하십니다.

무척 서운하고 야속했습니다. 어렵게 합격했는데 고작 그런 말씀을 듣게 되다니…….

나중에 은사님께서 나에 대한 기대감이 컸다는 사실을 알게 되었지만 그 당시에는 무척 서운했습니다. 그 이면에는 교도관에 대한 사람들의 인식도 한몫하고 있었던 거라 생각합니다.

나는 많고 많은 직업 중 왜 하필 교도관이 되었을까요?

지난해 어느 대학원 연구방법 워크숍 첫 시간에 자기소개를 했습니다. 내 관심 주제인 '퇴직 교정공무원의 진로전환'을 얘기하니 진행하던 교수님께서 워크숍 참여자들에게 교도관에 대한 생각들을 표현해보게 하셨습니다. 함께한 이들이 생각하는 교도관은 답답하고, 수동적이고, 수용자들보다 약하고, 때로는 특정한 영향력 있는 수용자의 심부름을 해주며 비리의 온상인 드라마나 영화에서 보인 그런 부정적인 모습들이었습니다. 그 표현들을 듣고 난 후 내가 교도관이라고 하자 이구동성으로 '교도관처럼 안 생겼어요'라고 합니다. 교도관은 어떤 사람들일까요?

교도관들은 주로 범죄인을 격리구금하고 교정교화하여 사회에 복귀시키는 일을 하고 있습니다. 머리 둘 가진 새처럼 한 몸에 교정과 교화라는 두 개의 서로 다른 머리를 지니고 살아야 하는 숙명을 지고 있습니다. 교정이란 굽은 것을 펴는 것을 의미하는 것으로서 수용자들의 잘못된 사고와 행동들을 바로 세우기 위한 보안과 처벌이 중심이라면, 가둔 이들을 다시 사회로 내보내기 위해 심성을 순화하고 사회에 적응할 수 있는 복지측면이 교화라고 할 수 있습니다. 과연 누가 교정의 대상이고 누가 교화의 대상일까요? 어디까지가 교정이고 어디부터가 교화인지 구분하기 어렵고 개인의 특성이 모두 다른 다양한 사람들과 상황들을 판단해야 하는 고충은 일반인들이 공감하기 어려운 부분입니다.

교정공무원은 「국가공무원법」에서 경력직공무원 중 일

반직 공무원으로 분류하고 있으며, 보수체계에서는 공무원 보수규정에 따라 '공안업무 등에 종사하는 공무원'의 적용을 받습니다. 교도관의 정의는 '수용자의 구금 및 형의 집행, 수용자의 지도, 처우 및 계호, 수용자의 보건 및 위생, 수형자의 교도작업 및 직업능력개발훈련, 교육 교화프로그램 및 사회복귀 지원, 수형자의 분류심사 및 가석방, 교정시설의 운영 관리, 그 밖의 교정행정에 관한 사항에 대한 업무를 담당하는 공무원'을 말합니다.

교정공무원인 교도관은 법무부 소속 국가직 공무원으로 경찰, 소방공무원과 마찬가지로 국가의 근간을 유지하는 직렬로 충분히 인정받을 자격과 권리가 있습니다. 경찰관이나 소방관은 일반 시민들 가까이 있으면서 누구나 쉽게 만나볼 수 있지만 교도관은 그들에 비해 인원도 적고, 대부분의 교정기관은 도심지를 벗어나 외곽에 자리하고 있으며, 많은 사람들이 생각하는 머리에 뿔 달리고 흉측한 모습을 한 못된 사람들만 상대하기에 만나보기 어렵습니다. 우리 교도관이 주로 만나는 이들은 사회의 안전을 위해 구금된 이들이기도 하고 그들 스스로 사회적 노출을 기피하는 대상인 까닭에 교도관 역시 수용자들과 은둔하며 '또 다른 재소자', '구금된 교정공무원'이라 불리기도 합니다. 사람들은 교도관을 업무현장에서 만나기도 어렵고, 이웃으로 만나기도 쉽지 않습니다.

아주 가까운 사람이 교도관이라면 모를까 그렇지 않은 경우는 대부분 영화나 드라마에 나오는 모습이 그 직업을 이해하는 전부가 되는 것입니다.

교정공무원들은 강력범 수용자들로부터 위해를 당할 위험, 주야간 과도한 초과근무, 과밀수용과 폐쇄적인 근무환경 등 열악한 환경에서 근무하고 있습니다. 고용정보원에서 제시한 교도관들의 직무환경을 살펴보면 신체적으로 공격적인 사람 대하기, 불쾌하거나 화난 사람 대하기, 다른 사람과의 충돌, 역할갈등, 앉아서 근무, 매우 춥거나 더운 기온, 실내근무, 정신적 동일업무 반복 등입니다. 이러한 외적인 환경만이 아니라 사회의 높아진 인권요구를 충족시키면서 한정된 인력으로 다수의 수용자들을 계호하고 각종 교육교화프로그램을 운영해야 하는 등 어려운 과제에 직면해서 최선을 다하고 있지만, 교정시설과 교정공무원에 대한 우리 사회의 편견과 부정적 인식은 여전한 실정입니다. 이처럼 어려운 직무환경 속에서 교정공무원들은 다른 직종의 종사자들에 비해 직무스트레스 수준이 높고, 직업만족도는 2012년엔 759개 직업 중 606위로 매우 낮게 나타났습니다. 비록 2017년 만족도 조사에서는 595개 직업 중 338위로 향상되었으나, 아직도 교정공무원에 대한 외부의 평가는 매우 저조하고, 내부적으로도 그다지 높지 않은 수준이라 안타까울 뿐입니다.

현재 우리나라에서는 만 육천 명 정도의 교정공무원이 6만 명 정도의 수용자를 관리하고 있습니다. 모든 직원들이 수용자를 직접 관리한다는 전제하에 교도관 1인당 수용자 5명의 비율이 되는 것입니다. 교도관 1명이 담당하는 수용자가 줄어들수록 수용자를 대상으로 한 교육이나 훈련 등을 통해 건강한 사회인으로 복귀할 가능성이 높다고 하겠습니다. 하지만 보안현장에서는 실제로 한 근무자가 많게는 100명을, 적게는 몇십 명을 관리하기도 합니다. 반드시 업무의 무게가 인원에 비례한다고 할 수는 없습니다. 어떤 경우는 한두 명의 수용자에게 100명 이상의 에너지가 필요한 경우도 있기 때문입니다. 최근에는 교도소가 500인 이하의 특성화된 다양한 형태의 시설로 신축되고 있어 교도관이 봐도 낯선 모습일 때가 많습니다. 시내 중심가 법조타운에 구치소를 신축하는데 몇몇 투자자들이 오피스텔인 줄 알고 분양상담을 받으러 온 적도 있었다는 우스운 이야기를 들었습니다. 담장 없는 오피스텔 같은 구치소, 잔디밭이 잘 정돈된 공방 같은 곳에서 한지공예를 하며 교도관의 계호 없이 다니는 교도소, 낮에는 출근하고 밤에만 교도소로 들어오는 곳도 있고, 수용동이 아니라 연수원처럼 내부가 이층침대와 개인사물함으로 되어 있는 기관도 있습니다.

교정기관은 여느 공공기관과 달리 하루도 쉬지 않고 낮

과 밤의 구분 없이 운영되고 있기에 대부분의 교도관은 교대 근무를 합니다. 특히 첫 발령을 받는 신규직원은 에누리 없이 교대근무를 하게 합니다. 아주 오래전엔 갑, 을 2개 부로 나눠서 24시간 근무하는 시스템이었지만 실제로는 거의 30시간씩 근무를 했다고 들었습니다. 다행히 내가 교도관이 되기 바로 전인 1989년에 3부제가 도입되어 3일에 한 번씩 3개 부가 당무일근, 당무야근, 비번으로 변경되어 하루는 주간근무, 하루는 25시간쯤 근무하고 아침에 퇴근하여 쉬는 시스템이 됐습니다. 지금은 거의 대부분의 기관이 4부제로 당무일근(주간), 야근(17:00~08:00, 15시간), 비번, 윤번일근(2분의 1 주간근무)으로 운영되고 있습니다.

오래전 신혼여행을 다녀온 후 남편은 나를 직장에 태워다주고 출근했습니다. 그러다 '다음엔 언제 만나지?' 우리 부부는 한 집에 살면서 6일을 주기로 두 번 만날 수 있었습니다. 4일째는 주간 근무 후 저녁에 한 번, 6일째는 함께 아침 비번을 맞이할 수 있었습니다. 당시 소방관인 남편은 2일에 한 번 야근, 난 3일에 한 번 야근을 했기 때문입니다. 결혼 특별휴가로 10여 일을 함께 보내고 출근했는데 4일 후 저녁에야 우리는 만날 수 있었습니다.

교도관의 3분의 2 정도는 보안현장에서 근무하고 그중 절반 정도는 교대근무를 하게 됩니다. 나는 만 29년의 교도관 근무 중 15년 이상 교대근무를 했습니다. 지금은 상황이 많이 달라졌지만 당시 여자교도관은 여자수용자 관리 외에는 민원실 근무 정도가 교대근무를 피할 수 있는 유일한 길이었습니다. 지금은 예전에 비해 여자교도관의 비율도 증가하고 업무영역도 다양해져 사무, 상담 분야 등에서 역량을 발휘하는 경우도 적지 않습니다. 하지만 아직 업무 특성과 시설여건상 성별에 대한 구분과 제한은 많은 곳에 남아 있어 때론 시도조차 해보지 못한 경우도 많습니다. 그렇지만 나는 그 벽을 향해 많은 도전을 했던 것 같습니다. 어쩌면 지금 이 글을 쓰는 것은 ㄱ 이상의 시도이지만…….

90% 이상이 남성인 교정기관, 수용자도 교도관도 여성은 10%가 되지 않습니다. 그런데도 특별한 여자 수용자 한 명이 남자 수용자 100명 이상의 몫을 하듯이 업무의 무게나 역량이나 성과는 꼭 수에 비례하지는 않습니다. 예전엔 꿈도 꾸지 못할 여자교도소장님이 벌써 여러 분 배출되었고, 현재도 일부기관장을 하시면서 멋진 모습을 보여주고 계십니다. 나는 꿈도 꾸지 못할 일이지만 그런 선배들이 있다는 것만으로도 좋습니다. 사실 나는 오랫동안 간부가 되고 싶다는 꿈을 꾸지 않았습니다. 이미 내 능력이 부족함을 알아서였을 수도 있지만 그보다는 길이 보이지 않았습니다. 내가 만난 조그만 울타리에서 여자 선배들이나 상급자들을 보면 닮고

배우고 싶은 모습보다는 무기력한 모습들이 더 많았습니다. 나는 결코 후배들에게 저런 모습을 보이지 말아야겠다고 발버둥 쳤지만 과연 잘하고 있는지……

　나름 시간을 쪼개 업무와 공부, 봉사도 열심히 했습니다. 어떤 선배님은 그런 내 모습을 예쁘게 보시고 승진시험을 보고 간부가 되라시며 수험서를 선물해주셨습니다. 저는 손사래를 치며 말했습니다. "저는 간부가 되고 싶지 않습니다. 지금처럼 수용자들 옆에서 함께 동고동락하며 살고 싶습니다." 선배님은 "지금 네가 그런 마음으로 수용자 50명을 보듬을 수 있다면 네가 간부가 되면 더 많은 수용자들에게 선한 영향력을 미칠 수 있다"며 간부가 되기를 권유하셨습니다. 그때까지도 내 오만과 편협한 사고방식 때문에 닮고 싶은 선배나 간부를 찾지 못했습니다.

　십여 년 전 취업창업지원업무를 하다가 성공사례를 《월간 교정》에 투고했는데 그 글을 보시고 낯선 분으로부터 뜻밖의 이메일이 왔습니다. 얼굴도 모르는 후배의 원고를 보고 감동의 편지를 써서 격려해주시는 멋진 선배님이셨습니다. 그 선배님은 교정을 극진히 사랑하시고, 사람을 존중하며 매사에 따뜻한 열정을 가지고 끝없이 도전하고 베푸시는 분이었습니다. 그동안 내 가까이 닮고 싶은 선배님들이 없었던 것이 아니고 그런 훌륭한 선배님들을 볼 수 있는 안목이 내게 부족했던 것임을 뒤늦게야 알게 되었습니다.

선배님들이 내게 길이 되어주셨던 것처럼 나도 이제는 뒤를 돌아보며 누군가를 보듬어주고, 이끌어주고, 힘이 되어줄 때인 듯합니다. 나도 선배님들처럼 넉넉하고 따뜻한 선배가 될 수 있을까요?

조금 더 시간이 지난 후에는 '하필이면 교도관?'이 아니라 '교도관이길 참 잘했다'는 마음으로 출소하고 싶습니다.

내 직업병

내가 교도관이 된 결정적인 계기는 수학이라는 과목 때문입니다. 중학교까지는 제법 수학을 잘하는 줄 알았는데 고등학교 때부터는 수학이 내 성적의 걸림돌이며 내 진로를 결정하는 중요한 요인이 되어버렸습니다. 선생님들은 대학을 합격하고 등록을 포기한 내게 실력이 아깝다며 공무원 시험을 추천하셨습니다. 제복이 잘 어울릴 거라고 생각해서였는지 아니면 수학과목이 없는 것 때문인지는 확인되지 않았습니다. 사실 일반행정직은 내 적성에도 맞지 않을 듯했지만 무엇보다 수학이 있어서 지원을 할 수 없었습니다. 그런가 하면 제복공무원인 경찰, 소방, 교정직 공무원은 제복공무원이면서 수학시험이 없는 직렬職列이었기에 내가 준비하기에 적합했습니다. 그렇게 수학과는 악연으로 시작되었는데 지금 돌아보면 '수학 덕분에'라고 말할 수도 있겠습니다.

　내가 처음 근무하게 된 여자수용동에 수용자는 120명 정도였습니다. 그녀들은 가슴에 네 자리로 된 번호표를 붙이고 있었고, 또 한쪽에는 수용거실표를 붙이고 있었습니다. 경험이 부족하고 나이가 어린 내가 제일 먼저 시작한 일은 전체 수용자 번호와 이름과 수용거실을 외우는 것이었습니다. 어쩌면 생존을 위한 일이었을지도 모르지만 그 일 역시 오랜 시간 반복하다 보니 익숙하고 잘하게 되었습니다. 기본 숫자나 수학과는 거리가 많이 멀지만 무조건 숫자, 계산, 이런 것 자체를 기피하는 내게 이상하리만치 익숙하고 자연스럽게 접근하게 되는 숫자가 있습니다. 바로 네 자리 숫자입니다. 그래서 휴대폰 뒷자리와 차량번호 뒷자리를 유난히 잘 기억하기도 합니다.

　수용자들은 번호로 부르게 되어 있지만 교화상 필요한 경우는 이름을 부르기도 합니다. 교도관들은 오랜 시간 수용자를 번호로 부르고 그렇게 하게 되어 있기 때문에 특별한 느낌이 없을 수 있지만, 부름을 받는 당사자인 수용자들에게는 번호로 불리는 것과 이름으로 불리는 것은 차이가 큽니다. '자신을 수용자로 대하는지, 한 인격체로 대하고 있는지'라는 정서적인 차이입니다. 어쩌면 그것은 외적인 것에 불과하다고 간과할지 모르지만 수용자를 이름으로 부르는 교도관과 수용자 사이가 훨씬 더 정감이 있습니다. 아무래도 수용자들은 번호보다 이름으로 불리기를 바라고 있고, 사람으로 대접받고 싶어 합니다. 김춘수 시인님의 「꽃」이라는 시에서처럼 그들은 속으로 '누가 나의 이름을 불러다오'라고 하소연하고 있는지도 모릅니다.

그런가 하면 교도관이 된 다음 내게 생긴 특별한 습관이 하나 있습니다. 사람들을 만났을 때 어디서 만났는지 정확히 기억나지 않아 가물거릴 때 나는 무슨 옷을 입고 만났었는지를 생각해보곤 합니다. 내가 어떤 옷을 입었는지도 중요하지만 상대방이 어떤 옷을 입고 있었는지가 더 중요합니다. 내 옷은 크게 사복 아니면 교도관복일 테니까요.

옷이 주는 의미는 대단합니다. 특히 제복은 그 업무를 특징짓기도 하고, 그 옷에 나를 가두기도 합니다. 또 우리 교도관들에게 옷과 계급장은 큰 힘이고 권력이 되기도 합니다. 그냥 사복 입고 만나면 아줌마에 불과할 내가 교도관복을 입고 나면 무궁화 두 개인 '교감'이 되어 그만큼의 무게를 갖게 되는 것입니다. 심지어 남자 수용자도 여자교도관이 제복을 입고 있으면 이성이라는 느낌보다는 교도관이라는 직업에 대한 느낌이 강하다고 합니다. 주로 제복을 입고 만났던 사람들은 아주 친한 사이가 아니면 사복을 입었을 때 금방 알아보기 어렵습니다. 제복을 입었을 때는 사람의 눈이나 그 사람 자체보다 계급장이나 이름표에 한정되기 때문인지도 모릅니다.

다른 기관으로 전출 간 지 얼마 되지 않았던 때 늘 구내에서 익숙하게 인사하던 직원을 외부에서 사복을 입고 지나가다 만난 적이 있습니다. 난 당연히 그 직원이 인사를 하리라 생각했는데 그냥 스쳐 지나갔습니다. 다른 데 신경 쓰느라 못 보았을 수도 있지만 그런 상황은 아니었기에 혼자서 내심 당황한 적이 있습니다. 어쩌면 그 직원은 그동안 나를 개별적인 존재로 인정한 것이 아니라 계급장을 달고 있는 상급자의 한 사람으로 관례적으로 인사한 것뿐이었을지도 모릅니다.

옷에 관련된 특별한 기억들이 있습니다. 몇 해 전 출정과 근무 당시 검찰청 화장실에서 어떤 분을 만나 어디선가 본 듯한 얼굴이라 얼떨결에 서로 인사를 했는데 돌아서서 생각해보니 누구인지 정확히 기억나지 않았습니다. 분명히 아는 얼굴인데 누굴까 한참을 고민해도 생각나지 않았습니다. 그럴 때면 나는 '어떤 옷을 입고 만난 사람이지?'가 발동됩니다. 생각해보니 그분은 까만색 옷을 입고 만났던 분이었습니다. 그분은 형사합의부 좌배석판사님으로 법정에서 까만 법복을 입고 만났던 분이었습니다. 당시 수용자 재판을 위해 법정에 동행할 때 자주 보니 서로 눈에 익었는데 정확히 기억나지 않았던 것이었습니다. 그 후 다시 한 번 고속도로 휴게소에서 그분을 뵙게 되었는데 이번엔 자연스럽게 서로를 알아봐서 반갑게 인사할 수 있었습니다. 그런 소소한 인연으로 법정에서도 법정 밖에서도 인사를 나눌 수 있게 되었고, 그 후 변호사사무실을 개업하셔서 무연고 여성수용자의 법률 자문을 구하는 관계로 이어지기도 했습니다.

주로 수용자들은 일정 지역을 근거로 생활하다 보니 범죄지, 주소지, 현재지에 따라 같은 교정기관에 여러 번 들어오기도 합니다. 그래서 지역을 다니다 보면 쇼핑센터 또는 음식점이라든지 곳곳에서 출소자들을 만날 수도 있습니다. 언젠가 아이들을 데리고 서점에 갔다가 어떤 여성이 달려와 인사를 하는데 기억이 잘 나질 않았습니다. 정확히 기억나지 않아 시원하게 아는 체를 할 수도 없어 머뭇거리고 있는데 '부장님'이라고 인사를 하는 것이었습니다. 아 …… 그녀는 우리 직원식당에서 일했던 수용자였고 당시 직원식당에서 함께 일하며 친하게 지냈던 수용자들의 안부를 전해주었습니다.

또 한 번은 내 근무지에 신입수용자가 들어왔는데 아무래도 낯익은 얼굴이었습니다. 그전에 들어왔던 사람인가 하고 찾아보니 교정시설 수용은 처음이었습니다. 그런데 아무리 생각해도 아는 사람이 맞아 기억을 더듬어보니 초록색 반팔 티셔츠를 입었던 기억이 났습니다. 초록색 티셔츠는 교도관 시험 합격하고 발령대기 중 강남터미널 부근 서점에서 아르바이트를 했는데 그때 직원 복장이었던 것입니다. 생각해 보니 그때 함께 아르바이트를 하며 내가 살고 있던 집에도 온 적이 있었던 나름 가까이 지냈던 언니였습니다. 그런데 그 언니가 벌금을 못 내 노역수로 들어온 것이었습니다. 그 언니도 나도 처음엔 서로 긴가민가하다가 나중에야 서로를 기억했습니다.

그 언니의 사건 내용도, 어쩌다 그렇게 됐는지도 정확히 기억나진 않지만 당시 벌금액은 내가 납부해주기는 버거운 금액이었습니다. 내 관점에서 보면 당장 벌금 납부보다 출소 후 거주지 문제가 더 시급해 보였습니다. 그래서 여러 지인들과 단체들을 수소문하여 출소 후 거주할 곳을 알아보고 나서 다시 얼굴을 보러 갔더니 그 언니는 우선 교도소를 나가는 것이 중요하지 출소해서 갈 곳은 그다음이었던지 벌금을 납부해주지 않아 무척이나 서운했던 모양이었습니다. 지금쯤 어떻게 살고 있을지 걱정은 되는데 성격이 거칠거나 못되지는 않았기에 어디에선가 잘 살고 있으리라 생각하며 스스로를 달래봅니다.

또 하나는 우리 교도관들의 공통적인 직업병입니다. 동료들과 밖에서 술을 한잔하거나 차를 한잔하거나 동호회 등

모임을 할 때가 있습니다. 우리는 늘 제발 교도소 얘기, 수용자 얘기는 하지 말고 우리의 이야기만 하자고 다짐하고 나갑니다. 그렇지만 그 다짐은 결코 지켜지지 않습니다. 좋은 책, 공연, 여행, 가족들 등으로 작정하고 시작하지만 어느샌가 특정 수용자와 사건 이야기로 연결되곤 합니다. 업무로 돌아갈 수밖에 없는 현실이 아쉽고 안타깝고, 심지어 다른 기관에 있는 교도관들을 만나도 상황은 달라지지 않습니다. 어느샌가 우리는 교도관이라는 사람들만 만나면 수용자의 이야기들만 하곤 합니다.

부부교도관인 남자 동료가 내게 와서 하소연을 합니다. '우리 마누라는 나를 수용자 취급하면서 늘 지시하듯 한다'고요. 옛날 교도관이기 때문에 그렇습니다. 오래전 교도관이 완전 갑이었던 때 교도관을 했던 경우입니다. 그런데 어느 때인가부터 교도관이 을이 되고 있습니다. 아직도 배우자가 상대방을 수용자 지시하듯 얘기한다면 직장에서 시원하게 지시하거나 통제하지 못한 스트레스를 집에서 푸는 걸로 이해해주면 어떨까 싶기도 합니다.

뭐니 뭐니 해도 우리 교도관들의 가장 큰 공통적인 직업병은 '사람에 대한 의심'이 아닐까 합니다. 수용자들이 자신의 범죄를 합리화하기 위한 거짓말에서부터 상황들을 모면하기 위한 숱한 거짓말들 그리고 행동들로 그들을 불신하게 되는 경우도 많습니다. 안타깝고 짠한 직업병입니다. 서로 의심하기보다 신뢰를 바탕으로 한 인간관계가 되면 좋겠습니다.

우리 엄마 아빠는
교도관입니다

　대부분 사람들의 직업선택에 가장 영향을 미치는 인물은 가족입니다. 가족이 같은 직업이나 유사한 일을 하면서 성공한 사례는 많이 볼 수 있습니다. 우리나라의 경우 교수, 법조인, 음악가, 운동선수 등 다양한 전문분야에서 형제지간 또는 부자지간 등으로 대를 이어 같은 분야에서 두각을 드러내고 있습니다. 유전적인 요인 때문일까요 아니면 환경적인 요인일까요. 가까운 가족들의 직업은 은연중 다른 가족구성원들에게 영향을 미칩니다. 생물학적으로 유사한 점도 있겠지만 환경적인 영향도 크리라 생각합니다.

　가끔 기관별 경조사를 보면 한 분이 돌아가셨는데 서너 명의 직원이 함께 부고가 게시되기도 합니다. 부부교도관이 그중 가장 많은 비중을 차지하고 때로는 아버지와 아들이,

때로는 형제자매가, 때로는 이종 및 고종 사촌들인 경우도 있습니다. 내 남편과 시동생도 소방관이고 아들도 소방관 지망생입니다. 그리고 내가 교도관인데 여조카도 나처럼 교도관을 꿈꾸다 경찰관이 되어 같은 제복 공무원으로서 함께 공감하곤 합니다.

> 직업가계도occupational genograms는 친조부모와 양조부모, 양친, 숙모와 삼촌, 형제자매 등의 직업들을 도해로 표시하는 것으로 직업가계도에는 직업, 진로포부, 직업선택 등에 관해 자신에게 영향을 주었던 다른 사람들도 포함시킵니다.

교정직은 오래전엔 가장 이직률이 높은 공무원 직군에 해당되었습니다. 심지어 신규직원들 중 좀 야무지고 똑똑해 보이는 후배들이 들어오면 선배교도관들은 후배를 위해 이렇게 조언했습니다. '너 교도관하기 아깝다. 얼른 공부해서 다른 직렬 시험 봐서 나가라'고요. 심지어 교도관이라 말 못하고 경찰이라고 둘러대거나 회사 다닌다고 거짓말을 하는 경우도 있었습니다.

그러니 가족 중에 교도관이 있거나 특히 자녀가 교도관이 되어도 소리 소문 없이 지내거나, 어쩌다 알게 되면 대충 얼버무리는 분위기였습니다. 물론 직급이나 개인차가 있겠지만 최근 분위기는 완전히 다릅니다. 그동안 근무환경이나 복지 등이 많이 개선되었고, 그저 공무원이라는 이유 하나만으로도 인정받게 되는 분위기여서인지는 모르겠으나 어느 때부터인가 자녀들이 9급 교도로 합격해도 큰 자랑이 되고 축하의 대상이 되었습니다. 퇴직한 선배님을 만나 얘기를 나누다 보니 아들이 교정직 7급 합격해서 다른 기관에 근무 중이라고 했습니다. 그 선배님은 자녀가 공부 열심히 해서 안정적인 교정직에 합격했다는 것 이상으로 만족스러워하셨습니다. 아버지라는 이름 외에 교도관이라는 직업인으로 아들에게 인정받은 데 대한 만족스런 미소였습니다.

여자교도관의 배우자는 절반 이상이 역시 교도관입니다. 이유는 둘 중 하나거나 둘 다인 경우입니다. 여자교도관은 상대적으로 수가 적고 적은 인원을 채용하다 보니 합격선이 높습니다. 즉 여직원이 대체로 남직원들보다 시험을 잘보고 공부를 잘한다는 것을 의미합니다. 일단 이성인 데다이런 우수한 신붓감인 신규 여직원이 온다는 정보가 들어오면 남직원들은 온갖 안테나를 올려 정보를 수집하고 연결고리를 찾곤 합니다. 나는 아쉽게도 너무 못생기고 나이도 어린 데다 남직원들의 적극적인 관심을 받기도 전에 누군가를 선택해버렸기에 이런 스릴 있는 사내연애 경험의 기회를 누려보지 못했습니다. 많은 남직원 중 용기 있고, 적극적이고,

인연이 된 누군가가 그 여직원에게 프러포즈를 하게 됩니다. 부부교도관이 많은 이유 중 하나는 이런 여직원이 입사하자마자 남직원들이 찜해서이기도 하고, 또 하나는 특수한 직업이기에 일반인들이 이해하기 어려운 부분이 많고, 외부인들과 교류가 부족하기 때문에 선택의 폭이 좁은 것일 수도 있습니다.

우연히 부부교도관인 후배직원의 카톡 프로필 사진을 본 적이 있습니다. 아들은 아빠의 교도관복을, 딸은 엄마의 교도관복을 입고 있었습니다. 크고 헐렁하지만 엄마와 아빠의 제복을 선호하며 자랑스럽게 입은 그 모습이 너무 감동이었습니다. 그리고 그 후배의 아이들에게 이런 메시지를 전해주고 싶었습니다. '엄마 아빠가 너희들이 보기에 아무것도 아닌 것 같지만 또 범죄를 저지를 수 있는 재소자들을 다시 범죄를 하지 않게 했다면 그건 돈으로 할 수 없는 존귀한 일을 하고 있는 것이다.'

우리 아이들은 교도관인 엄마를 좋아하지 않습니다. 그동안 아이들에게 잘 못 해서 그럴 수도 있지만 엄마가 교도관이라는 것을 싫어하는 것 같습니다. 많은 시간 담 밖에 있는 우리 애들보다 담 안에 있는 애들을 챙기다 뒷전이 되기도 했던 기억들 때문입니다. 그런 서운함이 있음에도 우리 아이들은 엄마가 교도관임을 부끄럽지 않게 말해주었습니다.

몇 해 전 새해 첫 근무일 수용자 인성 교육을 진행하고 사무실에 돌아오니 내 책상 위에 김옥경이라는 사람이 민원실에서 기다리고 있다는 메모가 있었습니다. '누구지?' 사전에 연락도 없이 새해 첫 근무일부터 무턱대고 나를 찾아왔다는 사람의 이름은 선뜻 기억나지 않았습니다. 한참 생각해보니 의정부에서 미결수용동 담당할 때 무리하게 사업체를 운영하다가 잘못되어 구속되는 바람에 어린 딸을 보육시설에 맡기고 부부가 함께 입소하였던 그녀였습니다.

옥경 씨와 함께했던 시간이 길지 않았었고, 특별한 기억도 없고, 출소한 지 사오 년이란 시간이 흐른 후였습니다. 그런 그녀가 왜 새삼스럽게 나를 찾아왔을까? 생각하며 만나러 나갔습니다.

"너무 늦게 인사드려 죄송합니다. 그때 형 확정되어 지방으로 이송 갔다가 출소한 다음 자리 잡고 인사드리려고 하다 보니 지금에야 왔습니다. 출소하자마자 남의 식당에서 일하다가 이제 쪼그맣게 내 가게 갖고, 딸도 찾아왔습니다. 얼른 자리 잡고 인사드리고 싶었는데 생각보다 시간이 많이 걸렸어요."

옥경 씨는 출소 후 자리를 잡기 위해 무척 고생했나 봅니다. 당시 부부가 입소한 데다 다른 가족들의 접견도 없었던 점 등을 유추해보면 출소해서도 의지할 데가 마땅치 않았던 것 같습니다. 그런 데다 나를 찾기 위해 의정부로 전화하니 승진해서 다른 데로 갔다는데 출소자라서 전출 간 근무지를 직원들이 알려주지 않아 오랜 시간과 노력을 투자했던 모양이었습니다.

출소자들은 간혹 보복을 위해 교도관들에게 찾아오기도 하고, 출소자와 부정연락으로 연관되는 경우도 있어 교도관들은 출소자와 연락하기를 원하지 않습니다. 그러니 어떤 직원이 연락을 받았다 하더라도 직원들의 연락처나 근무지를 알려주는 것은 쉽지 않은 일입니다. 이런 상황이라 나를 찾기 위해 여기저기 수소문하다 결국 교정본부를 통해 자초지종을 설명하고 나서야 전출 간 곳을 알게 되었다고 했습니다. 새 근무지를 알아내어 전화했는데 나는 휴가 중이었고, 또 이러다 못 만나게 될까 봐 출근하는 날을 확인하고 무작정 찾아왔다는 것이었습니다. 그렇게 하지 않으면 또 미루다 인사를 못 드리게 될 것 같아 식당을 하루 맡기고 작정하고 나섰답니다.

'참 …… 내가 뭐라고, 특별히 잘 해준 것도 없는 것 같은데…….'

남편과 함께 구속되고 마땅히 아이를 돌봐줄 사람이 없어 경찰서에서 어린 딸을 보육시설에 보내게 되었다고 했습니다. 그렇게 막막한 상황이었을 때 내가 큰 힘이 되어주었답니다. 그쯤 되니 그런 얘기를 들었던 기억과 딸아이가 있는 시설을 수소문했던 기억, 접견 오는 사람이 없어 종교단체 도움으로 영치금을 지원해주었던 기억이 났습니다. 이 정도는 어떤 교도관이나 하고 있는 일이어서 특별히 감사함을 느끼고 몇 년이 지난 후에도 잊지 못하고 찾아올 정도는 아니라고 생각했는데 그녀에게는 특별했었나 봅니다.

그런 옥경 씨와 한참 이러저러한 얘기를 나누다 그때서야 그녀의 등 뒤에 껌딱지처럼 달라붙어 있는 여자아이를 보았습니다. 그때 보육시설에 맡겨놓고 왔던 그 딸인데 이제 중학교 2학년이라고 했습니다. 쭈뼛거리는 딸아이의 손을 잡아끌며 인사를 하고 함께 구치소 앞 식당에서 밥을 먹고 커피를 한잔 하는데 옥경 씨가 딸의 손을 끌며 말했습니다.

"말씀드려."

뜬금없이 딸에게 무얼 말하라는 건지, 쑥스러워하는 딸이 계속 머뭇거리자 엄마가 대신하였습니다.

"우리 딸이 계장님처럼 교도관이 되고 싶대요."

제 가슴이 쿵 하고 울렸습니다. 가끔 출소자들이 찾아와 인사를 하기도 하지만, 이렇게 자녀를 데리고 온 것도 처음이었고 그 자녀가 나처럼 교도관이 되고 싶다니요. 내가 뭐라고, 갑작스런 부모님의 구속으로 힘든 시간을 보냈을 딸이 더 기특하고 감사한데 교도관이 되겠다는 그 말은 내게 큰 울림이 되었습니다. 우리 애들도 교도관 하고 싶지 않다는데 출소자의 딸이 교도관이 되고 싶다는 그 말은 계속 되새김이 되었습니다. 그 딸에게 내 명함을 한 장 쥐어주었습니다. 고등학교, 대학교 졸업하고 진짜로 교도관이 되고 싶을 때 다시 오라고.

옥경 씨는 그해 5월 스승의 날 작은 카네이션 꽃바구니를 들고 찾아왔습니다.

"맛있는 식사 대접하고 싶은데 그런 건 안 된다고 해서요."

옥경 씨의 딸은 심한 사춘기를 앓고 있다고 했습니다. 아마 유년기 때 부모님과 떨어져 시설에서 지내면서 힘들었던 상처들 때문인 듯하여 아는 청소년상담선생님을 소개해 주었습니다. 며칠 후 또 전화가 왔습니다. 딸은 많이 안정되어가고 있고 고입을 준비하고 있는데 과학고를 가는 게 좋을지 외고를 가는 게 좋을지 고민이라고……. 또 놀랐습니다. 그렇게 공부를 잘하는 아이라고는 생각도 못 했는데 그렇게 공부를 잘하는 아이가 판검사 대신 교도관이 되고 싶다고 했다는 것 자체만으로도 감사했습니다. 내 아들딸 대신 젊은 담장친구들이나 담장친구의 자녀가 교도관이 되고 싶다고 하여 위안을 삼습니다.

ㄱㄱㄱ
행복한 출근길

며칠 뒷목이 뻐근하고 머리도 아팠습니다. 혹시 고혈압
인가? 다행히 혈압이 그렇게 높지는 않았습니다. 일시적인
스트레스인가 봅니다.

직장에 출근하는 이들은 어떤 마음으로 출근할까요? 오
늘은 어떤 일을 할까, 어떤 고객들을 만나게 될까 마치 신규
직원처럼 두근두근 설레며 출근하는 이도 있을 겁니다. 또
누군가는 특별한 기대감이나 부담 없이 그저 담담하게 출근
을 하기도 하고 또 누군가는 직장 근처에만 가도 가슴이 벌
렁거리고 불안하고 숨이 꽉 막히는 듯 답답해지는 경우도 있
을 것입니다. 난 꽤 오랫동안 그날 내가 해야 할 일을 생각하
고 긍정적이고 적극적인 마음으로 출근했습니다. 그런 내 마
음이 보였는지 후배직원이 물었습니다. "계장님은 우리와 다

른 세상에 사는 분 같아요. 어떻게 그렇게 할 수 있어요?"

국가나 기관 또는 외부에서 수용자 교정교화를 위해 좋은 정책과 프로그램들을 시행하고 있습니다. 어떤 프로그램들은 모든 수용자에게 혜택이나 제재가 될 수도 있지만 또 어떤 정책들은 일부 수용자에게만 적용되기도 합니다. 나는 종교, 교육, 교화 등 여러 가지 좋은 프로그램에 참여하기 위해 오시는 교정봉사자들에게 이렇게 말하곤 합니다. "수용자 100명을 대상으로 포교하는 것보다 교도관 한 명을 포교하는 것이 효과가 더 큽니다." 왜냐면 외부 교정위원들은 어쩌다 한번 좋은 말씀들을 전파하시만 교도관 한 사람을 제대로 포교하면 이 교도관이 근무시간마다 좋은 말씀과 행동을 수용자들에게 전해줄 수 있기 때문입니다. 수용자들과 가장 가까이에서 직접 관리하는 교도관이 영향력이 훨씬 더 크기 때문에 진심으로 수용자를 교화하려거든 먼저 교도관들에게 정성을 다하고 잘 해주라고 말하곤 합니다. 아무리 훌륭한 교육교화 프로그램과 정책들이 시행된다 하더라도 진행하는 직원의 마인드에 따라 그 효과는 천차만별이 되기 때문입니다.

교정공무원을 대상으로 한 직업정체성과 직업행복감에 대한 연구결과(장선숙 · 이태형, 2016)에 의하면 교정공무원의 직업정체성은 대체적으로 미혼보다 기혼이, 연령과 근무

경력이 많을수록, 직급이 높을수록 유의미하게 높은 것으로 나타났습니다. 근무경력이 짧고 직급과 연령이 낮을수록 교정에 대한 기대감이나 열정은 높지만 일선 현장에서 느끼는 무능감, 회의감, 중압감이 높기 때문에 직업정체성 형성에 어려움을 겪을 수 있다는 점을 추정할 수 있습니다. 특히 8급, 30대에 직업정체성과 직업행복감이 낮게 나타나는 이유는 많은 기대와 포부를 가지고 교도관에 입문했으나 어느 정도 업무환경에 익숙해져서 매너리즘에 빠지기도 하고, 육아와 역할갈등, 그리고 아직은 새로운 일로 전환할 수 있는 여지가 있기 때문이 아닐까 합니다. 교도관의 직업행복감은 정체성과 유사한 결과를 보이나 다른 점은 보안관련 부서보다는 사무관련 부서가 유의미하게 높은 것으로 나타났습니다. 사실 현장에서 보면 어떤 부서나 일 자체보다는 개인의 성격 등의 차이일 수도 있지만 보안부서보다 사무관련 부서가 직업행복감이 높게 나타난 것은 보안현장의 불안감과 업무환경의 제한 등을 반영하는 결과라고 할 수 있을 것 같습니다.

　행복한 출근길을 말하겠다고 하고 이런 딱딱한 연구 결과들을 말하는 이유는 무엇일까요? 대부분 직장인들은 수면시간을 제외한 하루 일과 중 70% 정도는 직장에서 시간을 보내거나 업무와 관련된 일을 하며 시간을 보내게 됩니다. 이렇게 많은 시간을 일과 직장에 투자하는 것은 부정할 수 없는 현실인데 내가 하는 일이 만족스럽지 않다면, 내가 하는 일이 자랑스럽지 않고 행복하지 않다면 내 삶은 과연 행복하다고 할 수 있을까요? 직장에서는 힘들어 죽을 것 같고 출근하기 싫은데 퇴근 후 집에만 가면, 친구만 만나면 행복하다고 가정한다면 그 사람은 자기 삶의 몇 퍼센트나 행복할까요? 잠깐 친구와 만나서 문화생활을 즐기고 수다를 떨면서 스트레스를 해소하고, 집에서 가족들과 함께한 시간들이 엄청 행복하다 하여도 많은 시간을 투자하는 일터에서 소소한 행복들을 자주 느끼는 것과 비교할 수 있을까요? 가장 행복한 삶은 직장에서도 직장 밖에서도 행복을 자주 느낄 수 있어야 합니다. 지금보다 조금 더 행복하기 위해서는 로또 당첨을 꿈꾸기보다 일상의 작은 행복들을 자주 느끼는 것이 좋지 않을까요? 그렇다면 내가 많은 시간을 투자하고 있는 내 일, 내가 출근하는 직장, 내가 만나는 사람들에 대해 다시 한 번 생각해볼 수 있으리라 생각합니다.

직업이라는 용어를 살펴보면 vocation은 하늘이 인간에게 부여한 소명의식을 포함하고 있는 천직calling의 의미가 강하고, occupation은 생업, 직종, 업종 등 경제적 보상의 색채가 강하고, job은 일, 일자리, 직업, 직무를 일컫는다고 합니다. 우리가 보통 말하는 일work은 자기 자신 또는 다른 사람들을 위해서 무엇인가를 생산하는 활동을 의미하며, 이 일이 놀이와 다른 점은 목표가 있고 힘을 소비하는 행위라는 것이고, 일은 꼭 경제적인 보수를 받아야만 하는 것은 아니라고 합니다.

왜 일을 해야 할까요? 인간은 자신의 기본적인 욕구를 충족시키고도 스스로 일하기를 선택하고, 일에 대한 본성을 가지고 있어 일에서 스스로 성취하고 개인적 만족을 느끼고 동료 관계를 통한 사회적 활동과 상대적으로 높은 지위에서 성취감을 맛보고자 합니다. 직업은 개인의 능력과 강점을 발휘하고 자신이 추구하는 목표와 가치를 구현할 수 있는 자기실현의 장이고, 자기정체감과 사회적 소속감을 줄 뿐만 아니라 동료들과의 사회적 연결망을 제공하여 직업적 활동과 인간관계의 조화를 통해 인생의 의미를 발견할 수 있는 행복의 원천이라 하였습니다.

직업정체성은 자신의 직업을 통해 자기 자신을 정의하고 그 직업에 대해 동일시와 심리적 일체감을 느끼는 것을 의미합니다. 내가 행복하기 위해서 내 직업에 대한 정체성을 향상시킨다면 내 삶이 더 행복해지지 않을까요? 피할 수 없으면 즐기라는 말이 있지 않습니까. 안정된 직장, 소속감, 고정된 수입들은 괜찮지만 말 안 듣고 골치 아픈 수용자를 만나는 것은 싫다? 지금 그 환경과 대상들을 수용할 수 없다면 과감히 새로운 일을 향해 떠나는 것은 어떨까요? 나이, 실력,

사회환경 등 여건상 떠날 수 없다면 받아들여야 하지 않을 까요? 성직자적인 사명으로 수용자를 위해서가 아니라 세상에서 가장 소중한 나 자신을 위해서 말입니다. 그렇게 행복해진 나는 내 행복에너지를 수용자들에게 전파하는 것입니다. 억지로 수용자를 위해서 내가 무엇을 해야 하는 것이 아니라 행복해진 내가 건강하고 행복한 에너지를 자연스럽게 나눠주는 것입니다. 서울대 최인철 교수는 행복한 사람 옆에 있으면 그 행복의 15%가 옆 사람에게 전해진다고 했습니다. 우울한 사람들 옆에 있으면 나도 모르게 우울해지고, 행복하고 기분 좋은 사람 옆에 있으면 덩달아 기분 좋아지지 않습니까?

법륜스님께서 하신 말씀이 생각납니다. 좋아서 껴안고 뽀뽀하면 사랑이지만, 돈을 벌기 위해서 하면 매매춘이듯이 일도 단지 노동을 파는 행위에 그칠 것인지 이상을 실현시키기 위함인지 생각해볼 일입니다. 불평불만 속에서 제대로 대접을 못 받았다고 생각하면 강제 노역을 당한 것이고, 자신의 이상을 실현시키기 위해서 다만 행했을 뿐이면 자원봉사를 한 것입니다. 우리의 직장이 강제노역장이 될 수도, 수행처가 되고 복 짓는 자원봉사의 장이 될 수도 있습니다. 최인철 교수님의 "일도 자발적으로 하면 여행이 되고 여행도 억지로 하면 일이 된다"는 말은 되새겨 봄 직합니다. 심지어 계란도 다른 사람이 깨트리면 계란프라이가 되지만 스스로 알을 깨트리면 한 생명을 가진 병아리가 된다고 하지 않습니까? 어차피 할 일이라면 시켜서 마지못해서가 아니라, 밥벌이를 위해서 어쩔 수 없이가 아니라 일의 의미를 찾고 작은 보람들을 느껴보면 어떨까 합니다.

아리마 히데코有馬秀子는 동경의 긴자에 있는 조그만 바의 주인이자 호스티스 중 가장 고령으로 기네스북에 올랐던 사람입니다. 그녀는 결혼 후 가사와 육아에 전념하다 제2차 세계대전이 끝난 후 여성도 더 이상 집 안에만 머물러서는 안 된다는 생각으로 카페를 운영하기 시작하여 사망할 때까지 같은 장소에서 현역으로 일했다 합니다. 그녀는 매일 자정 마지막 손님을 배웅하고 가계장부를 정리한 후 새벽 두 시에 잠들고 아침 여섯 시에 기상하여 전날 가게에 온 손님들의 이름, 인상착의, 관심사 등을 노트에 꼼꼼히 메모하여 아침 식사 후 승진하는 손님들에게는 축하편지를, 좌천되는 손님들에게는 격려의 편지를 썼습니다. 그리고 나서 일본의 3개 일간지의 광고까지 숙독하고 매주 한 차례 미장원에서 머리손질, 손톱정리, 마사지를 받으며 이렇게 말했습니다.

"호스티스는 끝없이 노력하고 스스로를 가꿔야 한다. 호스티스는 술 마시는 사람이 아니라 손님이 즐겁게 마시도록 도와주는 사람이다."

술을 따르는 호스티스가 이럴진대 한 사람을 살리고 잘못된 이들을 교정하는 선생인 우리는 어떤 마음으로 내 일을 하고 있는가 생각해볼 일입니다.

30년 이상 교도관을 하시고 퇴직 후 새로운 일을 하시는 선배님들께 교도관은 어떤 사람인가를 질문했더니 한 선배님은 "성경에서 유일하게 교도관만 은혜로운 직업"으로 인정하셨다고, 또 한 선배님은 "교도관은 천당이 예약된 사람"이라고 하셨습니다. "우리만큼 좋은 일 많이 하는 사람 어딨노? 아픈 사람 간호하고, 죽어가는 사람 살려주는데."

따뜻할 온溫 자에 대한 해석 중 하나는 '갇힌 자에게 물 한 잔 주는 것'이라고 합니다. 우리 교도관은 어떤 사람일까요? 수용자들을 먹여주고, 재워주고, 약 먹이고, 심지어 직접 목욕을 시키기도 합니다. 이 얼마나 뜨거운 사람들인가요. 백범 김구 선생님은 "돈을 맞춰 일하면 직업이고, 돈을 넘어 일하면 소명이고, 직업으로 일하면 월급을 받고, 소명으로 일하면 선물을 받는다"고 하셨습니다. 나는 어떤 일을 하고 있을까요? 내 직업은 나에게 어떤 의미일까요?

내게 교도관이라는 직업은 소명이고 선물입니다. 저는 교도관이라는 일을 통해 크나큰 선물들을 받으며 살고 있습니다. 철부지였고 이기적이었던 내가 주위를 돌아보고 배려할 줄 알게 되었고, 꿈꿔보지도 못했던 공부들을 하게 되었고, 너무도 좋은 분들을 만나게 되었습니다. 훌륭한 작가, 교수님, 상담사, 목사, 스님, 강사님들……. 그래서 그분들을 통해 둥글어지고, 유연해지고, 성장하게 되었습니다. 수용자의 출소 후 진로를 고민하다 뜻하지 않았던 대학원을 진학하게 되었고, 교정공무원의 행복을 고민하다 박사까지 되었습니다. 그리고 내가 힘들 때 힘이 되어주는 많은 수용자, 출소자들이 있습니다. 이만하면 나는 내 일을 통해 선물을 받고 있는 것 아닌가요?

모든 사람은 이기적입니다. 너무 거창한 소명이나 이타를 위해서가 아니라 내가 행복하기 위해 내 업무환경을 긍정적으로 수용하고, 변화, 성장할 수 있도록 노력한다면, 보태어 누군가를 위해 조금만 사랑의 마음으로 정성을 다해준다면 지금 내 일이 노동이 아니라 선물로 다가오지 않을까요?

배달의 민족 김봉진 대표는 "대부분의 기업이 고객을 최우선으로 생각해야 하고 고객을 위해 존재하기 위해 직원들과 구성원의 복지와 처우가 우선이라고 생각한다. 직원들에게 잘해주면 자연스럽게 기업의 성과가 향상되기 때문이다"라고 했습니다. 나는 그 말에 깊이 공감합니다. 배달의 민족뿐만 아니라 생각이 깊은 리더들은 직원들에게 무조건 고객이 최고임을 강조하기보다 직원들이 우러나 고객을 최고로 받들 수 있도록 해주고 있습니다. 직원들이 자신감 있게

근무할 수 있도록 적극적으로 지원해주는 것이 우선이 아닐
까요?

교정기관의 보안현장은 평화로울 때는 어느 고요한 선방
보다 조용하지만 사건이 생기고 나면 사건이 발생한 그 수용
동이나 거실만이 아니라 그 주변까지 어수선합니다. 그런 정
서적인 불안감은 또 다른 부정적인 상황들로 파급되곤 합니
다. 늘 언제 터질지 모르는 폭탄을 안고 사는 그런 느낌으로
한시도 긴장을 늦출 수 없습니다. 가능한 한 교도소 담장을
나서면 담 안 식구들은 툭툭 털고 나와야 하는데 쉽지 않습
니다. 매일 아침 출근하는 길엔 밤새 어떤 일들이 생겼을지,
또 하루 어떻게 보내야 할지를 걱정합니다. 오늘 내가 수용
자들을 위해 무엇을 어떻게 능동적으로 해줄까보다 어떤 일
들을 어떻게 막아야 할지 고민해야 하는 수동적인 업무환경
이 안타깝고 힘듭니다.

교정공무원들은 사회적으로 낮은 평가와 제한된 공간,
야간 교대 근무제, 폐쇄적이고 수동적이며 위협적인 근무환
경 때문에 힘들어하고 있으며 일부 교정공무원들은 업무스
트레스에 시달리다 못해 극단적인 선택을 하는 경우가 해마
다 증가하고 있습니다. 수용자들을 진정으로 교정교화하고
싶다면 교도관들이 자부심을 가지고 일할 수 있는 환경을 만
들어주세요. 그래서 그들이 오늘은 출근해서 누구에게 어떤

말로, 어떤 프로그램으로 다가가서 그들의 그릇된 사고와 행동들을 성찰하고 개선할 수 있을까 설레는 마음으로 담장 안으로 걸어가게 해주세요.

▚▚▚
한 사람을
살리는 일

한동안 미친 듯이 해왔던 취입창업지원업무를 마치고 다시 여자 수용동 근무를 하다 지쳐갈 무렵 스물아홉의 나이에 호텔리어에서 항공기 조종사라는 꿈을 갖고 10년간 차곡차곡 준비한 끝에 서른아홉에 조종사가 된 조은정 기장의 강의를 듣게 되었습니다. 작고 아담하면서도 젊고 당차고 야무진 모습과 달리 난 얼마나 무기력하고 초라해 보이던지……

내가 그 강연을 들었던 날은 스승의 날 즈음이었던 듯합니다. 수용 중 창업지원 프로그램을 통해 출소 후 떡집 창업을 준비 중이던 선화 씨는 자신이 직접 정성스레 만든 떡케이크를 내게 선물했었습니다. 그런데 조 기장님의 강연에 감동받은 나는 선화 씨에게 받은 정성스런 떡케이크를 선뜻 선물하고 말았습니다. 지금 이 사실을 안다면 선화 씨는 무척 서운하게 생각하겠지만 조 기장님의 강연은 십 대도 아니고 청년도 아닌 사십 대 중년의 나를 채찍질하기에 부족함이 없었습니다. 이런 인연을 시작으로 책을 기증받고, 청소년들의 독서감상문 쓰기 등을 통해 다시 만난 조 기장님과의 미팅에서 나는 다시 자괴감을 느꼈습니다. 10년간 꿈을 위해 주어진 환경을 최대한 활용하여 자신이 그토록 부러워하고 바라던 항공기 조종사가 되었으나 안주하지 않고 세계를 보듬을 수 있는 방법을 고민하고 있는 중이라고 했습니다.

'누군가는 그토록 원하던 꿈을 이루고 또 더 큰 꿈을 꾸고 있는데 나는 무얼 하고 있지?' 이렇게 의기소침해 있을 때 교정관련 행사장에서 평소 존경하는 직장 선배님을 만나 뵙게 되었습니다.

"요새 어떻게 지내나?"

"누군가는 자기 꿈을 이루고 또 세계를 보듬겠다는 꿈을 꾸고 있는데 저는 무얼 하고 있는지 모르겠습니다"라고 푸념 섞인 목소리로 대답했습니다. 그 선배님께서는 "때로는 세상을 보듬는 것보다 한 사람을 보듬는 것이 더 가치 있는 일일 수도 있다. 너는 지금 그 소중하고 가치 있는 한 사람을 살리는 일을 하고 있지 않느냐"고 하셨습니다.

저의 롤모델 장 계장님

계장님이 써주신 네 권의 책글씨는 과장하는 게 아니라 저를 살렸어요. '자살'만이 유일한 구원이 아니란 걸 알게 해주셔서 감사합니다. 모든 복잡한 고민을 한꺼번에 해결하는 방법은 바로 자살이었는데 아닌 것 같아요. 저같이 생각하는 아마도 많은 누군가에게도 알려주고 싶어요. 나가면 우선 성폭력 상담을 받고 이제라도 12살, 16살 저를 치유할 거예요. 시간 나실 때 영화 <디태치먼트>를 꼭 보셨음 해요.

분리불안장애가 있어 힘들어하는 진이에게 같은 방에 있던 언니는 때론 엄마처럼 따뜻하게 보듬어주었습니다. 그 언니에게 추가건이 생겨 합의금을 구하려고 안절부절못하고 있던 차에 진이는 선뜻 자신의 전 재산을 그 언니에게 주겠다고 하고 그 언니는 진이 엄마께 자신의 계좌로 송금해 줄 것을 요청하는 서신을 보냈습니다. 담당근무자는 그 언니가 진이 엄마에게 편지를 보내는 것이 이상하다며 내게 가지고 왔습니다. 진이를 불러 사실관계를 확인한 결과 그 언니의 강요에 의한 것이 아니라 진이의 자발적인 결정이라고 했습니다. 전 재산이 2천만 원인 진이가 그 돈을 언니에게 주겠다고 하는 이유는 무엇이었을까요?

"저는 돈 필요 없어요. 지금 엄마 암 말기라서 제가 출소하기 전에 돌아가실지도 모르고, 저는 분리불안장애인데 엄마 돌아가시면 혼자 살 수 없게 되고, 이미 많은 사람들이 손가락질하는 공갈, 협박 범죄까지 지어서 더 이상 살 가치가 없으니까요. 전 이 안에서는 주임님들 때문에 죽지는 않겠지만 나가면 바로 죽을 거예요. 그러니 그나마 있는 몇 푼을 저한테 위로가 되어주는 언니가 필요하다니 주고 싶어요."

참 난감했습니다. 제3자를 통한 부정서신연락, 금품요구 등 행위를 처벌하려다 더 급한 한 사람의 목숨을 만나게 되었습니다. 왜 돈이 필요 없는지, 왜 자살을 해야 하는지에 대해 너무도 담담하게, 조목조목 설명하는 진이는 평소 특별하게 눈에 띄지 않았던 아이였기에 무척이나 낯설고 당황스러웠습니다. 진이의 이야기를 한 시간쯤 듣다 보니 희미한 빛을 찾을 수 있었습니다. 진이는 어렸을 때 성폭행 경험에서 시작된 상처로 자존감과 회복탄력성이 땅바닥에 떨어져 박살 난 유리공 같았습니다. 교정시설 내에서는 직원분들 힘드니까 출소한 다음에 자살하겠다는 그런 진이에게 지금 이 시점에서 내가 할 수 있는 일은 무엇일까? 시설 안에서 안 죽겠다니 그냥 무시해도 될까?

다행히 상담을 하며 마음이 조금 열린 진이는 '추천도서 읽고 감상문 제출하기'로 숙제를 시작했고 그러던 중 다른 기관으로 이송을 가게 되었지만 그곳에서도 숙제는 우편으로 계속되었습니다. 그러다 형확정이 되어 다시 다른 기관으로 이송을 가게 된 진이는 그곳에서 사고뭉치, 문맹인 아주머니 한 분께 글을 가르치고, 손발을 씻겨주고 있다고 했습니다. 자신이 무언가 기특한 일을 하면 꼭 자랑하고 싶다는 진이는 출소하면 꼭 전문 상담을 받아 상처를 치료하고 건강한 모습으로 내 앞에 나타나겠다고 했습니다.

진이가 추천한 〈디태치먼트Detachment〉를 보며 영화 속에 나오는 에리카와 메레디스를 통해 진이의 마음을 볼 수 있었습니다. 진이는 내가 마치 그 영화 속의 헨리 선생님이라 생각한 듯했습니다. 헨리는 "아이들을 가르치는 이유는 바꿀 수 있다고 믿기 때문"이라고 말합니다. 그리고 누군가에게 다짐하고 지켜주길 바라기보다 스스로 판단하고 자신과 약속하기를 원합니다. 저 역시 진이가 더 건강해져서 진짜 자기 삶의 주인이 되기를 기도합니다.

아 …… 저는 이렇게 소중하고 의미 있고 가치 있는 일을 하고 있는 사람이었습니다. 단지 그 의미와 가치를 느끼지 못하고 있었던 것이죠. 가끔 제 일에 대한 가치관이 고민될 때 그분이 말씀하신 '한 사람을 살리는 일'을 떠올려봅니다.

그분은 교정을 참 사랑하셨습니다. 때로는 그 사랑을 직원들이 이해하지 못해 원성이 자자할 때도 속앓이하면서 묵

묵히 버티며 소신을 굽히지 않으셨습니다. 우연한 기회에 내재되어 있던 교정에 대한 마음을 표현했던 것을 기회로, 방송대 출신, 재근속 승진, 사무직 경력 전무, 나이도 많고 두 아이의 엄마였던 나를 진흙에서 건져 주셨습니다. 그 못생긴 돌은 그때부터 데굴데굴 구르며 때로는 시궁창에도 박혀보고, 험난한 산길에서 넘어지기도 하고, 그러다 따뜻한 이들을 만나 힘을 얻고 다시 일어나 밝은 세상으로 한 걸음 한 걸음 걷게 되었습니다. 아직 부족하지만 결코 어둠만을 탓하지 않고 한 자루의 촛불이 되어 빛과 온기가 되도록 노력하고 있습니다.

크레이너라는 학자는 사회적으로 낙인찍힌 사람들과 정기적으로 접촉하는 교도관을 혐오노동 중 사회적 오염social taint으로 분류하며, 혐오노동자들이 사회의 부정적인 시선에도 불구하고 그 일을 지속하고 있다면, 그것은 그들이 자기들만의 방식으로 일을 인지, 이해, 수행하고, 그 과정을 통해 자신들에게 씌워진 부정적인 이미지를 정상화시키고 있기 때문일 것이라고 했습니다. 맞습니다. 우리 교도관들은 힘든 근무여건과 사회적으로 낮은 인식에도 불구하고 소명을 가지고 한 사람을 만들기 위해 최선을 다하고 있습니다. 많은 교도관들은 돈으로 살 수 없는 존귀한 일, 그 소중한 한 사람을 살리기 위해 열두 척 높은 담장 안으로 걸어갑니다.

다시 찾은 꿈

법무연수원에서 취업담당자 교육 중 '직업별칭짓기' 시간
이었습니다. 이미 교도관으로, 두 아이의 엄마로, 마흔이 다
된 나에게 새로운 꿈을 찾을 의미가 있었을까요? 저는 '후회
하지 않는 삶'을 목표로 하루하루, 순간순간을 무가치하게 보
내고 싶지 않아 쉼 없이 무언가를 하며 그 시간들을 채우고
있었습니다. 야근을 하면서도 책을 보고, 뜨개질을 하고, 공
부를 하고 잠깐 교대시간이나 쉬는 시간에도 직원들과 수다
를 떨면서도 내 손은 움직이고 있었으니까요. 그렇게 구체적
인 삶의 목표보다는 그저 귀한 시간을 허투루 쓸 수 없다는
생각 때문에 자투리 시간도 알뜰하게 활용하곤 했습니다.

그러던 내게 직업별칭짓기는 까마득히 잊고 있었던 내
꿈을 찾게 했습니다. 꿈은 그저 청소년기 때 특정 직업을 갖

기 위한 것이라고 생각했었는데 마흔이 되고, 쉰이 되고 심지어 임종을 앞두고도 꿀 수 있는 것이었습니다. 내 어렸을 때 희망은 선생님이 되는 것이었습니다. 기자, 치과의사, 작가 …… 몇 가지에서 흔들릴 때도 있었지만 본래의 자리인 양 선생님으로 돌아가곤 했습니다. 그러나 선생님이 될 수 있는 대학에 진학하지 못하고 교도관이 된 후에도 다시 공부해서 교대를 가야 하나 고민한 적도 많았습니다. 힘든 학창 시절 내게 따뜻한 손을 내밀어 세상의 온기를 전해주셨던 선생님처럼 누군가의 등을 토닥여주고, 손을 잡아줄 수 있는 그런 선생님이 되고 싶었었는데, 정작 나는 그 꿈과 달리 범죄자들과 매일 전쟁을 치르며 겨우 살아가고 있나 싶은 회의가 찾아올 때도 많았습니다.

더 늦기 전에 내가 하고 싶었던 일을 해보는 것은 어떨까를 생각했습니다. 그리고 내 꿈의 대상을 아이들로 고집할 것이 아니라 현재 내 옆에 있는 이들로 바꾸고 그들의 선생님이 되는 것으로 재설정했습니다. 꿈은 단지 '어떤 직업인'이라는 명사형에서 그치지 않고 '어떤 가치를 가지고 일을 진행'하는 동사형이라 생각하고 '힘든 이에게 따뜻하게 손 내밀어 그들의 진로에 구체적이고 전문적인 도움이 되는 일을 하는 사람'이 되기 위해 지금 내가 할 일은 무엇일까 생각했습니다. 그렇게 방향을 설정하고 난 후 용기 내어 법무연수원 내부강사과정을 지원하고, 대학원을 진학했습니다. 그 과정들을 거쳐 그저 막연한 꿈에 불과했던 법무연수원 강단에서 다른 동료들 앞에 섰을 때의 설렘은 결코 잊을 수 없어 그날 사진은 아직도 내 폰에 저장해두고 있습니다. 목표를 가지고 계획을 세우고 지금 당장 할 수 있는 것부터 시작하니 계획했던 것보다 더 일찍 목표점에 다다르고 있었습니다.

좀 더 전문적인 역량을 갖추기 위해 박사과정을 시작했고, 논문을 쓰기 위해 30년 이상 교도관으로 재직하고 퇴직 후 새로운 일을 하시는 선배님들을 만나 뵈었습니다. 교도관 퇴직 후엔 주로 어떤 일들을 하시는지, 낳은 사람들이 교도관을 퇴직해서 할 수 있는 것은 경비밖에 없다고 하는데 그 말이 맞는지, 교도관의 오랜 일 경험은 정말 쓸데없는 것인지, 교도관은 어떤 일을 잘할 수 있는지, 현직에서 어떻게 시간을 보내고 업무경험을 쌓으면 좋을지, 그만큼 일했고 연금 받는데 왜 또 일을 하는지 …… 이런 질문들을 가지고 각 지역과 분야에서 일하시는 분들을 직접 만나 뵙고 교도관의 일 경험과 퇴직 후 새롭게 하고 계신 일들에 대해 대화를 나눴습니다.

21명이 교도관 퇴직 후 새롭게 하고 있는 분야는 생각보다 다양했습니다. 시의회의장, 토지보상행정사, 출입국관련 행정사, 단감농장, 대학학장, 목사, 요양원운영, 복지재단 상임이사, 민영교도소 교도관, 재가복지센터 운영, 건물관리소장, 상담사, 문화해설사, 화가, 국악예술단 대표, 학교보안관, 숲해설가 등이었습니다. 연구 외에도 법무법인 고문, 학원강사, 바둑기원 운영, 기업 민원 상담자 등 다양한 일들을 하고 계셨습니다.

많은 선배님들께 왜 일을 하시는지 물었습니다. 어떤 선배님은 자기는 현직에서 죽어라 일만 했기 때문에 퇴직해서는 절대 일을 하지 않겠다고 다짐하고 퇴직했는데 돌아보니 자기는 일을 하지 않으면 안 되는 사람, 놀 줄 모르는 사람임을 알게 되었다고 했습니다. 마침 그때 교육기관에서 교수의 뢰가 들어와 수락했고, 지금 현재 너무 자유롭고 만족스럽게 가르치는 자부심을 느끼며 하고 있다고 했습니다. 또 한 분은 어릴 때부터 나무 가꾸는 것을 좋아했고 농장을 하고 싶었는데 퇴직 후 적정한 수입과 어릴 적 꿈의 실현 그리고 자유로운 시간활용을 위해 퇴직수당으로 지방에 과수농장을 구입하여 두 분이 다정하게 단감농장을 하고 계셨습니다. 또 한 여선배님은 교도관임에 자부심이 넘치시던 분이었는데 기대와 다른 전보와 수용자들에 지쳐서 갑작스럽게 퇴직한 후, 밝고 기쁜 민원인들을 만나고 싶어 문화해설사가 되어 여유 있고, 보람된 시간을 보내고 계셨습니다.

한 선배님은 하루도 쉬지 않고 직장을 위해 헌신했는데

상급자로부터 마음의 상처를 받아 갑자기 명예퇴직을 하고 기업연수원 경비로 취업했습니다. "평생 지키며 살았는데 또 경비예요?" 그분은 그냥 지키는 경비가 아니라 살피고 실행하고 계셨습니다. 자신의 손길이 필요한 곳을 스스로 찾아 도움 될 일들을 하다 보니 교도관에 대한 인식이 좋아져 새로운 직원 채용은 그 선배님을 통해서 하게 되었다고 했습니다. 그분은 현직에서 수용자 직업훈련이나 작업을 할 때도 관심 있게 보고, 손수 경험해서 기술을 익힌 덕분에 65세에 기업 경비를 퇴직하고도 건물관리소장으로 취업하여 그 건물에 필요한 종사자들은 교도관 후배들 중에서 채용했습니다. 이분은 오직 일밖에 모르고, 그 일을 위해 사시는 분이었고 죽을 때까지 일하고 싶다고 했는데 건강이 허락하고, 건물주가 다른 사람을 고용하지 않는 한 지속될 것이라 생각했습니다.

또 한 선배님은 퇴직 후 태권도장을 하기로 마음먹고 현직에서도 자기계발 및 직원, 경비교도대원들의 체력증진을 위해 태권도를 지속하여 8단 자격을 취득하고, 퇴직하여 태권도장을 개관하려고 했으나 출산율은 낮아지고, 학부모들이 관장이 젊고 유능하길 바란다는 점 등에 공감하고 오랜 꿈을 접게 되었습니다. 우선 지인들의 회사일을 도와주다 수용자와 경비교도대 상담 경력을 인정받아 고용센터 상담원

으로 7년간 재직하였고, 65세 퇴직 후에는 고용센터 건물관
리소장으로 재직하면서 전국마라톤대회 참여와 각종 육상대
회 심판 등의 활동을 왕성하게 하며 여가를 보내고 있었습니
다. 또한 전국체전 육상심판을 꿈꾸고, 태권도 9단, 세계마스
터즈 육상경기대회 포환 3천 미터에 도전해보고 싶다며 일흔
이 넘은 연세에도 꿈을 꾸고 계셨습니다.

한 선배님은 퇴직하고 나면 수입은 줄어드는데 경조사비
나 의료비가 생각보다 많이 필요하다는 점을 인식하고, 아직
건강하고 일할 수 있을 때 무얼 할까 궁리하다 행정사 교육
을 받았습니다. 그런 다음 출입국 관련 행정사를 하기 위해
1년간 다른 업체에서 업무경험을 쌓은 후 작은 행정사 사무
실을 창업했습니다. 행정사 사무실 운영은 물론 행정사 협회
강의 등을 통해 경제적으로 보탬이 되고, 자유로운 시간을
보장받았다고도 했습니다. 또 한 선배님은 오랫동안의 빈티
지라디오 수집 및 복원 등 취미활동을 살려 약간의 부수입을
챙기다 사람들과 어울리기 위해 다시 행정사 교육을 받고 토
지보상행정사에 도전했습니다. 일반행정에서 건축, 세무 관
련분야 경험자들과 함께 사무실을 오픈하여 그동안 쌓은 법
지식과 행정경험을 토대로 일을 하며 역량을 발휘하고 예상
보다 괜찮은 수입에 만족해하고 계셨습니다.

한 선배님은 퇴직 후 교정관련 학교에서 5년간 봉사하다

사모님의 권유로 요양보호사, 사회복지사 등의 자격증을 취득하고 두 분이 함께 노인공동생활가정을 운영하고 계셨습니다. 이미 75세이신데도 요양원을 운영하시면서 전국 교정기관에 선교활동도 열심히 하고 계셨습니다. 특히 교도관 경험 하나하나가 시설을 운영하는 데 모두 필요하고 도움 되는 일임을 강조하시며 요양원을 운영하며 발생한 수익이 봉사를 하는 중요한 자원이 된다며 기뻐하셨습니다.

그런가 하면 다른 선배님은 현직에서는 보안경험을 거의 하지 못하고 퇴직 후 늦둥이를 위해 새로운 일자리가 필요해 민영교도소 경력채용에 응시했는데 국영에서 경험하지 못했던 수용자 교화에 뒤늦게 눈을 뜨게 되어 만족해하셨습니다. 교정공무원 경력으로 거의 유일하게 지원할 수 있는 민영교도소 경력채용은 일 년에 두 명쯤이고 대부분 국영에서 교감으로 퇴직하신 분들입니다. 국영에서 30년 정도 경력을 갖고 퇴직 후 민영에서는 8급 상당으로 채용되어 그 수준의 대우를 받게 되어 적응하기 어려워하는 분들도 계시지만 퇴직 후 '내려놓음'을 체득하며 경험과 경력을 가치 있게 활용하고 계셨습니다.

교도관 28년 6개월 후 명예퇴직하여 시의원에 당선된 후 4선째 시의장이 된 선배님은 재직 중 예산업무를 했던 것과 수용자 교육, 다양한 사람들을 만났던 게 새로운 일에 큰 도움이 된다고 하셨습니다. 유아숲지도사를 하며 손자뻘 되는 아이들과 함께 동심의 미소를 짓던 선배님, 학교보안관을 하시며 아이들 덕분에 다시 젊어진다고 환하게 웃으시던 선배님, 퇴직 후 잘 놀기 위해 풍물을 배우다 국악예술단을 운영하시는 선배님, 교도소 선생을 꿈꾸고 퇴직 후에는 노인교도소를 만들고 싶어 하셨는데 사회복지재단 상임이사를 하시며 힘든 이들에게 쉼과 충전이 되어주시는 선배님, 오히려 수용자를 통해 자기성찰을 하시고 뒤늦게 목회활동을 하시며 은혜와 축복에 감사하시는 선배님…….

이분들의 공통점이 무엇인가 생각해보았습니다. 이분들 중 90% 이상이 입직 당시에 비해 학력이 높아졌고, 현직에서 성실하게 일하시며 모범이 되셨고, 무엇보다 자기를 탐색하고 열정을 갖고 계셨습니다. '어떻게 살아야 할지, 어떤 것을 좋아하고 하고 싶은지, 무엇을 잘하는지' 스스로에게 질문하고 답을 추구하는 삶을 살고 계셨습니다. 어떤 선배님은 특별히 퇴직 후에 무언가를 하겠다고 준비하지 않았는데 현직에서 순간순간 최선을 다했던 것들이 뜻밖의 선물이 되었으며, 또 다른 분은 자기가 좋아하는 것을 열심히 하다 보니 자연스럽게 새로운 일을 만나게 되었습니다. 이분들은 모두 자신들의 경험과 경륜을 토대로 남은 삶의 방향과 목표를 찾으셨습니다. 새로운 내 일my work을 하며 스스로에게, 가족과 주위사람들에게 인정받고, 당당해지고, 경제적으로도 도움이 되었습니다. 대부분 담 안에서 시간과 공간으로부터 받은 제약들에서 벗어나 자유롭고 좋아하며 하고 싶은 일을 하고 계셨습니다.

저는 여러 선배님들을 만나고 난 후 재직 중인 우리 동료들에게 질문을 던집니다.

어떤 삶을 꿈꾸세요?

혹시 어렸을 적 꿈에 대한 미련은 없으세요?

좋아하는 취미활동들을 하다 새롭게 해보고 싶은 건 없으세요?

그 꿈을 찾았다면 지금 당장 해야 할 일은 무엇일까요?

언제 어디서나 누군가를 혹은 무엇인가를 기다린다는 것은 얼핏 수동적이거나 정적인 것 같지만 사실은 그렇지 않습니다. 몸과 마음의 에너지를 엄청나게 쏟아야 하며, 기다리는 행위 자체가 지극히 능동적으로 전환될 때 기다림은 비로소 완성되는 것입니다. 기다림은 대문 앞에서 그저 서성거리는 것이 아니라 마침내 누군가를 향하여 걸어가는 것이지요. 기다리다 못해 한 걸음 한 걸음 마중으로 이어질 때 비로소 기다림은 제대로 업그레이드되는 것입니다.

— 이원규의 『지리산 편지』 중에서

꿈은 멈춰 있는 특정 직업인 명사名詞가 아니고 그 명사를 향해 움직이는 동사動詞이고 현재 진행형입니다. 그저 오는 봄을 맞이하는 것이 아니라 봄이 오는 곳을 향해 한 발짝씩 남하해서 마중 가듯이 그 꿈을 이루기 위해 노력하는 삶이라 생각합니다. 그 꿈을 위해 지금 당장 내 자리에서 할 수 있는 일들은 무엇일까요? 내 꿈을 찾기 위한 작은 시도들을 통해 좀 더 역동적인 삶을 살아가며 소진되었던 내 마음의 근육들을 키워간다면, 이 건강하고 긍정적인 에너지들로 내 삶도 충만해지고, 수용자들에게도 긍정적으로 전해지지 않을까요?

담장 안으로
걸어온 사람들

이른 아침 출근길 즐겨 듣던 라디오 방송에서는 소통전문가 김창옥 선생님의 밝고 재미있고 유익한 말씀이 들려옵니다. 문득 이분이 출소를 앞둔 우리 수용자들에게 '자신과의 소통, 가족과 세상과의 소통'을 강의해주신다면 얼마나 좋을까 생각하며 사무실에 도착했습니다. 자리에 앉자마자 컴퓨터를 켜고 인터넷 검색을 시작했습니다. 돈키호테라는 별명처럼 무모하기로는 둘째가라면 서러운 나는 라디오 강의를 들은 게 전부인 그분을 모셔보겠다며 덤비고 있는 것입니다. 검색하다 보니 그분의 책도, 강의도 엄청 많고 경력도 화려한데 '이렇게 유명한 분이 누추한 교도소에 오시겠어' 반신반의하면서 벌써 나는 홈페이지를 찾아 전화를 하고 있었습니다.

당시 퍼포먼스 트레이닝 연구소 직원이 전화를 받아서 내 얘길 듣더니 말했습니다.

"죄송하지만 대표님의 재능기부 강연은 내년 상반기까지 일정이 잡혀 있습니다."

"아, 네. 그런데 혹시라도 선생님께 제 연락처와 취지를 한 번만 전달 부탁드려도 될까요? 정말 저희 수용자들에게 선생님 강의를 들려주고 싶거든요."

그게 내가 할 수 있는 최선이었고 유일한 방법이라 생각했습니다.

그날 오후 낯선 전화가 왔습니다. 그분이었습니다. 소속 직원이 아니라 그분이 직접 전화하셔서 다른 일정 취소하고 강연해주시겠다고 했습니다. 당시 우리 기관 외부 강사비는 두 시간에 십만 원도 안 되고, 강의장까지 들어오는 절차도 엄청 복잡해서 실제 강의시간보다 많은 시간이 소요되었습니다. 이런 여러 가지 어렵고 불편한 상황을 말씀드리고, 교육의 목적과 대상자들에 대해 말씀드렸습니다.

강의 당일 김 대표님과 직원 세 분이 함께 오셨던 것 같습니다. 워낙 유명하신 분인 데다 바쁜 일정을 취소하고 오셨음에도 선생님을 위해서 나는 현수막 하나 겨우 준비했고 직원분들을 따로 응대하지도 못했습니다. 너무 초라하게 모신 것 같아 죄송했습니다. 그런 내 맘을 돕듯이 선생님을 모시고 강의장으로 가는 중에 반가운 이를 만났습니다. 대표님과 전역 후에도 가끔 연락을 주고받으며 지냈던 군대동기였던 우리 직원을 만난 것이었습니다. 그분께 강의만이 아니라 무언가 의미 있는 시간이 된 듯해서 미안감은 덜해졌습니다.

라디오를 통해 재밌게, 유익하게 들었던 그분의 강의를 바로 앞에서 듣게 되었는데 무슨 내용이었는지 하나도 기억나지 않았습니다. 그분의 손짓, 몸짓, 말씀에 모든 신경을 집중했음에도 내용을 기억하지 못한 이유는 무엇일까? 그저 그분을 가까이에서 뵐 수 있는 것만으로도 선물이었습니다. 강의가 끝나고 점심 대접을 위해 내표님과 직원분들을 외부 음식점으로 모시고 갔습니다. 함께 식사를 하면서도 흥분된 상태로 무슨 얘기인지 쉼 없이 했던 것 같습니다. 분명 우리 수용자들에 대한 이야기들이었을 것입니다. 식사비를 계산하려고 하니 이미 직원분이 식사비를 계산하셨습니다. 강사비는 내 임의로 조정할 수 없어서 내가 식사라도 대접했어야 했는데 내 수다 때문에 그마저도 하지 못했습니다.

식사를 마치고 교도소 외부 주차장에 와서 작별인사를 하는데 선생님은 악수를 하며 내게 90도로 거의 절에 가깝게 인사를 하셨습니다. 그러면서 하신 말씀은 "대통령을 내신해서 감사인사드립니다"였습니다. 지금도 선생님의 인사는 나를 돌아보게 합니다. 과연 나는 그분께 그런 인사를 받을 만큼 하고 있는가?

그 후 여자수형자를 대상으로 강의를 오시면서 간식을 준비하고 싶다고 하셨습니다. 강의를 해주시는 것만으로도 황송한데 간식까지 해주신다니 사양해야 하는데 나는 또 더 큰 요구를 합니다. 강의를 듣는 여자 수형자만이 아니라 교육에 참여할 수 없는 여자 미결수용자들에게도 대표님의 간식을 주고 싶다고 …… 그냥 떡 한 덩어리씩이 아니라 정말 대접받는 느낌을 받을 수 있게 고급스런 떡을 선물해달라고 했습니다. 선생님은 전체 여자수용자들과 우리 여직원들이 먹을 수 있게 영양떡 세트를 선물해주셨습니다. 나는 혹시 칼 안 든 강도인가 할 때가 있습니다. 선생님들께 억지로 떼를 쓰듯 강의를 요청하고, 우리 수용자를 위한 간식 등을 요청하는 걸 보면 말입니다.

그 후 대표님이 외부에서 진행하는 오프라인 강연에도 몇 번 참여하다 보안업무와 시험준비 등으로 마음의 여유를 잃었던 나는 다시 서울로 가서 교육업무를 맡게 되면서야 대표님께 연락을 드렸습니다. 사람이 이렇게 간사할 줄이야. 그럼에도 마치 기다리고 있었다는 듯이 여자 수용자들의 자존감 회복에 대해 함께 고민해주시고, 다양한 프로그램들을 협조해주셨습니다. 동기부여 강의, 내 몸을 다독이고 위로해주는 요가와 명상, 강의와 오보에 콜라보 강연에 어려움을 극복한 개그맨들을 통해 웃음으로 스트레스를 날려주기도 하고, 깊은 감동이 있는 강연까지 해주셨습니다. 촬영과 강연 등으로 분주한 일정에도 한 달에 한 번씩 우리 여자수용자들을 위해 애써주셨습니다.

그러던 중 대표님과 나는 두 번의 대형 사고를 쳤습니다. 누가 봐도 사고는 사고였습니다. 첫 번째는 여자 수형자 25명을 대상으로 한 서울시 합창단과 김창옥 선생님의 콜라보 강연이었습니다. 내부에서는 귀한 프로그램을 왜 유독 몇 명 되지 않는 여자수용자를 위해서만 하느냐, 좁은 공간에 외부 인원이 너무 많나 등등 제한이 있었고, 합창단 측에서는 재능기부인 데다 처음 교정기관을 방문하는 분들이라 낯설고 불편해했습니다. 이런 내·외부 어려움들을 극복하고 가을 햇살이 좋은 10월 말 낡은 구치소 담장 밖으로 부드럽고 감동적인 선율들이 흘러나왔습니다.

가을을 만끽할 수 있는 동요와 가곡, 〈편지 2중창〉, 〈넬라판타지아〉…… 각각 그 노래들에 얽혀 있는 사연과 선생님의 삶의 위기의 순간들에서 힘이 되어주었던 음악들을 실제 서울시 합창단원들이 각각 합창, 중창, 독창으로 불러주었습니다. 한 번도 합창단이나 클래식 공연장에 직접 가본 경험이 없는 우리 여자 수형자들에게 그 노래와 강연은 응원이 되었고 힘이 되었고 울림이 되었습니다. 처음에 재능기부를 위해 마지못해 참여한 듯하던 합창단원들의 감동 어린 표정과 우리 여자 수형자들의 들썩이는 어깨에서 보이는 감동들이 또 나와 대표님과 합창단원들을 울렸습니다.

두 번째 사고는 일 년쯤 후에 일어났습니다. 시크릿secret 의 멘토인 마이클 버나드 백위스 님께서 내한 강연을 하시는데 그 첫 강연을 교정기관에서 하고 싶으시다고 했습니다. 대표님은 다른 기관보다 내가 근무하는 곳에서 하면 좋을 것 같다고 연락 주셨습니다. 이렇게 감사하고 황송할 수가 있나. 바로 윗분들께 보고하고 갑자기 강연 프로그램을 추진했습니다. 교정기관 최초로 외국인 강연을 위해 동시 통역기를 빌려 수용자들에게 지급하고, 보라미방송에 촬영협조를 부탁하고, 출연진들과 내빈들 접대 준비와 강연을 들을 우리 수용자와 직원들에게 홍보를 했습니다.

많은 사람들이 마이클 버나드 백위스 님에 대해서는 잘 모르지만 김창옥 대표님이 구치소에서 강연을 해주신다는 것만으로도 교정참여인사, 교정공무원, 수용자들은 들떠 있었습니다. 김창옥 대표님은 오프닝 강연과 오보에 연주로 우리 강연 참여자들의 마음을 열어주었고 또 한 번 큰 감동을 선물하셨습니다. 강연 참여자 전원에게 선생님의 책『당신은 아무 일 없던 사람보다 강합니다』에 직접 사인해서 선물해 주시겠다고 약속하셔서 급히 강연 참석자들 명단을 파악하느라 학교 수업도 못 가고 정리해서 보내드렸습니다. 그리고 며칠 후 단정하고 정성스러운 친필로 한 사람 한 사람의 이름과 희망의 메시지를 담은 책이 여러 박스 배달되었습니다. '좋은 사람, 좋은 환경, 좋은 것을 보고, 먹고, 느낀 사람은 좋은 사람이 될 수밖에 없다. 많은 수용자들이 그런 좋은 것들을 누리지 못했기에 부정적인 결과가 나왔다고 판단하고 조금 늦었을지도 모르지만 지금이라도 좋은 것을 경험하게 해주는 것이 필요하다'고 하셨습니다.

절망의 늪 같은 담장 안에서 많은 이들이 희망의 끈을 잡고 일어설 수 있는 이유는 교정식원들만의 노력이 아닙니다. 5천 명의 교정위원과 이름 없는 민간봉사자들이 교육, 교화, 의료, 취업 등 다양한 수용자 처우에 참여하고 후원을 아끼지 않고 있습니다. 교정본부에서는 다양한 분야에 참여하여 수용자를 후원하기 위해 법무부장관의 위촉을 받아 명예직인 교정위원제도를 통해 전국 교정시설에서 민간봉사자로 교화프로그램 등에 참여하고 있습니다.

교화위원은 지역사회에서 신망이 두텁고 학식과 경험이 풍부한 기업가나 사회사업가 위주로 구성되어 수용자의 개인상담·자매결연·교화공연 등의 활동을 하고 있고, 종교위원은 기독교, 불교, 천주교 등 우리나라 국민정서에 반하지 않는 종교단체에 소속된 목사·승려·신부 등 성직자로 구성되어 교정시설 내 종교집회를 주관하고 교리지도, 신앙상담 등을 통해 수용자의 심성순화를 위한 활동을 하고 있습니다. 교육위원은 수용자 학과교육 및 각종 전문교육 등을 담당하여 지도할 수 있는 전문지식을 가진 교수·교사·학원강사 등 교육관련 종사자로 구성되어 인성교육, 학과교육 등 수형자의 교육을 위한 활동을 하고 있고, 의료위원은 의료상담 및 진료 등을 지원할 수 있는 전문지식을 가진 의사·한의사·약사 등 의료관련 종사자로 구성되어 수용자의 의료지원을 위한 활동을 하고 있습니다. 취업·창업위원은 기업가·대학교수 등으로 구성되어 수용자 취업 및 창업 지원을 위한 활동을 하고 있습니다.

이들은 자신들의 귀한 역량과 시간, 그리고 경제적인 나눔까지 실천하시는 분들입니다. 직접적인 내 가족, 내 지인은 아니지만 사회구성원의 한 사람으로 제대로 더불어 살지 못한 사회적 책임을 다하고 종교적, 개인적 소명에 의해 귀한 걸음을 해주시는 것입니다. 이삼십 년이 넘도록 수용자들의 어머니, 아버지, 선생님의 역할을 하며 헌신하는 모습은 지켜보는 우리 교정공무원을 오히려 숙연하게 하기도 합니다.

가족도 돌아갈 집도 없는 무연고 출소자 취업이 예정되면 수용자의 멘토인 취업분과위원님들이 새벽에 마중을 나오셔서 이들을 보듬어 주셨고, 며칠 전 미혼모인 숙이가 돌이 갓 지난 아이를 데리고 출소하는 날에는 목사님께서 마중을 나오셨습니다. 이렇게 한 사람 한 사람 외롭고 아픈 가슴들을 위로해주는 고마운 분들이 있어 세상은 따뜻하고 살 만한 것입니다. 비록 가족들에게 돌아갈 수 없었지만 업체의 기숙사에서는 한 사람이 살아날 것이고, 교회 사택에서는 또 한 사람 아니 두 사람이 살아날 것입니다. 그렇게 살아난 한 사람 한 사람이 당당해져서 다시 가족들과 함께할 수 있기를 바라봅니다.

여주교도소 배대현 촬영

담장 안 사람들

늘 되풀이되는 일상과 한정된 공간에서

수용자들에게 편지는 신선한 바깥소식이고

외로움을 달랠 수 있는 중요한 매개체인 것입니다.

(중략)

한 통의 편지에 참 많은 의미와 마음이 담겨 있습니다.

일반서신, 등기서신, 접견서신, 인터넷서신 ……

이 많은 종류의 편지들에 반갑고 기쁜 소식만 전해오는 날은 없을까요?

ᚔᚔᚔ
신입실

교정기관에 구속되는 형태는 여러 가지입니다. 경찰이
나 검찰의 수사단계에서 피의자 신분으로 입소를 하거나, 재
판에 불출석하여 피고인으로 입소하기도 하고, 불구속으로
재판을 받다가 실형을 선고받고 들어온 법정 구속자, 불구속
으로 형이 확정되었다 형집행을 위해 구속된 형미집행자, 벌
금을 납부하지 않아 노역장 유치를 위해 구속된 노역수, 일
시적인 구인을 위해 입소하게 되는 경우가 있습니다.

구속형태만 다양한 것이 아니라 이들이 교도소 외정문
을 지나 정문을 통과하면서부터 보이는 모습 또한 다양합니
다. 절망적인 표정, 두렵고 불안한 모습, 쑥스러워하는 모습
을 보이기도 하고 온몸으로 거칠게 반항하며 입소하기도 합
니다. 그런가 하면 한두 명은 여유 있게 안도감을 느끼며 분

위기를 살피기도 합니다. 살면서 가장 당혹스럽고 힘든 순간
은 구속되어 양손에 수갑을 차고 교정기관의 담장 안으로 들
어오는 순간이 아닐까요?

수용자가 교정시설에 구속 수용되면 우선 이름, 주소 등
의 인적사항을 확인하여 그 사람이 맞는지 확인합니다. 그다
음 이름 대신 번호를 부여하고 휴대한 소지품을 검사하고 수
용자복으로 갈아입힙니다. 다른 사람과의 식별을 위한 사진
촬영 및 지문채취를 하고 세면도구 등 간단한 생활용품을 지
급하고 공범관계, 수용이력, 건강상태, 나이, 사건명 등 개인
적 특성을 고려하여 거실을 지정하면 해당 거실로 들어가게
됩니다.

이름 대신 번호, 내가 입던 옷 대신 수용자복, 내가 함께
하고 싶은 가족이나 친구들이 아니라 누구와 지낼지 모를 두
려움을 안고 수용동으로 가게 됩니다. 그나마 해당 거실에서
따뜻한 위로와 부드러운 눈빛으로 맞이해준다면 다행이지만
관심도 없고, 심지어 거칠게 반응이라도 한다면 어떤 마음이
겠습니까?

교도소(구치소)라는 이름에서 가장 먼저 연상되는 것들
은 무엇인가요? 담, 철문, 번호표, 면회실, 수용자복 이런 것
들이 아닐까 합니다. 며칠 전 형기를 마치고 출소하는 저명
인사와 출소 후 계획 등에 대한 상담을 하면서 가장 힘들었

던 순간이 언제였는지 물었습니다. 옷을 갈아입는 순간이었다고 합니다. '사복에서 수용자복으로 갈아입었을 때와 재판 종료 후 형이 확정되어 기결 수형자복으로 갈아입었을 때'라고 했습니다.

몇 해 전 매일 유명인들의 재판과 검사조사를 위해 출정 장면이 방송되면서 구속수용자를 계호하는 교도관들도 매일 언론에 노출되었습니다. 또 최근 드라마나 영화에 교정시설이 자주 등장하다 보니 아무래도 우선 눈에 띄는 수용자복을 주목하게 됩니다. 예전엔 성별 구분 없이 모두 파란색을 입고 나오는가 싶더니 최근엔 거의 대부분 실제 수용자복을 그대로 재현하고 있습니다. 백범 김구 선생님의 옥중생활에 관한 내용을 보면 '구한국시대 감옥에는 수인이 자기 집에서 의복을 가져다 착용할 수 있었으나, 대일본의 문명한 법률은 소위 판결을 받기 전에는 자기의 의복을 입거나 자기 의복이 없으면 청색 옷을 입다가 기결이 되어 복역하는 시간부터 붉은 옷을 입으니 조선 복식으로 만들어 입는다. 입동 시기부터 춘분까지는 면옷綿衣을 입히고, 춘분에서 입동까지는 홑옷單衣을 입히되 병든 수인에게는 흰옷을 입혔다'고 하고 가출옥을 할 때는 백의로 갈아입었다고 합니다.

국가기록원에서 발간한 『일제문서해제(행형편)』에 의하면 수용자복 지급현황에 천총색淺葱色, 자색紫色, 백색白色 의류를 지급한 기록이 이를 뒷받침하고 있습니다. 이렇게 3색의 수용자 복제를 유지하다 1957년 수용자 의류관련 규정이 제정되어 남자는 청색, 여자는 회색으로 변경되었습니다. 그 후 50년이 지난 2007년에야 '푸른 수의'로 통칭했던 칙칙한 색상의 수용자 복장이 화사하고 현대인의 신체변화와 편리성, 보온성 등을 고려해 전면적으로 바뀌게 되었습니다. 기결과 미결이 구분되고, 성별, 계절, 처우급, 작업장, 활동에 따라 수용자복 디자인은 물론 하늘색, 청록색, 갈대색, 연두색, 카키색, 보라색까지 색상이 다양해져서 근무자들도 특별한 관심을 갖지 않으면 파악이 안 될 정도가 되었습니다. 이렇게 다양해진 수용자복의 오른쪽에는 해당 수용동과 거실표를, 왼쪽에는 번호표를 부착하게 되어 있습니다. 보통 수용자들은 흰색 번호표를 가슴에 부착하는데 파란색이나 노란색 번호표를 부착한 이들은 불편함을 호소하곤 합니다. 아무래도 또 누군가의 눈에 띌 수밖에 없기 때문이겠지요.

예전에 내가 신참 때는 여자수용동에서는 애교스러운 신입식을 했었습니다. 기억나는 것을 말해보자면 저녁에 입소하는 신입수용자 중 교정기관에 처음 들어오는 것 같은 느낌이 드는 신입이면 먼저 입소해있던 수용자들이 "씻고 불 끄고 자요"라고 했습니다. 그러면 이 신입은 진짜 불을 끄기 위해 스위치를 찾아 두리번두리번하고 그러면 기존에 있던 사람들은 그 표정이 재밌어 키득거리곤 했습니다. 물론 교정기관에서는 밤에도 불을 끄지 않기에 거실 내부에 스위치는 존재하지 않습니다. 취침시간 이후에는 조도를 낮춰 야간 응급상황 등 대비를 위해 최소한의 시찰이 가능하도록 하고 있습니다. 취침시간이 되면 또 자주 쓰는 방법이 "신입이니까 내일 아침에 일어나면 우리 방 사람들 먹게 아침밥 해놓고 우리 깨우세요"라고 합니다. 민영교도소나 개방교도소 등을 제외하고는 수용자 급식은 취사장에서 조리해서 수용동에 배달하고 수용동에서는 각 거실별로 지급을 합니다. 그런데 밥을 어떻게 거실에서 할 수 있겠습니까? 그런가 하면 고참수용자들은 신입수용자에게 신입물품 등 구입품목으로 '소주 한 병과 맥주 한 병 그리고 담배 한 갑'을 요청하게 하고, 신입은 아무 생각 없이 주문을 합니다. 이럴 때 담당근무자가 신규직원이라면 당황하겠지만 오래된 고참들은 그냥 함께 웃어넘겨주곤 합니다.

정약용의 『목민심서』에 의하면 기존에 있던 죄수들은 신참이 옥문을 들어서자마자 유문례瑜門禮를 행하고 돈을 뜯었습니다. 그리고 일단 감방에 들어서면 지면례知面禮, 신참의 목에 칼을 씌워 제대로 움직이지 못하도록 괴롭히다가 칼을 벗겨주면서 환골례幻骨禮를 거치도록 했으며, 며칠 후에는 정식으로 면신례免新禮를 행했다고 합니다. 듣기 좋게 예禮이지

신참이 제때 눈치껏 돈이나 사식을 주어야만 신고식을 면할 수 있었고, 마왕이라는 고참 죄수가 여러 부하를 두고 같은 신분의 죄수를 구박하고 착취했는데 마왕 못지않게 잔인했던 것이 여감방의 마녀왕이었다고 합니다. 신입 여죄수가 예쁘면 예쁘다는 이유로, 미우면 또 밉다는 이유로 린치를 당해야만 했습니다. 그 외에도 신입들을 괴롭히고 신입식을 당한 죄수가 고발하면 더 심하게 학대를 받으니 엄두도 내지 못했고, 이런 억울한 신고식을 당하지 않기 위해서는 구속되지 않는 것밖에 방법이 없었다고 합니다.

지금은 이런 신입식과 신고식 등을 근절하고 수용자 간 폭력을 예방하기 위해 식기 당번제와 취침자리지정제라는 제도가 도입되었습니다. 신입이라고 화장실 옆자리에 고정이 아니고 하루씩 청소, 설거지와 취침자리도 돌아가면서 합니다. 그리고 신입식 예방을 철저히 하기에 그런 일은 거의 찾아보기 어렵습니다.

입소절차를 진행하다 보면 어떤 이들은 사전에 고참들이 괴롭힌다는 사실을 들어 알고 있기에 미연에 방지하고자 독방에 가려면 어떻게 해야 하는지 묻습니다. 많은 사람들은 다른 수용자들과 함께 생활하지 않고 혼자 있을 수 있는 공간을 원하지만 대부분의 수용자들은 때로는 두 명에서 많게는 10명이 넘는 인원이 한 방에서 생활합니다. 그런가 하면 독방에서 사는 이들은 크게 두 부류로 폭행, 감염병 등 우려가 있어 다른 수용자와 분리해야 하는 경우와 모범적인 수용 생활을 하는 자로서 처우상 필요한 경우입니다. 법에 의하면 모든 수용자는 독거수용이 원칙이고 기관 사정에 따라 운영하게 되어 있지만 실질적으로는 거의 대부분의 수용자들은 혼거수용을 하고 아주 소수만이 혼자 생활합니다. 최근 신축하는 기관들은 물론 기존에 설립된 기관도 1인실을 확보하기 위해 애쓰고 있지만 아직은 턱없이 부족한 실정입니다.

가끔 외부인들로부터 듣는 질문 중 하나는 교도소 냉난방에 대한 것입니다. 교도관 초임 때는 마룻바닥에 매트리스와 솜이불로 기본 보온을 했고, 개인별로 침낭과 밍크담요를 구입해서 사용하곤 했습니다. 그래서 한겨울에 근무자는 복도에서 3탄짜리 연탄난로 하나에 몸을 의지해야 했습니다. 수용자들은 서로의 온기와 솜이불 등에 파묻혀 복도 쪽 유리창은 복도 안팎의 기온 차로 수증기가 서려 방 안을 보기 어려울 때도 있었습니다. 지금은 전국 교정기관 수용 거실에도 바닥에 전기 패널을 설치하여 기본 난방은 유지될 수 있게 하였습니다. 지난해 여름 폭염으로 고생한 사람들은 묻습니다. "교도소에 에이컨 있어요?" 공용공간에는 있지만 수용동 거실에 에어컨은 없습니다. 대신 각 거실에 선풍기가 설치되어 있고, 일부 기관에는 수용동 복도에 에어컨이 가동되는 경우도 있습니다. 과연 어디까지가 처벌이고 어디까지가 인권인지 관점에 따라 다르지만 최소한 우리 교정시설은 그래도 사람이 사는 곳이고, 사람이 살 수 있는 기본적인 환경을 만들어 주고자 노력하고 있다고 보면 좋겠습니다.

이런 경우도 있었습니다. 아주 오래전 낯익은 수용자가 있었는데 그녀의 이름이 정확히 기억나지는 않지만 그 이름이 아닌 듯 낯설었고, 내 기억에 의하면 전과기록이 몇 차례되는 사람인데 초범으로 되어 있었습니다. 아무래도 이상한데 정확한 이름이 기억나지 않아 의심만 하고 있었습니다. 마침 그 무렵 예전에 함께 수용생활을 했던 수용자가 그녀의 이름을 정확히 기억하고 있었습니다. 그녀는 이전 전과로는 실형을 받을 게 뻔하니 전과가 전혀 없는 자기 여동생의 신분을 모용한 것이었습니다. 결국 그녀에 대한 인적사항 등은 다시 수정되었고 재판에서도 고의적인 성명모용까지 추가해서 받게 되었습니다. 한편 중간에 성명모용이 발각되어 가중처벌된 그녀가 안타까울 수도 있습니다. 그러나 아무것도 모르고 전과자가 될 뻔한 그녀의 여동생은 무슨 잘못인가요? 물론 지금은 입소절차 전에 유관기관들과 연계하여 지문인식 등의 절차를 거치기 때문에 이런 일은 입소과정에서 걸러지게 됩니다.

며칠 전 입소한 노역 수형자는 그날이 부모님 기일이라

제사 포와 나물 등이 가득 담긴 시장바구니를 든 채로 구속이 되기도 했습니다. 어떤 노역수용자는 노숙을 하다가 들어와 공용화장실 휴지와 과자부스러기 등을 캐리어 가득 가지고 온 경우도 있습니다. 교정시설 입소 시 음식물은 보관할 수 없어 폐기해야 하지만 벌금 낼 돈이 없어 들어온 노역수들의 경우는 노역일수와 음식물 유통기한 등을 감안하여 보관을 해주는 경우도 있습니다. 일반적으로 노역수들은 경범죄 등으로 벌금형을 처분받고 그 벌금이 없어 노역장유치를 위해 구속되는데 어떤 이들은 워낙 자주 들어오다 보니 신입절차를 신규 직원보다 더 잘 알아서 척척 하는 경우도 있습니다. 정말 생활고 때문에 발버둥 치다 들어오는 경우도 있지만, 노역장 유치를 너무 편안하게 받아들여 노숙보다는 교도소에서 따뜻한 밥 먹고 요양하고 가는 이들도 있습니다. 이런 경제적으로나 개인적으로 어려운 이들이 있는가 하면 누군가는 황제노역 운운하며 다른 노역수들에게 비애감을 느끼게 한 경우도 있었습니다. 그 사례들이 반영되어 2014년 5월 형법이 개정되었습니다. 개정 전에는 노역장 유치의 최대기간이 3년으로 정해져 있었기에 보통사람들은 많아야 일당 5만 원 내지 10만 원으로 노역장 유치의 효과가 산정됨에도, 거액의 벌금형을 받은 사람은 하루에 수백만 원 정도의 노역장 유치 효과를 볼 수 있었습니다. 이러한 사례들이 반영되어 벌금이 50억 원 이상인 경우에는 1000일 이상의 유치 기간을 정하도록 법률이 개정되었습니다. 벌금형을 받는 이들을 위해 분할납부나 신용카드납부 등 다양한 납부방법을 제공하고, 벌금형을 선고받고도 죄질이 나쁘거나 위험해서가 아니라 오직 벌금 낼 돈이 없어 교도소에 갇히는 사람을 줄이기 위해 장발장은행에서 지원을 해주기도 하지만, 그나마 이런 혜택조차 제대로 받지 못한 이들도 많아 안타까움만 더해갑니다.

그나마 피의자 구속인 경우는 경찰서 유치장에서 며칠을 보내다 오기에 구속에 적응이 되기도 하지만 검찰 직구속이나 노역장 유치 또는 법정구속은 사회생활을 하다가 바로 구속이 되기에 황당한 경우들이 많습니다. 언젠가 중년의 여인 네 명이 법정구속되었습니다. 입소절차를 마무리하고 상담을 하며 대충 사건경위를 들어보니 안타까웠습니다. 그래서 '잘못했으니 들어왔지'라고 생각하기보다 그녀의 말에 진심으로 공감해주고 경청했더니 나중에 출소하면서 감사인사를 절절하게 했습니다. "모두가 손가락질하고 잘못했다며 저희들의 이야기를 들어주지 않았는데 그때 계장님이 제 입장에서 들어주시고 손 잡아주셨어요. 그래서 힘든 시간들 버텨낼 수 있었어요."

신입 절차를 마치고 상담을 하다 보면 대화 자체가 안 되

는 경우가 많습니다. 그래도 예전엔 말이 통하는 보통 사람
들이 대부분이고 어쩌다 대화 불가능에 통제 불능이 한두 명
이었던 것 같은데 도대체 이들의 삶은 어디에서부터 잘못된
것인지? 교도관들은 또 이들과 어떻게 얼마나 오랜 시간을
함께해야 할는지…….

┓┓┓
법무부 사서함

언젠가 낯선 이름과 전화번호가 책상에 놓여 있었습니다. 이름은 도대체 생각나지 않았습니다. 전화하니 중년의 여성이었습니다.

"실례지만 누구신지요?"

"기억 안 나시죠? 1999년 연천에서 교통사고로 들어갔었던 김현정입니다."

"죄송한데요. 워낙 오래전인 데다 워낙 많은 사람들이 오고 가는 곳이라서 기억이 잘 안 나네요."

"저희 동창 중에 한 명이 선생님과 같이 근무했었어요."

"아~. 그러고 보니 약간 기억이 날 듯도 하네요. 그런데 어쩐 일로 저한테 전화를 주셨어요?"

"그때 무척 억울한 사건으로 의정부교도소에 들어갔다가

한 달쯤 후에 서울로 이송을 갔었어요. 잠시나마 정들었던 의정부랑 다르게 낯설고 힘들어서 하소연하기 위해 선생님 께 편지를 썼었는데 선생님이 힘내라고 답장을 보내주셨어 요. 그 엽서를 20년이 다 된 지금까지 가지고 다니면서 힘들 때마다 보곤 한답니다. 워낙 많은 수용자들을 만나셔서 답장 은 기대도 않고 하도 힘들어서 편지를 썼었는데 답장까지 해 주시고, 그게 저에게 큰 힘이 되었습니다. 지금은 중장비 사 업을 크게 하고 있어요. 꼭 한번 뵙고 싶어요. 의정부로 연락 했는데 다른 데로 가셨다고 해서 기자인 오빠가 수소문해서 알려주셨어요. 더 늦기 전에 꼭 한번 뵙고 싶어요."

이 전화를 받고 나니 오히려 궁금해졌습니다. 그녀에게 나는 어떤 답장을 썼을까?

가끔 수용자들은 다른 교정기관에 이송을 가서 전에 있 던 기관의 교도관들에게 감사편지를 쓰곤 합니다. 많은 편지 를 받다 보니 편지마다 답장을 보내지는 못하고 어쩌다 한두 번 답장을 보내기도 하고, 특별히 맘이 쓰이는 경우는 내가 먼저 편지를 보내기도 합니다. 도대체 난 그녀에게 어떻게 답장을 썼는지, 이십여 년이 지난 지금까지 가지고 있다는데 순간순간 전달된 말 한마디, 한 줄의 글의 소중함을 다시 생 각해보게 하는 그 엽서가 문득 보고 싶어집니다.

요즘은 손 편지가 무척이나 귀한데 예전에 우리 자매들

은 편지를 자주 썼었습니다. 일찍 육지로 나간 언니들은 섬에 남아 있는 막내에게 편지봉투에 전신환을 넣어 용돈과 안부, 동생에 대한 사랑을 전하곤 했었습니다. 우체부 아저씨가 동네 첫 집인 우리 집에 편지를 배달하고 마을을 돌고 나올 때쯤이면 나는 벌써 답장을 써서 우체부 아저씨 편에 부치곤 했습니다. 언니들은 내 스무 살 생일에 노란 튤립 스무 송이를 소포로 보내면서 이쁜 엽서에 '막내야 생일 축하해'라고 보내주었고, 보라색 구두를 선물로 보내면서도 큰 도화지에 생일축하 메시지를 적어 보내주었습니다. 그래서 어쩌다 나도 언니들께 소포를 보내더라도 꼭 편지를 동봉하곤 했습니다.

오래전 교도소에서 집필은 자유가 아니라 허가사항이었습니다. 혹시 신영복 선생님의 『감옥으로부터의 사색』을 읽어본 적 있으신가요? 종이 한 장에 빼곡히 짧고 단정하게 안부를 묻고 전달할 내용을 담았던 편지글들……. 내가 근무하던 수용동에는 복도 한가운데 담당 근무자 책상 한 개와 집필용 나무책상과 의자가 있었습니다. 사전에 서신 또는 소송서류작성을 위해 '집필허가신청'을 하고 허가 결정이 나면 순서에 따라 정해진 종이와 지급된 볼펜으로 작성을 했습니다. 편지는 당시 한 장짜리 국내용 우권과 국제 우권이 있었습니다. 편지지와 봉투가 하나로 된 한 장짜리 봉합엽서 같은 형식이라 하면 이해가 될까요? 발신용 편지에는 '검열필'이라는 도장이 찍혀서 나가곤 했습니다. 지금은 집필의 자유로 필기구를 개인별로 구입할 수도 있고, 거실에서 한 통이고 두 통이고 자유롭게 작성할 수 있게 되었습니다.

수용자들은 어떤 이들과 편지를 주고받을까요? 당연히 가족이나 애인, 친구들이겠죠? 이들은 주로 가족, 지인들 또는 다른 교정기관에 있는 이들에게 편지를 쓰기도 하고 간혹 신문과 간행물들에 신분이 밝혀진 분들께 자신의 안타까운 여건을 하소연하고 책과 영치금 지원을 부탁하는 편지를 쓰기도 합니다. 교정기관에서 주고받는 편지의 절반 이상은 법무부 사서함끼리 펜팔입니다. 우리가 생각하는 펜팔은 예전 국군장병 아저씨께 보냈던 편지나, 잡지 뒤쪽에 있던 펜팔할 사람 이름과 주소를 통해 편지를 주고받던 것인데 교정기관의 펜팔은 그와는 좀 다르지만 매우 홍행 중입니다.

교정기관에서 펜팔 하는 방식은 주로 소개팅입니다. 주로 전국망을 갖고 있는 마약사범이 주가 되어 한두 사람으로 시작했다가 옆 동료 수용자를 소개시키는 방식으로 전파됩니다. 그런가 하면 출정 갈 때 스쳐 간 수용자 번호와 이름을 알아 무작정 편지를 보내기도 하고, 전체 수용자를 대상으로 하는 교화공연에서 눈에 띈 이성의 번호를 기억했다가 펜팔을 하기도 합니다. 그 편지엔 어떤 내용들이 적혀 있을까요?

우선은 낯선 사람들이기 때문에 누구에게 소개 받았는지와 자신에 대한 소개를 적어 보냈을 것입니다. 일반적인 사람의 심리를 보면 나의 허물과 잘못을 호감을 얻고 싶은 상대방에게 노출하고 싶을까요? 그리고 솔직히 군대에서 선임 편지를 대필해주는 후임들처럼 그 편지를 펜팔 하는 상대방이 직접 썼는지조차 확실치 않은데도 그저 편지를 기다리고 있습니다.

수용자들의 편지 내용은 처음엔 자기소개에서 사건의 억울함 그리고 상대방에 대한 호기심, 각 기관의 분위기 등에 대한 이야기로 시작해서 나중엔 서로 사랑을 주고받기도 합니다. 그 단계가 되면 편지엔 글씨뿐만 아니라 노골적인 성적인 의미를 담은 그림 등을 보내기도 합니다. 그러면서 먼저 출소한 사람이 면회를 가기로 하고 옥바라지를 약속하고 출소 후 함께 살 것을 설계하기도 합니다. 얼굴도 한번 안 보고, 어쩌다 보내온 사진은 사진과 편지 주인공이 같은 인물인지 다른 인물인지도 모르는데 말입니다. 심지어 남자수용자가 여자교도관에게 편지를 쓰기도 합니다. 우연히 지나가다 봤는데 너무 예쁘고 좋으신 분인 것 같다고, 자신은 억울한 사건으로 들어와서 무죄를 주장하는 중인데 출소하면 만나고 싶다고…….

우리 소에 정말 뚱뚱하고 못생긴 여자수용자가 있었습

니다. 그녀는 입만 열면 거짓말이었습니다. 오죽하면 그녀가 병원에 입원해서 아프다고 죽겠다고 하는데도 그것 역시 거짓말인 줄 알았다가 큰일 날 뻔한 적도 있습니다. 사실 저혈당 쇼크가 온 것인데 워낙 거짓말을 잘하는 사람이라 직원들도 아프다는 것조차 거짓말이라고 생각했던 것입니다. 다행히 위급한 상황 전에 처치를 받아 건강이 회복되어 다시 교도소로 들어왔습니다. 그녀는 소에 들어오자마자 또 펜팔을 이어나갔습니다. 아마도 편지 속에 그녀는 아리따운 중년여성으로 표현되었겠지요. 펜팔 하던 남자 수용자는 출소해서 그 아름다운 여인을 찾아왔습니다. 그런데 그날 웃지 못할 일이 벌어졌습니다. 그 남자는 자신이 펜팔 하던 그녀가 아니라 다른 여자수용자가 잘못 나왔다고 소란을 피웠습니다. 편지를 주고받았던 여인과 실제 여인은 달라도 너무 달랐던 것입니다. 나중에 그녀를 다시 사기로 고소한다는 후문까지 들릴 정도였습니다.

늘 되풀이되는 일상과 한정된 공간에서 수용자들에게 편지는 신선한 바깥소식이고 외로움을 달랠 수 있는 중요한 매개체인 것입니다. 하지만 순수하고 긍정적인 목적만이 아니라 또 다른 경우에는 가족이나 피해자에게 협박을 하는 도구가 되기도 하고, 범행의 끈이 되기도 합니다. 그래서 어떤 가족이나 피해자들은 편지를 공포로 인지하고 수신거부를 하기도 합니다.

　한 통의 편지에 참 많은 의미와 마음이 담겨 있습니다.
일반서신, 등기서신, 접견서신, 인터넷서신 …… 이 많은 종
류의 편지들에 반갑고 기쁜 소식만 전해오는 날은 없을까요?

⟍⟍⟍
슬기로운 수용생활

매일 오후 의료과에서 각 수용동으로 전달되어오는 약은 한 보따리입니다. 아마 수용자 중 절반 이상은 약을 먹는 것 같습니다. 때로는 가벼운 감기나 진통제에서부터 고혈압, 당뇨는 물론 조현병, 우울증에 이르기까지 정말 다양한 약들을 복용하고 있습니다. 또 어떤 수용자들은 처방된 약품 외에도 각종 비타민과 칼슘, 철분제 등의 영양제까지 골고루 복용하고 있습니다. 영양제를 제외하고 치료제 목적으로 처방된 약은 교도관들이 1회분씩 직접 지급하고 복용을 확인합니다. 일부 수용자들이 진통제 등을 모아서 한꺼번에 복용하고 부작용이 생기는 경우도 종종 발생하기 때문입니다.

작업을 하지 않는 수용자들은 하루 종일 좁은 공간에서 운동량이나 노동량도 거의 없이 앉아서 지내는데 왜 어깨가 아프고, 다리가 아픈지, 머리와 배는 왜 또 아픈지 이해가 가지 않았습니다. 아플 이유를 외적인 관점에서 찾다 보면 결코 이해할 수 없는 부분입니다. 마치 꾀병인 듯한데 사실은 진짜 고통스러워합니다. 숨이 가빠서 죽을 것 같고, 열이 오르고, 금방이라도 배가 끊어질 듯 통증을 느낍니다. 사실은 마음이 답답하고, 자유가 그립고, 가족이 보고 싶고, 재판이 두렵고, 답답한 공간이 미칠 것 같아 아픕니다.

오늘 면회를 오기로 한 가족이 연락 없이 접견을 못 오면 그 이유를 알게 될 때까지는 별의별 생각을 하게 됩니다. '오는 길에 교통사고를 당했나?, 집에 무슨 안 좋은 일이 생겼나? 누가 아픈가?' 생각은 꼬리에 꼬리를 물고 가장 최악의 순간까지 치닫습니다. 그것이 걱정이 되고 걱정이 또 고통스런 통증으로 이어집니다. 그렇게 마음의 통증은 실제 신체적 고통으로 이어집니다. 스트레스가 만병의 근원이라고 하지 않던가요. 몸은 좁은 공간에 갇혀 있지만 마음은 여기저기 자유롭게 돌아다니다 몸과 마음의 골이 너무 깊어 아프다는 것을 최근에야 알았습니다. 수용자들의 마음이 그렇습니다. 별일 없을 거라고 위로를 해준다 해도 신뢰할 만한 이들을 통해 확실한 소식을 듣거나 자신들이 직접 확인하기까지는 아플 수밖에 없습니다.

자타가 공인하는 계모인 나는 아들이 특전사 훈련을 받

는 동안 벌을 받았습니다. 그냥 그전처럼 계모노릇을 유지해도 되는데 왜 그때는 친엄마마냥 애타 했을까요? 내가 원하는 때 바로 소통할 수 없었기 때문입니다. 자유롭지 못한 곳, 제한된 공간에서 힘든 훈련을 받아야 하기에 걱정이 되고 불안했습니다. 혹시 훈련을 받다가 다치기라도 하면 어쩌나? 훈련이 힘들어서 그냥 연락 없이 도망쳐버리진 않을까? 계모였기에 아들이 잘해낼 거라 믿지 못하고, 확신하지 못하고, 불안해하며 걱정에 걱정을 보태고 있었습니다. 그러다 훈련을 마치고 임관하고 나니 휴대폰이 지급되었습니다. 이제는 일주일에 한 번도 소식을 주고받지 않아도 걱정하지 않습니다. 일이 생기면 언제든 연락할 수 있을 거라는 믿음 때문입니다. 그때야 수용자 가족들의 마음을 조금이나마 알게 되었고, 입대 10주 만에 아들 첫 면회를 하고 난 후 가족만남의 날 행사진행을 하는데 왜 그리 눈물이 나던지요.

자신의 지난 삶을 돌아보며 수치스러워서, 피해자들에게 너무도 미안해서 제대로 잠을 자지도 웃지도 못하는 이들도 있습니다. 정신이 나가 가족 중 한 사람을 살해했는데 돌아보니 한 사람만 죽은 게 아니었습니다. 자신으로 인해 엄마를 잃은 아이의 고통보다 엄마를 보고 좋아하는 자신의 이기적인 모습을 보며 그 이기심에 또 한 번 죄책감에 시달리던 한 여인……

누군가의 생명과 신체 그리고 재산을 손상한 죄는 물론 처벌받아 마땅합니다. 그중 피해자도 가해자도 한 가족일 때 나머지 가족들은 어떤 심정일까요? 오래전 아버지를 죽이고 교도소에 온 아들이 있었습니다. 엄마와 누나는 아들이 구속되고 한참 시간이 지난 후에야 면회를 오기 시작했고 남아 있는 한 가족을 잃지 않기 위해 정성으로 옥바라지를 해주었습니다. 더운 여름 아주 탐스런 백도를 들고 와서 아들에게 주고 싶다던 그 엄마가 생각납니다. 전달될 수 없음에도 그래도 아들이 좋아하는 과일을 주고 싶어 싸 들고 왔던 안타까움…….

자신의 잘못으로 인해 피해자들로부터 자신이 받았던 상처와 고통, 가족들이 피해자들로부터 받을 상처들 때문에 숨을 쉬지 못하는 경우도 있습니다. 자신의 잘못된 판단과 행동으로 자신은 물론 가족과 피해자들까지 모두 수렁으로 넣은 듯한 고통으로, 밥을 먹지만 유리를 씹는 듯한 고통으로 하루하루를 살아가는 이들도 있습니다.

그런가 하면 담 밖에서는 하루하루 살아가기 급급해 자신의 몸을 방치하다 입소 시 신입 진료를 받으면서 질병이 있음을 알게 되기도 하고, 당뇨가 심하던 사람은 오히려 교정기관에서 정해진 식단과 규칙적인 식사 덕분에 당뇨를 치료하고 나가기도 합니다. 지금은 쌀밥을 먹지만 예전엔 보리

밥이 주식이어서 한결 치료효과가 좋았다고 합니다. 그래서 밖에서 만신창이로 지내다 교도소에 와서 요양을 하며 치료를 하고 출소했다가 다시 더 악화되어 돌아오는 경우도 있습니다.

몇 달 전 한 여인은 무전취식으로 술값을 내지 못해 벌금형을 선고받았고, 벌금을 납부해 줄 사람이 없어 노역장 유치를 위해 들어왔습니다. 간경화가 심해 간암 초기까지 진행되었다고 주장하는 그녀는 알코올중독자로 자신이 좋아하는 술을 마시고 술값을 지불하지 못해 무전취식(사기)으로 교도소에 들어온 것이었습니다. 며칠간의 노역장유치를 종료하고 출소하면서 나가서는 속 차리고 아이들과 잘 지내겠노라고 다짐하며 나갔는데 며칠 후 또 들어왔습니다. 노역종료 출소 후 본인이 주장하는 간경화는 치료하지 않고 예전에 마시던 소주 대신 양주를 마시고 간암의증이라는 소견서까지 들고 왔습니다. 죽을 것처럼 아프다고 호소해서 외부병원 진료를 했더니 간경화 초기여서 따로 처방할 게 없답니다. 정작 담 밖에서는 자신들의 몸도 방치했던 사람을 우리는 수용관리를 위해 병원진료까지 해줘야 하는지. 당장 아프니까 수용관리를 위해서 해주지만 해도 너무한 경우들이 정말 많습니다.

수용자들에게 나타나는 병에는 꾀병, 관심병, 엄살, 마음의 병이 있습니다. 꾀병 하면 강하게 기억되는 사람이 있습니다. 면회 오는 자녀들이 학교 선생님에 대기업 직원이었습니다. 이 사람은 접견할 때는 정말 멀쩡한데, 접견을 마치고 접견실에서 나와 수용동으로 들어가려 하면 부축하지 않으면 수용동까지 못 간다고 호소했습니다. 어쩌면 접견실에서는 정말 아픈데 자녀들 앞이라 걱정할까 봐 안 아픈 척 견뎠을 수도 있지만 우린 엄살이라고 판단했습니다. 그녀는 밥도 안 먹고, 아주 어렸을 때 기차사고로 보낸 막내가 보인다며 식음을 전폐하고 통곡하기도 했습니다.

여러 날 아무것도 못 먹는다는 그녀를 의료과에서 영양주사라도 맞춰주려 하는데 도저히 혈관을 찾을 수 없어 못 하고, 그래도 무언가 먹여보려고 복도 난로에서 직접 미음을 끓여 먹이기도 했습니다. 그런데 정말 신기한 일이 일어났습니다. 예상치 않았던 보석출소 소식이 들려왔습니다. 출소를 통보하자 거의 기어서 다니던 그 사람은 출소 소식과 동시에 벌떡 일어서 옷을 챙겨 입고 집에 갈 차비를 하고 나섰습니다. 참 황당했습니다. 그런 그녀가 밥을 못 먹는다고 미음을 끓여 직접 한 숟갈씩 떠먹였던 나 자신이 한심하게 생각됐습니다. '내가 우리 부모님들께 이렇게 하면 효녀, 효부 소릴 들었을 텐데……'

그러던 그녀가 출소하면서 내게 한마디 했습니다. 딴에

는 그동안 내 정성에 미안한 마음 때문이었나 봅니다.

"그동안 쇼 좀 했어요."

그렇게 나를 황당하게 해놓고 출소하더니 며칠 후 보석 결정이 취소되어 다시 들어왔습니다. 아직 나는 그 수용동 담당인데 본인이 출소할 때 설마 다시 들어오리란 생각은 전혀 하지 못했기에 출소하면서 내게 했던 말처럼 더 이상 쇼를 하지 못하고 모범적인 수용생활을 하고 출소했었습니다.

일정 기간 교정기관에서 지내다 출소하면 특별한 병명 없이 아픈 경우를 많이 보게 됩니다. 정말 소 내에서 씩씩하게 뛰어다니던 그녀가 출소하자마자 인사 오겠다고 하더니 소식이 없습니다. 담 안에 있을 때와 출소하고 난 후 마음이 다르고 상황이 여의치 않나 보다 생각했는데 두 달쯤 후에야 이메일이 왔습니다. 그동안 아파서 누워 지내다 이제야 좀 나아져서 허그일자리 하고 중장비 학원 알아보는 중이라고…….

왜 아플까요? 좁은 공간, 제한과 통제가 심한 교도소와 자유롭고 따뜻한 공간인 사회로 가는 과정에서의 멀미일까요?

최근 내가 맡고 있는 소임은 여성 수용동을 총괄하며 수용자를 관리하고 상담하는 등의 업무입니다. 신입수용자는 개인 신상 등을 확인하고 수용생활지도를 위해 간단한 인적사항, 성장배경, 직업경력, 보호자, 건강상태, 사건경위를 파악해 특별히 수용생활에 우려되는 요인은 없는지, 갑작스런 구속으로 혹시 미성년의 자녀가 방치되지는 않는지를 알아봅니다. 그런 경우가 발생한다면 그 아이들은 범죄자의 자녀이면서 또 다른 범죄 피해자가 되기 때문에 그들의 보호까지 마음을 써야 합니다.

그런가 하면 어느 정도 수용생활을 하고 있는 이들을 대상으로 상담을 해야 하는 경우가 있습니다. 입소 시 예상하지 못했던 일들이 중간에 생기기도 하고, 수용생활에 적응하지 못한 경우들이 주로 상담의 대상입니다. 대부분 수용자 상담은 구체적이고 전문적인 상담이라기보다는 그들의 수용 중에 발생하는 고충 등을 듣고 해결해주는 방식으로 진행됩니다. 수용자들의 고충상담은 가족들과의 문제, 같은 거실에 수용된 동료 수용자와의 갈등, 재판에 대한 불안, 작업이나 직업훈련 또는 가석방 등의 내용이 주가 됩니다. 대부분은 그저 들어주기만 해도 큰 효과를 발휘하기도 합니다. 사실은 수용자들이 원하는 것은 그저 누군가 자신의 이야기를 들어주는 것입니다. 때로는 자신의 회한 가득한 삶을 풀어내고 한바탕 눈물을 쏟아내는 것 자체만으로도 그들에게 큰 치유가 되기도 합니다.

최근에는 망상, 환청에 시달리는 정신질환자들과 상담을 하기도 합니다. 그녀들과 한 시간쯤 상담을 하고 나오면 직원들은 묻습니다.

"계장님. 그 수용자랑 대화가 돼요?"

"내가 같이 망가지면 대화가 돼."

정신이 반쯤 나가 있는 사람들에게 나 혼자 온전한 체하며 대화를 한다면 상담이 진행되지 않습니다. 그들에게 우산을 씌워주는 것이 아니라 함께 비를 맞아주는 심정으로 동등한 입장이 되어야 그나마 몇 마디 더 나눌 수 있고, 그러다 보면 자신들의 이야기가 나오게 되는 것입니다. 어떤 이들은 이렇게 묻습니다. "그들이 한 말을 믿으세요?" 과연 수용자들이 하는 이야기가 사실인 경우도 있지만, 자신을 정당화하기 위한 변명이기도 하고 잘 보이고 싶은 허구이기도 합니다. 그럼에도 불구하고 그들의 이야기를 공감해주고 수용해주는 것 자체만으로도 그들은 존중받았다고 생각하고 수용생활을 버텨내는 힘을 얻기도 합니다.

간혹 주변에 내가 아는 분들의 지인들이 입소하게 되는 경우도 있습니다. 그런 이들에게 교정시설에서 내가 해 줄 수 있는 일은 특별한 게 없습니다. 그분들은 내가 대단한 권력으로 좋은 방을 배정해 주고, 특별접견을 시켜주고, 맛있는 것을 줄 수 있으리란 기대로 연락을 하는지도 모릅니다. 그렇지만 많은 이들이 함께 하는 공동생활이라 기본 질서가 있고 또한 많은 이들의 경계로 그렇게 해줄 수는 없습니다.

그저 그들을 찾아가 만나 차 한잔하며 그들의 이야기들 들어주고, 혹시라도 수용 중 애로사항은 없는지, 긴급히 도와줘야 할 사항은 없는지, 이런 일반적인 이야기들을 하다 보면 개인의 상황에 맞게 유익한 수용생활 방법을 일러주곤 합니다.

어떤 사람도 교도소를 원해서 들어오지는 않습니다. 간혹 차라리 교도소에 오기 위해 범행을 하는 경우도 있다고 하지만 노숙자들도 아무리 춥고 배고파도 자유를 포기하지 못하고 교도소와 재활기관의 따뜻한 잠자리와 규칙적인 식사를 거부하고 지하철역이나 공원을 전전합니다. 모든 사람이 원치 않는 구속에 이르게 되었다면 쉽지 않겠지만 이 상황을 긍정적으로 받아들여야 합니다. 이 말은 처음엔 받아들이기 힘들지만 시간이 지날수록 수용하지 않으면 안 되는 말이기도 합니다. 스스로가 원해서 구속된 이가 없듯이 스스로 나갈 수 있는 권한을 가지지 못했기에 '석방, 출소'라는 명약처분을 받기까지는 자신의 의지는 그렇게 큰 영향을 발휘하지는 못하기 때문입니다. 그렇다면 내가 살아가기 위해서는 수용하는 것이 현명하겠죠. 그래서 긍정적인 수용을 주장하곤 합니다.

긍정적인 수용방법은 그 시간과 공간을 느끼고 그 안에서 할 수 있는 일을 찾아서 유용하게 보내는 것이지요. 가장 좋은 방법은 지난 시간과 자신을 성찰하는 일입니다. 내 삶이 어디서부터 잘못되었는지 돌아보는 것이지요. 그중 생각을 바꾸고 몸을 바꿔 제대로 갈 수 있다면 그렇게 노력해보는 것입니다. 수용 중 자기를 성찰하고 앞으로의 삶을 잘 살아가기 위해 내가 추천하는 방법은 책읽기와 감사일기, 명상입니다. 조금 더 생각이 깊고 필요하다고 생각되는 이에게는 글쓰기 치유를 권하기도 합니다.

나는 비록 독서전문가는 아니지만 그동안 보아왔던 책 중에서 내가 만나 상담하는 수용자에게 적합하다 생각되는 책들을 추천하곤 합니다. 김주환 교수님의 『회복탄력성』과 아잔 브라흐마의 『술 취한 코끼리 길들이기』, 김창옥 대표님의 『당신은 아무 일 없던 사람보다 강합니다』 등의 좋은 책들을 대상자들에 따라 추천해주고 다음엔 그 책 내용을 중심으로 상담을 하기도 합니다. 밖에서는 책 한 권 볼 여유도 가지지 못했던 이들이 교도소에 와서 책이랑 가까워지게 됩니다.

명상 또한 제한된 공간에서 자신의 마음을 통제하고 다스리는 데 그만큼 효과적인 훈련이 없습니다. 단지 숨을 들이쉬고 내쉬는 것을 알아차리는 것에서 출발하여 자신의 감정 상태를 돌아보고 느끼고 알아차리게 되어 자신을 통제할 수 있게 되기 때문이지요. 단순 호흡에서 감사하고 용서하는 마음을 담은 반복된 명상훈련을 통해 긍정의 뇌로 바뀐다면 이들에겐 긍정의 결과들, 감사할 결과들이 많아질 것이라 생각합니다. 그렇게 되기까지는 뇌구조가 변하게 될 시간만큼의 노력이 지속되어야겠지요.

보태어 글쓰기 치유를 시도해보는 것도 좋을 듯합니다. 진심으로 자신의 범죄를 인정하고 반성하고 앞으로 두 번 다시 범행을 하지 않을 각오가 되어 있다면 자신의 범행에 대해, 일상에 대해 냉철하게 묘사하고 표현하면서 자신을 돌아보며 스스로를 객관화하여 치유하는 글쓰기를 권해봅니다. 어떤 마음으로, 어떤 구체적인 행동으로 범행에 이르게 되었는지 들여다본다면 예방하는 방법을 찾을 수 있으리라 생각합니다. 어떤 교수님은 자살하기로 마음먹고 딸에게 자신의 지나온 삶을 편지로 쓰다 오히려 우울에서 벗어나 왕성하게 연구를 하고 있다고 했습니다. 글쓰기는 이런 기적 같은 힘을 갖고 있는 듯합니다.

이런 긍정적인 수용, 감사하기, 명상, 글쓰기 치유 등을 통해 천 개의 벽돌 중 두 개의 잘못된 벽돌까지 싸안고 조화롭고 아름다운 담장을 만들듯이, 짧게는 며칠, 몇 달, 길게는 몇 년이라는 시간이 내 삶에서 지워버리고 싶은 시간이 되기보다, 그 경험의 낙인으로 패배자가 되기보다 더 크고 아름다운 담장으로 만들어가길 바라는 마음입니다. 그렇게 된다면 훗날 또 다른 수용자들의 멘토가 되기도 하고, 더 멋진 삶을 살아가며 오히려 남들이 보지 못하는 안타까운 이들을 더 따뜻하고 포근하게 감싸 안을 수 있는 넉넉한 사람들이 될 수 있지 않을까요?

누구에게나, 어떤 사람들에게나 뜻하지 않은 상황은 닥칠 수 있다고 생각합니다. 그 상황들을 어떻게 받아들이고 이겨내느냐가 중요하지 않을까요? 지금 자신이 수용되어 있거나, 가족이 수용되어 있거나, 수용생활을 마치고 힘든 시간들을 겪고 있는 분들이 있다면 이 글을 통해 공감하고 서로를 위안하고 자신을 성찰하며 좀 더 나은 삶을 살아가는 작은 힘이 되길 기원합니다.

﹅﹅﹅

prison 혹은
free zone

감옥은 인류의 역사와 같이 한다는 말이 있고, 교도소는 그 사회의 문명도를 나타낸다고 했습니다. 1948년 정부수립 당시 교정 업무를 인수받아 법무부 형정국에서 교정업무를 총괄했던 권영준 선배님께서 1971년 《중앙일보》에 연재하셨던던 「형정반세기刑政半世紀」에 의하면 감옥의 역사를 중국 문왕文王 때 살인혐의의 한 초동을 붙잡은 관헌이 도망치지 못하게 한 조치로 "획지위옥劃地爲獄해 가두었다"고 적고 있습니다. 이는 땅에 금을 그어놓고 그것을 감옥이라 하면 사람은 물론 심지어 개미조차 그 선을 넘지 않았다고 합니다.

우리나라 구금시설은 삼국시대에 원형옥으로부터 시작되어 고려와 조선의 전옥서, 감옥, 감리서, 일제강점기 형무소 그 후 1962년부터 교도소로 명칭이 변경되었습니다. 조선시대까지 옥은 죄인을 가두어 죄의 유무를 조사하는 기간까지 대기하는 처소의 개념이었고 지금과 같이 자유형을 중심으로 집행하는 시설이 아니었습니다. 조선시대 다섯 가지 형벌제도(태형, 장형, 도형, 유형, 사형) 중 도형徒刑이 현재의 자유형과 유사한 처분인데 도형의 최장 기간도 3년으로 한정되어 있었으니 오늘날 자유형의 처벌과는 다르다고 볼 수 있습니다. 고려시대 전옥서는 감옥이 독립관청으로 존재한 효시라고 할 수 있는데, 사람들은 의금부에 있는 감옥을 양반감옥으로, 전옥서를 상민감옥으로 불렀다고 합니다. 세종은 남녀가 수감될 옥을 별도로 짓도록 하고 겨울용 한옥寒獄과 여름용 서옥暑獄을 따로 두어 죄수들이 병들지 않도록 하였으나 조선 중기에 전옥서와 의금부 옥에서 남, 녀 죄수에 대한 분리 수용이 종종 지켜지지 않아 남녀 간의 문란한 간음은 물론 여죄수가 옥중에서 아기를 출산하는 경우도 있었다고 합니다.

조선시대 감옥살이에는 굶어 죽을 자유가 있었습니다. 일반 백성들도 끼니 걱정하고 살 판국에 죄수들에게 제대로 된 음식이 공급될 수는 없었습니다. 그나마 가족들이 옥바라지를 하고 사식을 넣어주지 않으면 굶어 죽는 경우가 생겼고, 조선 후기 나라에 큰 추위가 있다든가 가뭄이 있을 때마다 임금이 동사凍死, 아사餓死를 걱정한 나머지 왕명으로 석방한 기록이 있는 것을 보면 당시의 수용시설 형편을 미루어 짐작할 수 있습니다.

정약용은 『목민심서』에서 "옥중오고獄中五苦는 형틀의 고통, 토색질하는 고통, 질병의 고통, 춥고 배고픈 고통, 오래 갇혀 있는 고통을 말한다. 그중 가장 참고 견디기 힘든 고통은 토색질討索로 이는 금품을 억지로 달라고 조르거나 남의 물건을 강제로 빼앗는 것을 말한다. 이와 더불어 죄수가 새로 들어올 적마다 옥 안에서 다섯 가지 포악한 형벌을 섞어 사용하였다"라고 했습니다.

개화기에 접어들면서 사기죄, 도박죄 등 범죄가 지능화하고 공범이 늘어남에 따라 범인끼리 접촉을 엄금할 필요가 생겨 전옥서의 원형 감방이 헐리고 감옥서로 고쳤습니다. 그리고 본격적인 감옥 업무는 1907년 감옥서의 관할이 내부에서 법부로 옮겨지면서 시작되었습니다. 형사처벌을 받아 수용하는 기관의 명칭을 사전에서 찾아보면 감옥監獄은 죄인을 가두는 구금이 우선하는 곳이고, 형무소刑務所는 형벌로서 노동을 강제하는 곳, 교도소矯導所는 잘못된 사람을 바로잡을 수 있도록 지도하는 교정의 이념을 반영하였습니다. 이런 변화를 살펴보면 시대상황과 구금의 목적이 구금시설의 명칭에 변화를 가져오게 한 것임을 알 수 있습니다.

일제는 조선을 식민지화하고 사법권을 강탈하면서 가장

먼저 일본식의 대형 감옥을 지어 한국인에게 공포감을 주고 수많은 반일인사들을 투옥하여 항일의지를 끊고자 하였습니다. 일본 죄수들은 영등포 감옥에 별도로 수감해 흰쌀밥을 먹이고 조선인들은 모래와 돌이 반쯤 섞인 하급미와 콩, 좁쌀을 섞은 밥을 주는 등 엄청난 차별대우를 했습니다. 그런가 하면 일제에 항거하는 우리 애국지사를 비롯한 많은 사람들을 축항공사장이나 군수용품 생산 작업 등에 투입하여 노동력을 착취하고 우리나라를 침략하는 수단으로 활용하였습니다.

임재표 박사님의 「조선시대 인본주의 형사제도에 관한 연구」에 의하면 우리나라 감옥의 역사는 삼국시대 원형옥으로부터 시작되었습니다. 원형옥은 단순히 담장을 둥글게 쌓고 그 안에 옥사를 지어 죄인을 수용했던 시설이라기보다는 원형옥을 통하여 자연의 이치에 순응하고 법을 세우며 죄인을 교화시켜 사회로 되돌려 보내고자 하는 인본사상을 구현할 수 있었습니다. 이는 우리의 철학과 정신 그리고 문화 속에 사람을 소중히 여기는 인본주의 사상이 담겨 있기 때문입니다. 어떤 형태의 그릇에 음식을 담고 사람을 담느냐에 따라 그 모양이 결정되므로 수용자도 어떤 목표와 환경을 갖춘 교정시설에 수용하느냐에 따라 교정의 효과는 크게 달라질 수 있다고 합니다.

현재 우리나라에는 53개 국영교도소와 민영으로 운영되는 소망교도소까지 총 54개의 교정기관이 있고, 화성과 경북에 직업훈련교도소 각 1개, 천안에 개방교도소 1개와 김천에 소년교도소 1개, 청주에 여자교도소 1개가 있습니다. 그중에는 가장 오래된 안양교도소(1963)가 있는가 하면 최근에 서울 문정동 법조단지 내에 서울동부구치소(2017)를 신축했고, 그 외에도 속초, 거창 등의 교정시설이 개청될 예정입니다. 예전에는 한 시설에 이삼천 명을 한꺼번에 수용하는 대규모 시설이 주를 이뤘지만, 최근 신축하는 시설들은 가급적 500인 이하 특성화된 시설로 지어지고 있습니다. 미결 수용자는 관할 검찰청과 법원에 의해 교정기관이 정해지지만, 기결 수형자는 직업훈련, 환자, 고령자, 범죄경력 등을 고려한 개인별 특성에 따라 기관이 정해지고 있습니다.

교도소는 징역, 금고, 구류 등 자유형의 선고를 받고 그 형기 중에 있는 자를 수용하여 교정교화를 시행하는 시설이고, 구치소는 형사피의자 또는 형사피고인으로서 구속영장의 집행을 받은 자를 수용하기 위하여 법무부장관 소속하에 설치 운용되는 국가의 시설입니다. 쉽게 말하면 교도소는 재판을 마치고 형이 확정된 수형자를 주로 수용하여 교육, 교화, 작업이나 직업훈련을 시행하는 곳이고, 구치소는 주로 수사와 재판이 진행 중인 미결 수용자를 중심으로 수용하는 곳입니다. 그렇지만 각 검찰청이나 법원별로 또는 각 시도별로 교정기관이 설치되어 있지 않기 때문에 교도소와 구치소의 기능이 명확히 구분되기보다는 기결과 미결을 함께 수용하고 있는 기관이 대부분입니다. 기관별로 구치소에는 미결 수용자를 주로 수용하다 보니 입출소 등 업무가 중심이 되어 수용기록과를 두고 있고, 교도소에서는 기결 수용자를 중심으로 직업훈련과 교도작업이 주요 업무가 되고 있어 직업훈련과를 두고 있습니다.

미결 수용자는 기본 수용생활안내 교육과 종교행사에 참여할 수 있으나 형이 확정된 수용자를 대상으로 하는 교육과 교화프로그램의 대상이 되지는 않습니다. 각 교정기관에서는 인성교육, 취업 및 창업지원교육을 하고, 동기 없는 범죄, 성폭력, 마약, 알코올중독자들을 대상으로 하는 재활과 치료 프로그램 등을 실시하고 있습니다. 또한 기관별로 차이는 있지만 독서치료, 인문학, 다양한 문화예술 프로그램 등을 시행하고 있습니다. 이런 얘기를 하면 왜 나쁜 짓해서 교도소에 간 사람들에게 그런 좋은 교육을 시키느냐고 항의성 질문을 합니다. 우리가 낸 귀한 세금을 사회에서 격리되어 처벌을 받아야 하는 범죄인들을 위해 쓰는 것에 대해 불만인 것입니다.

아무리 좋아도 감옥은 감옥입니다. 때론 바깥에서 모든

사람에게 무시당하고 존재감 없이 살았다 하더라도 교정시설에서는 그렇게 방치될 수 없기에 담장 밖보다 오히려 좋을 수도 있습니다. 우리 소에서 인권위원회 진정, 직원고소, 행정심판 등으로 직원들을 고달프게 하던 한 여자수용자는 출소하자마자 바로 범행을 시작했습니다. 돌아갈 집도 없고 반겨줄 가족도 없고, 하고 싶은 것도 없는 그녀는 수용 중에도 직원들의 관심을 받기 위해 몸부림쳤을 뿐 세상에 맞설 의지도 전혀 없었습니다. 우리가 흔히 말하는 법자法子는 법무부 자식이라는 말입니다. 법무부에서 먹여 살리는 자식, 세상보다 교도소를 선택하는 사람들을 지칭하는 말입니다. 참으로 비참한 일입니다. 한겨울 난방도 안 되는 공간에서 숙식을 해결하고 심지어는 그것마저 허용되지 않아 생존이 위태로워 오히려 교도소가 더 편안한 공간이 될 수도 있겠지만 그래도 감옥은 감옥입니다. 외롭고 두려운 공간에서 숨기고 싶은 치부와 민낯을 드러내고 자신의 의지보다는 타인의 통제를 받으며 하루하루를 살아야 하는 것만으로도 크나큰 형벌입니다.

많은 수용자들이 굳이 교정시설에 들어오지 않고 가족과 사회의 품에서 자신의 존귀함과 자유의 소중함, 가족의 소중함을 알았더라면 더 좋겠지만, 어쩔 수 없이 이런 절망적인 시간과 공간에 버림받았을지라도 이들이 새 삶을 살아갈 수 있는 기회의 땅이 되도록 마음을 모아준다면 좋을 것입니다. 이것이 또한 우리 선조들이 원형옥을 지었던 것과 일맥상통한 것이라 생각합니다.

서양에서도 근대 이전의 감옥은 재판과 형벌을 기다리는 장소였습니다. 그러나 산업혁명을 전후해 등장한 합리주의와 자본주의의 영향 속에서 사법기관과 별개로 탄생한 근대 감옥은 감금이라는 처벌보다 재사회화와 교화를 우선시했습니다. 사회적 이익을 중시한 공리주의자 벤담은 이러한 맥락에서 파놉티콘이라는 감옥 시설을 고안했습니다. 벤담은 "감옥은 자유를 남용한 사람에게서 자유를 박탈해 수감함으로써 그들이 또 다른 범죄를 저지르지 않도록 하고 다른 사람들에게는 범죄로 빠져들지 않게 하는 본보기가 되어야 한다. 게다가 수감자들이 자유로워졌을 때 사회를 위해서도, 그들 자신을 위해서도 불행해지지 않도록 품성을 개선하는 교화 시설이다"라고 하였습니다(『파놉티콘』, 제러미 벤담 지음, 신건수 옮김, 책세상).

세상이 좋아져 교도소가 아무리 좋아진다고 한들 교도소 안에서는 핸드폰을 쓸 수 없고, 내가 원하는 이들과 같이 살 수 없으며, 먹고 싶은 것을 제때 먹을 수 없고, 나만의 공간이 없고 자유가 없습니다. 그곳은 내가 주체가 아니라 객체가 되는 곳으로 내 소중한 이름마저 번호에 가려진 채 살아야 하는 곳입니다. 하지만 이곳은 내 삶의 밑바닥이지만 마음먹기에 따라서는 나를 가장 깊이 들여다볼 수 있는 심연深淵이될 수도 있습니다.

원초적 본능

일반적으로 수용자들은 접견, 운동, 집회 그리고 편지가 오는 시간을 좋아합니다. 운동시간은 제한된 공간에서나마 자유를 만끽할 수 있는 시간이고, 접견과 서신은 외부의 소식을 전해줄 수 있는 소통의 수단이기에 제한된 공간에서 바깥세상을 그리워하는 이들에게는 아주 중요한 시간인 것입니다. 어쩌면 이런 것들은 단지 바깥세상에 대한 정보보다는 담장 안과 밖을 이어주는 마음의 끈이어서 더 큰 의미가 되는 것 같고 한편으로는 무료한 시간을 보내는 중요한 일과이기 때문입니다.

서신의 종류는 인터넷 서신, 접견 서신, 우편으로 오는 서신 등이고, 접견은 일반 접견, 인터넷 접견, 장소변경 접견, 가족 접견 등이 있습니다. 형이 확정된 수형자들은 접견 횟

수가 줄어들기 때문에 경비처우급에 따라 외부와 전화를 할 수 있는 기회를 주기도 합니다.

이들에게 외부와의 소통의 시간들이 무작정 기쁘고 행복하지만은 않을 때도 있습니다. 접견시간에 피해자가 와서 피해회복을 요구하기도 하고, 가족들이 왔으나 자신들이 원하는 말보다는 잘못된 행동에 대해 질책하고 훈계를 하는 경우가 그렇습니다. 십 분 정도 짧은 시간도 못 채우고 문을 차고 나오는 경우도 있고, 제한 시간이 끝났음에도 헤어지지 못하고 매달리는 경우들도 있습니다. 그런가 하면 그런 피해자마저도 찾아오지 않는 이들도 있습니다. 자유가 제한된 많은 사람들은 늘 바깥세상을 그리워합니다. 심지어 보이지 않는 향기마저 담 안에서 맡을 수 없는 것이라면 코를 벌름거리고 좋아하기도 합니다.

다양한 사람들과 관계에서 소통하는 방법은 여러 가지가 있습니다. 일반적으로는 말이나 글이 주요 소통방법이겠지만 내가 여자 수용자들과 소통하는 특별한 수단은 귀걸이와 네일아트였습니다. 우리는 제복을 입다 보니 늘 같은 옷입니다. 제복은 각자의 개성을 표현할 수 없기에 수용자들 취업교육을 진행할 때는 매일 아주 작은 귀걸이를 바꿔서 하고 수업에 들어갔습니다. 교육 마지막 날 혹시나 하고 질문해보니 많은 교육생이 내 귀걸이의 변화를 감지하고 있었습니다.

그들은 교육을 진행하는 나의 사소한 변화도 놓치지 않고 있었습니다. 나는 그들에게 이 작은 액세서리 하나의 변화로 누군가에게, 어떤 일에 작은 정성을 말하고 싶었습니다.

여자 수용동에서도 마찬가지입니다. 특히 여자들은 더 하면 더했지 덜하지는 않습니다. 예뻐지고 싶고 특별한 자신만의 개성을 표현하고 싶은 여인들의 본능은 누구도 말리지 못합니다. 가끔 헤어스타일, 아이섀도, 귀걸이, 립스틱 색깔만 바꿔도 수용자들은 알아차리고 반응을 보이며 좋아합니다. 수용자들이 있는 거실문은 수용자들이 밖으로 나올 때 열기 때문에 주로 창문으로 편지나 서류, 약 등을 전달하는데 그때 우리 수용자들은 내 손을 얼른 잡습니다. 가해를 하기 위함도 아니고 내 체온을 느끼기 위함도 아니고 내 손톱에 장식된 다양한 색깔과 그림을 자세히 보기 위해서입니다. 그런 그녀들을 위해 나는 나답지 않게 다양한 색을 칠하기도 하고, 아트 장식을 하기도 합니다. 무섭고 어려운 교도관이 아니라 같은 여자임을 느끼게 하여 친근하게 소통할 수 있는 여지를 주었습니다.

아주 오래전엔 교도관은 목걸이나 반지, 귀걸이를 통제하기도 했습니다. 정식 제한규정은 없었지만 순열점검 시에 직원들 복장과 용모를 점검하며 어떤 선배님은 결혼반지가 좀 화려하고 장식이 돌출되었다는 이유로 지적을 받은 적도 있습니다. 수용자들이 그 반지 때문에 오히려 소외감을 느끼거나 부득이한 신체접촉을 할 때 상해를 입을 수도 있고, 반지를 탈취당할 수도 있다는 여러 가지 이유에서였습니다. 그런가 하면 귀걸이나 목걸이도 마찬가지였습니다. 언젠가 수용자들의 싸움을 제지하다가 수용자가 직원의 귀를 잡아당겨 다치기도 했고, 목걸이를 잡아채기도 했다고 들었습니다.

지금은 순회점검에서 직원들의 용모까지 점검하지는 않고, 시대가 변해서 여직원들의 액세서리 등도 다양해졌으나 어떤 직원들은 수용동 근무를 할 때는 일부러 화장을 하지 않고 오기도 합니다. 수용자들이 시샘하게 될까 봐 배려하는 차원이기도 하지만 대부분 여자수용자들은 근무자들이 밝고 화사하게 치장하고 오기를 바랍니다. 상대적으로 자신이 초라해 보인다고 생각하는 경우도 있지만 대부분은 대리만족을 하는 것입니다.

여자들의 본능은 어찌할 수 없습니다. 수용동에서 손도장을 찍기 위해 사용하는 빨간 인주가 있었는데 며칠 안 됐는데도 바닥이 났습니다. 그냥 손도장을 찍기만 하는 것인데 증발하는 것도 아니고 이해가 가지 않았습니다. 그러다 어떤 수용자가 재판을 가기 위해 나왔는데 입술이 발그스레합니다. 당시는 립밤조차 사용할 수 없을 때였는데 입술을 빨갛게 문신을 한 것도 아니고, 나중에 알고 보니 손도장용 인주를 찍으면서 조금씩 떼어 숨겨두었다가 출정을 나갈 때 치장하기 위한 립스틱 대용으로 사용한 것이었습니다. 요즘은 인주 대신 립밤에 핑크색 형광펜 잉크를 섞어 바르기도 하고, 붉은색 영양제 등을 섞어 바르기도 합니다. 물론 수용자들의 물품은 변형하거나 훼손해서 사용하면 안 된다는 규정이 있어 발각되면 회수되고 혼나기도 하지만 여자들의 예뻐지고 싶은 욕망은 도저히 말릴 수가 없습니다.

　교정시설에서는 자신들이 원하는 때 수시로 헤어스타일을 변경할 수 없고 다듬을 수 없어 불편함을 겪습니다. 기관에 따라 외부인들이 미용봉사를 통해 기분전환을 시켜주기도 합니다. 하지만 평소에는 머리 정돈용으로 검은색 플라스틱 머리핀을 사용할 수 있는데 우리 여자수용자들은 그것 역시 그냥 사용할 수는 없습니다. 누구나 갖고 있는 머리핀이 아니라 나만이 갖고 있는 특별한 것으로 꾸미고 싶은 것입니다. 예전에 외부에서 의류 등이 차입될 때에는 수건에서 뽑은 형형색색의 실로 모양을 만들어 장식을 하거나, 외부에서 온 편지에 붙은 스티커로 장식을 하기도 했습니다. 획일화된 제품이기에 서로 자신의 물건을 구별하기 위함이기도 하지만 그보다는 작지만 누군가에게 관심받고 싶고, 예쁘다는 말 한마디 듣고 싶은 여인들의 본능 때문이겠지요.

　수용자들이 입는 관복도 그렇습니다. 미결수용자들은

평상복이라고 하여 본인이 구입해서 입을 수 있는데 그것은 공용이 아니라 개인소유라는 점과 약간의 품질 차이가 있긴 하지만, 그것 역시 수용자복입니다. 대부분 수용자들에게는 대, 중, 소 사이즈별로 제공하고 있는데 체형에 따라 자신들의 몸에 잘 맞지 않는 경우도 있습니다. 그러면 여지없이 쫄바지를 만들어 입기도 하고, 짧게 안으로 접어 입기도 합니다. 여학생들이 교복을 타이트하게 수선해서 입는 것과 유사하다고 볼 수 있습니다. 여자수용동에 손톱깎이와 바늘이 들어가서 회수하는 데 오랜 시간이 걸린다면 분명 그 방에서는 작은 음모가 진행되고 있는 것입니다. 제법 길었던 앞머리가 산뜻하게 잘리기도 하고, 일명 핏이 살아 있는 관복이 탄생하기도 합니다.

여인들만의 특성이 또 하나 나타나는 것은 임신을 한 것도 아닌데 구속되면서부터 여러 달 생리가 중단되기도 한다는 겁니다. 처음엔 무슨 큰 병인가 싶어 걱정을 했는데 어느 정도 수용생활에 적응하고 재판이 끝나거나 출소하게 되면 정상적으로 다시 하게 되는 경우가 많습니다. 그런데 스트레스가 더 심하거나 민감한 경우는 30대 건강한 여성임에도 폐경이 되어 안타까웠습니다. 단순히 개인차일 수도 있지만 몇몇 사례들을 보면 수용생활의 고통과 자연스러운 본능을 인위적으로 차단하는 데서 오는 부작용이라 생각되었습니다.

그런가 하면 이런 외적인 현상과 달리 성적 본능도 그러합니다. 가끔 정신질환을 심하게 앓고 있는, 특히 정신분열이라는 조현병을 앓고 있는 수용자들의 경우는 자신들의 성적인 욕구를 통제하기 어려워합니다. 다른 사람과 신체접촉을 시도하기도 하고, 다른 사람들이 있는데도 자위행위를 하여 성적 불쾌감을 주기도 합니다. 한 외국인 수용자는 언어소통이 안 되어 무료할까 봐 노트와 볼펜을 지급했더니 그 노트 가득 남자 성기와 얼굴 등을 그렸는데 모든 선들이 뾰족하고 거칠기 짝이 없었습니다. 그런데 신기하고 놀라운 것은 정신과 약을 복용하면서부터 점점 선이 부드러워졌습니다. 당시 미술치료전문가였다면 그 그림들로 그녀의 감정을 충분히 읽고 치유나 상담이 가능했으리라 생각해봅니다.

초임시절 야간 근무를 하며 사동을 순찰하는 중 한 거실 앞을 지나가는데 기분이 이상하고 무언가 스멀스멀하는 것 같은 묘한 느낌이 들었습니다. 그 방은 직원식당에 취업하는 여자수용자들 거실로 당시 8명이 함께 잠을 자며 2인당 솜이불을 하나씩 덮고 있는데 유독 한 이불이 들썩들썩하고 이상한 신음소리가 들리는 것 같아 선배님께 말씀드렸습니다. 알고 보니 그 두 여인이 서로 사랑하는 사이였습니다. 다른 사람들이 모두 자는 시간에 두 사람은 자연스럽게 사랑을 나눈 것이고, 나는 이불 속에서 일어나는 무언지 모를 꿈틀거림에 불편함을 느꼈던 것입니다. 이 사실로 두 여인은 다른 기관으로 이송 조치했는데 이별하는 장면이 그렇게 안타까울 수가 없었습니다.

가끔 정신분열증상을 보이는 수용자들이 이상행동을 하면 여자교도관들만의 힘으로 제압이 불가능하여 남자 CRPTCorrectional Rapid Patrol Team(기동대)의 도움을 요청하기도 합니다. 여자 수용자가 양변기를 깨부수기도 하고 방 천장과 벽을 맨손으로 뜯을 정도이니 정신분열수용자들의 괴력은 도저히 감당하기 어렵습니다. 그렇게 알 수 없는 힘에 의해 이상행동을 하지만 가끔은 일부러 그런 행동을 하기도 합니다. 남자들을 보기 위해서입니다. 아무리 여자교도관이 말려도 안 되는데 남자 교도관을 보면 언제 그랬냐는 듯 온순해지기도 합니다. 남성의 강한 힘을 의식해서인지, 음양의 이치인지 아니면 가장 기본적인 본능인지 질문을 던져봅니다.

성인들에게 있어 이성에 대한 본능은 옛날이나 지금이나 별반 다르지 않은가 봅니다. 권영준 선배님의 「형정반세기」에서 "여감방 내의 싸움은 대부분 동성애로 인한 시기, 질투 등이 그 원인이라는데 아무리 표독스럽게 머리채를 휘감아 쥐고 싸우다가도 남자간수가 다가서면 거짓말같이 웃으며 떨어진다. 여죄수들 간의 싸움을 여간수가 말릴 수 없다는 것은 형무소 내에서도 철칙같이 지켜져 와 크건 작건 간에 남자 간수장이 불려가곤 했다"는 글을 보면 지금의 여자 수용동의 모습과 별반 다르지 않음을 알 수 있습니다.

문득 내가 국방색 군복에 이파리 하나 달고 근무하던 교도시보 시절에 간통으로 들어왔던 곱상한 여자수용자가 생각납니다. 자신보다 훨씬 어린 주인집 아들인 고등학생과 눈이 맞아 구속되었던 그녀는 내가 야근하면서 연탄을 갈면 거실 창틀에 기대 조용히 지켜보곤 했었습니다. 순진했던 나는 자신들을 위해 애쓰는 교도관에 대한 고마운 마음으로 그저 누워 있기가 미안해서 일어나 말동무를 하고 지켜보고 있는 줄 알았습니다.

학창시절 서로 좋아하는 선생님들이 있는 것처럼 수용자들도 서로 좋아하는 담당이 있습니다. 일부 나를 좋아하는 수용자가 있다 했고, 그럴 수도 있겠거니 하며 대수롭지 않게 생각했었습니다. 그런데 누군가는 그냥 좋아하는 담당이 아니라 그 이상을 생각하는 이들도 있었다는 것을 나중에야 알았습니다.

그녀의 주인집 아주머니가 자신의 아들을 만나지 않는다는 조건으로 그녀에게 합의를 해주었습니다. 석방지휘서가 오면 같은 시간대에 출소를 하게 되는데 주인집 아주머니는 그녀와 아들을 분리해달라고 부탁하셨고 재범방지에도 도움이 될 것 같아 내가 도와주겠다고 하고 아들은 엄마가, 그녀는 내가 따로 데리고 나가기로 했습니다. 퇴근해서 그녀가 출소하기를 기다렸다가 그녀를 데리고 시내에서 저녁을 먹고 나니 집에 가는 버스가 끊겼다고 하여 숙소를 잡았습니다. 지금 생각하면 요즘처럼 찜질방이라도 있었더라면 좋았을 텐데 숙소를 잡고 혼자 들어가기 무섭다고 하여 함께 들어갔습니다. 출소자라고 그냥 매정하게 두고 올 수도 없고, 같이 자기도 찜찜한 상태에 불편한 마음으로 누웠는데 잠결에 그녀의 손이 나를 더듬고 있음을 느꼈습니다. 그냥 잠결에 손이 닿은 게 아니라 목적을 가지고 더듬은 것이었습니다. 그 이상야릇하고 스멀거리는 듯한 느낌에 깜짝 놀라 밖으로 뛰쳐나왔습니다.

그다음 날 사무실에 출근하니 창밖엔 소담스레 첫눈이 오고 있었습니다. 창밖을 보고 있는데 사무실로 그녀가 전화를 했습니다. 갑자기 잊고 있던 스멀거리던 촉감이 다시 생각났습니다. 내가 야근할 때 창틀에 서서 나를 지켜보았던 눈빛은 수용자로서 교도관을 본 것이 아니라 이성을 향한 눈빛이었나 봅니다. 아직 사회에 때가 묻지 않고, 군복을 입고, 우뚝하고 잘생긴 나는 그녀에게 교도관이 아니라 사랑하는 이성과 같은 대상이었나 봅니다. 지금 그녀의 얼굴도 이름도 기억나지 않지만 옛 생각을 더듬다 보니 문득 생각이 납니다. 당시 함께 근무했던 고참 선배님들도 아마 이 사실을 안다면 배꼽을 잡고 웃을 것 같습니다. 그야말로 이제는 말할 수 있습니다.

파란 번호표

최근 연예인들의 마약 투약 소식 등이 연일 뉴스에 등장하면서 많은 이들이 마약에 관심을 가지고 있습니다. 나는 마약전문가는 아니지만 교정의 보안현장에서 30여 년간 만났던 여자마약수용자들은 웬만큼 겪어보았습니다.

마약사범은 주로 투약, 매매, 운반 등의 혐의로 구속되곤 합니다. 마약은 특성상 사회적인 분위기를 많이 타고 음성적으로 연결되어 있기 때문에 어느 때는 마약수용자가 거의 없을 정도로 조용하다가 한두 명 구속되기 시작하면 굴비 엮듯이 줄줄 엮여 들어옵니다. 마약은 아무래도 밀거래를 하다 보니 한 사람이 구속되면 사건과 관련된 이들이 줄줄 연결되어 나오기도 하고, 수사에 협조하기 위해 지인들의 투약사실을 마약반에 단서로 제공하기도 합니다. 그러한 공적이 쌓이면 본인들의 형량을 줄이는 데 긍정적인 영향을 미칠 수 있다는 생각 때문입니다.

마약수용자는 일단 번호표에서 일반수용자와 다릅니다. 일반수용자는 하얀색, 마약수용자는 파란색, 조직폭력이나 살인 등 특별한 관심이 필요한 이들은 노란색 번호표를 하고 있습니다. 수용자들은 같은 옷을 입기 때문에 번호표 색깔만 달라도 사람들의 눈에 띄게 마련인데 마약 수용자는 파란색 번호표가 특이하기에 다른 이들의 시선을 끌게 됩니다. 대부분 수용자들은 외부에서 일상용품의 차입이 제한되는데 마약사범들은 외부에서 보내는 것 중 편지 외에는 어떤 것도 차입이 안 되므로 불편한 점이 많습니다. 어떤 이들은 교화를 위해 좋은 책을 보게 하려고 넣어주는데 받아주지 않는다며 항의를 하기도 합니다. 하지만 일반 수용자들 중에도 성경책 표지를 뜯어 그 안에 담배와 현금을 넣기도 하는데, 하물며 마약수용자들은 지극히 미세한 백색가루를 어떤 방법으로 들여오려는지 모르기에 아예 차단합니다. 책은 본인들이 필요한 책을 신청하면 기관에서 구매를 대행해주고 있습니다.

이렇게 외부물품 반입 자체도 불허하며 마약의 반입을 원천봉쇄하는데도 불구하고 수용자들은 은밀한 방법으로 마약을 숨기고 들어오는 경우가 있습니다. 담배도 한 개비에

몇십만 원이라는데 마약은 더 말할 필요가 없을 것입니다. 남자 수용자들은 주로 귀나 입, 항문에, 여자 수용자들은 주로 생리를 가장해서 생리대 밑에 숨기고 오는 경우들이 있었는데, 지금은 대부분 기관에 예전과 달리 정밀 신체 수색이 가능한 시스템이 도입되어 있기에 그런 사례는 발견되지 않았습니다. 그러나 마약수용자들은 호시탐탐 기회를 엿보고 있습니다.

내가 맨 처음 보았던 여자 마약수용자는 독방에 있었습니다. 살이 제법 쪘었고, 혼자서 식은땀을 흘리며 이불을 덮고 며칠 밤낮을 자고 있었습니다. 일어나 밥도 먹지 않고 며칠간 잠만 자고 있는 모습에 대해 선배들은 '마약금단현상'이라고 했습니다. 마약도 생소한데 금단현상이라니……. 마약 금단현상은 계속 마약을 투약하다가 약을 끊게 되면 오는 현상으로 여러 가지 모습으로 나타난다고 합니다. <슬기로운 감빵생활>에서 헤롱이가 보여주려고 했던 것은 마약수용자들의 여러 모습들이었던 것 같습니다.

가까운 예로는 담배를 오랫동안 피우다 금연을 하면 스트레스를 받고 분노조절이 잘 안 되는 경우가 있는데 마약금단의 경우는 이보다 몇십 배 심한 고통과 증상으로 나타난다고 생각하면 될 것입니다. 나중에 그녀가 깨어났을 때 들은 이야기 중에 기억나는 것은 마약을 하고 나면 괴력이 생긴다고 했습니다. 보통 성관계의 쾌감을 위해 마약을 복용하는데 그렇지 않은 경우는 집중력과 에너지가 필요한 작업을 위해서 투약하기도 합니다. 그녀는 마약을 투약하고 난 후 남은 에너지 발산을 위해 혼자서 장롱을 옮기고 밤새 대청소를 했다고 합니다. 그래서 선배교도관들은 '마약 수용자는 함부로 하면 안 된다고, 괜히 손 한번 스쳤다가 팔 부러졌다고 배상 청구한다'고 했습니다. 그 이유는 마약을 복용한 후에는 집중해서 에너지를 쏟게 되어 뼈가 약해지기 때문이라고 했습니다.

두 번째 보았던 마약수용자는 초범으로 구속되어 재판정에 동행했습니다. 보통 단순 투약으로 처음 구속된 경우는 마약투약만으로는 타인에게 직접적인 피해를 준 경우가 아니기 때문에 '금번에 한하여 징역형의 집행을 유예한다'고 선고합니다. 피고인은 초범인 데다 선고 전에 반성문 및 탄원서 등을 제출하고, 법정에서 심리재판을 하며 사실관계를 인정하고, 단약을 맹세하고, 깊이 반성하고 있다는 점 등이 집행유예 판결의 전제조건이 되었습니다. 선고를 마치고 법정을 나오면서 그녀는 말했습니다. "내가 그 좋은 마약을 어떻게 끊나? 지금도 가장 하고 싶은 게 그건데. 오늘 당장 나가자마자 기념으로 한 대 맞아야지."

보통 마약 수용자는 초범보다는 전과가 많은 이들이 대

부분입니다. 여러 차례 구속되어 수용생활을 했고, 전국에 마약사범들이 네트워크를 형성하고 있기 때문에 교정기관에서 가장 기피하는 수용자 부류에 해당합니다. 그런데 내가 미결 수용동 담당을 하고 있을 때 만났던 금숙이는 내가 생각하는 마약수용자에 대한 편견에 예외가 있음을 보여주었습니다. 수용생활도 일반수용자보다 잘하고, 청소나 정리정돈, 교도관들에 대한 태도나 동료 수용자들에 대한 태도도 의외였습니다. 금숙이가 파란색 명찰을 달고 있다는 것 자체가 어색할 만큼 까칠한 수용자들, 정신질환 수용자도 잘 달래서 데리고 있고, 화단을 가꾸는 것도 대청소를 할 때도 어쩌면 그렇게 깔끔하게 구석구석 청소를 잘하는지 놀랄 정도였습니다. 그런 그녀가 하도 신기해서 물었습니다. 왜 마약을 했는지?

어렸을 때 유흥업소에서 일하면서 마약을 하는 남자손님들이 자신들의 욕구충족을 위해 몰래 마약을 먹였다고 했습니다. 처음엔 어지럽고 구토증상 때문에 힘들기도 했는데 몇 번 하다 보니 자신도 모르게 익숙해지게 되었다고 했습니다. 그러다 정신 차리면서 끊으려고 여러 차례 노력했는데 살다가 외롭고 힘들어 자포자기하고 싶을 때는 마약을 찾게 된다고 했습니다. 출소해서 정말 끊으려고 노력하며 평범하게 살아보려고 애쓰면서 십여 년을 버텼다고 했습니다. 그런데 혼자서 딸을 키우다 외로워서 다른 남자를 만나게 되었고 그 남자에게서 상처를 받고 힘들어서 다시 마약에 손을 댔다고 합니다.

금숙이는 단기 실형을 마치고 출소해서 나와 약속한 대로 미용학원을 다니면서 자격증을 취득했다고 연락이 왔습니다. 또 피부관리 자격증까지 취득해서 남자에게 의지하지 않고 스스로 살 수 있도록 노력하겠다고 했습니다. 그런데 내가 서울로 전근을 가서 근무하는데 찾아왔습니다. 아니 사실은 그 기관에 수용 중인 다른 남자 면회를 온 것이었습니다. 실망을 금치 못하는 내 표정을 읽었는지 애써 변명합니다. 자신은 절대로 마약을 하지 않고 저 사람도 끊게 하려고 한다고 했습니다. 더욱 안타까운 점은 아직 미성년인 딸을 데리고 온 것이었습니다. 저 딸은 엄마와 엄마의 남자친구의 모습에서 무엇을 배울 것인가? 최근에 다시 연락이 왔습니다. 그 남자와 헤어지지 않으면 다시 마약을 하게 될지 몰라 인연을 끊기로 했다고 합니다. 제발 그녀가 단약에 성공해서 평범한 여인으로 살아갈 수 있길 진심으로 기도합니다.

최근에 만난 마약수용자는 아직 미성년인 두 딸만 두고 구속이 되어 청와대에 히소연 편지를 보냈습니다. 그래서 만나 보니 큰아이가 엄마 주변인들과 엄마가 거래하는 이들을 알고 있다고 합니다. 자기 주변인들이 딸에게 접근할까 봐 걱정이라는 겁니다. 부모는 자신들이 지나온 발자취와 무관하게 자녀들이 건강하고 건전하게 성장해주기를 바라는데 과연 그 딸이 엄마와 엄마 주변인들로부터 배울 수 있는 것은 무엇일지? 이 아이의 진로는 어쩌란 말인지…….

한참 아이의 진로에 대해 함께 얘기하고, 아이에게 좋은 사람들을 많이 만날 수 있는 기회를 만들어보자 하고 여성수용자의 미성년 자녀를 지원해주는 단체에 지원을 요청했습니다. 엄마 주변의 마약 하는 사람들보다 사회복지사와 전문 연구자들을 만날 수 있는 기회를 제공해준다면 그 아이의 진로는 좀 더 희망이 생기지 않을까 합니다. 정작 마약을 투약, 판매하면서 쉽게 돈을 벌어 쓸 때는 깨닫지 못했는데 자신도 이번 수용생활로 인해 마약전과가 많은 이들을 보면서 마약을 끊지 않는다면 자신의 미래도 그렇게 추할 거라는 생각에 자신의 삶을 다시 돌아보는 계기가 되었다고 반성하며 누구보다 성실하게 지내고 있습니다.

그동안 돈 많이 벌어서 아이들이 원하는 것 사주는 것이 좋다고 생각했다고 합니다. 정말 아이들의 진로를 고민한다면 엄마가 가장 가까이에서 아이들의 롤모델이 되어야 하고 아이들 주변에 괜찮은 어른들이 많아야 한다는 조언을 깊이 새기는 듯했습니다. 쉽게 마약을 운반하고 판매하면서 번 부끄러운 돈, 당당하지 못한 엄마가 아니라 몸이 좀 고되고 부족한 임금이나마 두 딸아이가 당당하고 자랑스럽게 생각하고 닮아가고 싶은 엄마가 되었으면 좋겠습니다.

나는 왠지 출소 후에 자주 연락하던 이들로부터 소식이 뜸해지면 걱정이 됩니다. '무슨 안 좋은 일이 생긴 것은 아닌지, 또 사고를 쳤나?' 전화를 해보면 전화가 꺼져 있거나 고객님의 사정으로 당분간 착신이 금지되어 있습니다. 그래도 불길한 경우는 전국 교정기관에 수용검색을 해보기도 합니다. 나를 정말 좋아하고 따르던 수용자였기에 출소 후 직업훈련과 창업지원까지 해주며 아끼던 친구인데 한동안 소식이 없었습니다. 나두 한창 겨를이 없을 때라 생각만 하고 연락을 못 하고 있었는데 난데없이 법무부 사서함 편지가 왔습니다. 어쩐지 소식이 없더라. 그런데 더욱 난처한 것은 생각지도 못했던 마약으로 구속된 것이었습니다. 어처구니가 없었습니다. 그동안 가족들을 그렇게 힘들게 하더니 이제는 마약까지 손을 댔나 싶어 답답했습니다. 내 마음이 이럴진대 본인은 또 얼마나 망설이고 망설였을지 편지에 그 마음이 고스란히 전달되었습니다. 호기심 때문이라고 합니다. 하도 신기해서 한번 해본 거랍니다. 정말 딱 한 번이라고, 앞으로는 절대 하지 않겠다고…….

거의 이십여 년 만에 사기사건으로 구속이 된 여자 수용자가 있었습니다. 너무 속상한 일이 있다고 하소연하기에 상담을 요청했는데 이유인즉 자신의 마약전과 때문이라고 합니다. 어렸을 때 마약을 하고 구속된 적이 있었는데 그때의 고통과 수치심이 어찌나 컸던지 정말 죽을 각오를 하고 마약을 끊었고 결혼하면서 마약전과 사실이 너무 수치스러워 남편에게도 숨겼다고 합니다. 그런데 이 수용자가 근무자에게 작업을 신청했는데 다른 수용자들이 듣는 데서 마약전과 때문에 작업이 안 된다고 했다는 겁니다. 정말 자신의 삶에서 가장 수치스러워 죽을 각오를 하고 끊었었고 지금도 가장 지워버리고 싶은 상처인데 다른 수용자들 앞에 드러나게 되었다며 분개한 적이 있었습니다. 어떤 직원에게는 사소한 실수일 수도 있지만 자신에게는 살점을 도려내는 것 같았다면서……

대부분 마약사범들은 유사한 범죄끼리 수용하는데 가끔 단약을 결심하고 그 의지가 매우 강한 경우가 있습니다. 마약사범들과 함께 지내다 보면 자연스럽게 사건에 관련된 얘기를 하게 되고 그러다 보면 계속 마약과 연결되기 때문에 그들로부터 분리해주기를 간곡히 요청하는 경우가 있습니다. 그런 경우는 본인의 의사와 가족들과의 교류, 지인들과의 관계 등을 검토한 후 혼자 지내게 하거나 일반 수용자들과 함께 생활하기도 합니다.

그런가 하면 어떤 경우는 살기 위해 구속을 자진하는 경우도 있습니다. 밖에 있으면 마약을 안 하려야 안 할 수 없고 그러다 죽을 것 같아서 마약기운을 빼고 몸을 회복하기 위해서 제 발로 자수하기도 합니다. 이런 경우는 단약이 아니라 몸을 회복해서 다시 마약을 제대로 하기 위해서일 수도 있습니다. 또 한 여인은 여러 차례 단약을 위해 노력했음에도 성공하지 못했으나 이번에는 좀 더 구체적으로 단약을 위해 노력해보겠다고 합니다. 좋은 책들을 필사하며 또 글쓰기 치유를 시도하며 단약을 위해 애써보겠다고 합니다. 이런 자신의 노력과 주위의 도움이 함께 해서 정말 담 밖에서 기쁘게 그녀를 만났으면 좋겠습니다.

문득 마약수용자들의 복잡한 족보가 생각납니다. 어느 날 이 수용자의 남편으로 접견을 오던 남자가 다음엔 다른 수용자의 남편으로 접견을 옵니다. 주로 유흥업소에서 또는 향락을 위해 투약을 하다 보니 남녀관계가 복잡해집니다. 어떤 여자는 구속되어 다른 마약수용자를 만나 보니 최근에 자신이 만난 남편이라는 남자와 여자 마약수용자들 대부분이 아는 사이라고 …… 그녀가 생각하는 그저 아는 사이기만 하면 좋겠지만 장담하기는 어려울 수도 있을 것 같습니다.

김경일 교수는 행복에 대한 상연에서 "행복은 점수의 높이가 아니라 빈도이고, 결과가 아니라 과정이고 도구이다. 100점짜리 한 번의 행복보다 10점짜리 행복을 열 번 느끼는

것이 훨씬 더 행복하다"고 했습니다. 마약을 하는 이들이 순
간적으로 추구하는 쾌락을 위해 투약을 하기보다는 잔잔한
일상에서 작은 행복을 자주 느낄 수 있기를 바라봅니다. 또
한 많은 교도관들은 이렇게 바랍니다. 마약사범들을 일반 교
정시설에 수용하기보다는 본격적인 치료프로그램 전문 기
관에 수용하길, 그래서 일반 수용자들에게까지 마약이 전파,
전염되지 않기를…….

﹄﹄﹄
내 머릿속에
마이크로칩이 들어 있어요

지금껏 살면서 내 몸에 붙어 있는 살들이 내 의지나 노력 없이 자발적으로 떨어져 나간 기억은 거의 없습니다. 그런데 내가 노력하지 않았는데 살이 빠졌던 유일한 경우는 아마 딱 한 번 2000년경으로 기억됩니다.

당시 그녀의 입소경위도 사건도 뚜렷하게 기억나지 않지만, 그녀의 이름과 얼굴 그리고 무엇보다도 그녀의 괴력과 밤새 울부짖고 부수던 날들은 결코 잊을 수 없습니다. 다른 수용자들과 함께 우리도 잠 못 이루던 날들이었습니다. 그녀는 자기가 신내림을 받았다고도 했고, 예전에 탁구선수였다고도 했습니다. 그녀는 밤낮으로 괴성을 지르고 거실 내 설치된 관물대를 뽑아서 유리창을 부수고 화장실 변기를 깨서 그 파편들로 동료 수용자들과 직원들을 괴롭히곤 했습니다.

변기에 대소변을 보고 고무신에 받아서 복도에 지나가는 사람들에게 던지고 혼자 웃고 즐거워했습니다.

그때 당시는 정신과 약도 보편화되어 있지 않았고, 지금과 같은 보호장비나 보호실 등이 준비되어 있지 않아 특별한 대책을 세울 수 없었던 상황이었습니다. 그래서 다른 수용자들과 같은 수용동에서 단지 거실만 혼자 사용하게 조치를 했던 상태였습니다. 밤낮으로 소리 지르고 부수고 이런 생활이 반복되자 동료 수용자는 물론 직원들도 너무 힘이 들었습니다. 근무지에서는 근무지니까 당연히 시끄럽고, 당직실에서 취침을 할 때도 그녀의 소리가 울려 잠들 수 없었고, 심지어 퇴근해서 집에 가도 그녀의 목소리가 윙윙거려 힘들었습니다.

그러던 어느 날은 거실에 목재로 제작된 붙박이장을 뽑아 각목을 만들어 두꺼운 아세테이트지로 된 창을 부수는 등 난동이 너무 심해 도저히 통제할 수 없었습니다. 여직원만의 힘으로는 도저히 묶을 수 없어 남직원들의 도움을 받아 손과 발을 포승줄로 꽁꽁 묶었는데 다시 그녀의 방에서 이상한 소리가 들렸습니다. 데굴데굴 굴러서 나는 소리가 아니라 손발이 자유로울 때 날 수 있는 소리들이었습니다. 뛰어가 보니 그녀는 손발을 묶었던 포승줄을 가지고 장난을 치고 있었습니다. 잘못 본 건 아닌가 의심스러울 정도였습니다. 그렇게 단단하게 묶었는데 어떻게 풀 수 있었을까? 아무리 생각해봐도 해답을 찾을 수 없었습니다. 난감해하는 내 표정을 보며 그녀는 재밌다는 듯 웃으면서 얘기했습니다.

"내 팔 하나 뺐어."

그녀는 자기 어깨를 탈골시켜 양팔에 묶여 있던 포승줄을 빼고 수갑을 풀고 난 후 상체와 하체까지 풀었던 것입니다. 과연 누가 그런 상상을 할 수 있었을까요?

그런 그녀가 애지중지하는 것이 있었습니다. 호랑이가 그려진 담요였습니다. 가끔 괴성을 지르고 부수다 지쳐서 잠들 때는 호랑이 담요를 방바닥에 쫙 펴고 호랑이를 껴안듯이 하면서 자는 것이었습니다. 그 순간만은 수용동이 고요했습니다. 다른 수용자들은 물론 근무자들 역시 그런 때가 되면 수용동은 고요하나 귓속에는 언제 재발할지 모를 그녀의 괴성이 맴돌고 있었습니다. 그런 그녀가 감정유치 결정이 나서 공주치료감호소로 한 달간 가게 되었습니다. 비록 한 달이지만 우리는 그 소음에서, 폭력의 두려움에서 해방될 수 있어 환호성을 질렀습니다.

그런데 한 달 후 그녀가 감정유치를 종료하고 다시 우리 소로 복귀하는 날이 되었습니다. 성말 출근하기 싫은 날이었지만 점심 식사를 하고 여자수용동 입구에 서 있는데 경찰관 동행하에 그녀가 오고 있었습니다. 정말 보고 싶지 않은데 피할 수 없는 현실이 안타까웠습니다. 그런데 더 소름 끼치게도 그런 내 의지와 상관없이 그녀가 뛰어와서 나를 안았습니다. 그리고 내게 공손히 인사를 하며 '앞으로 말썽 안 부리고 잘 지낼 테니 미워하지 말아 달라'고 했습니다.

알고 보니 치료감호소에서는 그녀의 난동이나 소란에 몸과 말로 대응하지 않고 정신과 약과 주사로 대응했다고 합니다. 지금 생각하면 그녀가 보여준 증상들은 조현병이었고, 약물치료를 받고 증상이 호전된 것이었습니다. 그 후로는 언제 그런 소란이 있었는지, 난동을 부린 적이 있었는지 그녀가 수용동에 있는지조차 모를 정도로 조용히 있다가 출소했습니다. 어느 날 어떤 직원이 시내 음식점에 갔다가 그녀가 서빙을 하고 있어서 화들짝 놀라서 나와 버렸다는 후문을 들었습니다.

최근 몇 달 전에 그녀와 비슷한 힘을 가진 여인이 들어왔습니다. 키는 작은데 힘은 어마무시했습니다. 하도 소란을 피우고 직원들을 괴롭혀서 보호실에 수용했는데 다음 날 아침 출근하니 보호실 변기가 밖에 통째로 나와 있었습니다. 당시 일반 화장실에서 사용하는 변기라 무거워서 설치하는 것조차 힘들었는데 그런 변기를 보호장비를 하고도 발과 몸으로 흔들어서 파손했다는 겁니다. 그런 그녀를 접견 오는 전남편은 그녀만큼 착하고 순한 여자가 없다고 했습니다. 참 어떤 게 그녀의 참모습인지…….

식사와 용변을 위해 손과 발에 채워진 보호장비를 풀어주려고 여러 직원들이 다가가면 침을 뱉고 듣기 힘든 욕설을 해서 직원들을 분노하게 했던 그녀가 그래도 나는 친구라며 함부로 하지는 않았습니다. 예전에 수용되었을 때 운동시간에 배드민턴도 함께 치고, 수용동 담당을 했던 때의 좋은 기억 덕분이랍니다. 조금씩 안정되어갈 때쯤 친구라 생각하는 내게 상담을 신청해서 상담을 하며 커피를 한잔 주니 이렇게 말했습니다.

"친구야, 내가 술은 안 마시는데 담배랑 커피만 있으면 돼, 지금 금단현상 때문에 힘들어 죽을 것 같아. 잘 있을 테니까 하루에 한 번만 나를 불러 커피랑 담배 한 대씩만 먹게 해줘. 이 은혜 잊지 않을게."

자신의 사건 변론을 위해 접견 온 변호인을 만나러 가면서도 돌발행동이 우려되어 손과 발에 보호장비를 한 상태로 갔으니 여자 변호사가 얼마나 두려웠겠습니까. 심지어 눈을 부라리고 위협적인 발언을 하며 책상을 치면서 큰 소리를 지르니 국선변호사가 무서워서 사임을 하겠다고 할 정도였습니다. 그러던 그녀가 지금은 화단 제초작업을 하며 열심히 잡초를 뽑고 있습니다. 어쩌다 직원들을 보면 의미 있는 웃음을 짓습니다. 지난 시간 소란을 피우던 얘기를 하며 직원들께 정말 죄송하다며 연신 고개를 숙입니다. 요즘은 그녀가 오히려 다른 수용자를 도와주고 있는 모습을 봅니다. 그동안 자기 때문에 고생한 직원들께 죄송해서 다른 사람들이 함께 있기 힘든 수용자를 자기가 잘 데리고 있겠다고 걱정하지 말랍니다.

서울에 근무할 때 나보다 먼저 수용동에 와 있었던 여자 수용자가 있었습니다. 그녀는 물론 독거실에 있었고 나는 그녀의 상담자로 지정이 되었습니다. 가끔 상담을 시도하려다 오히려 그녀의 위협적인 태도에 상담은커녕 말 한마디 건네지 못하고 돌아오곤 했습니다. 그녀는 혼자서 천장을 쳐다보며 누군가와 계속 큰 소리로 대화를 했고 가끔 그런 소리를 참다못한 다른 정신질환 수용자와 큰 소리로 싸웠습니다. 서로 방이 달라 상대의 몸을 때리지는 못했지만 거실문을 발로 차고 소란을 피워 다른 수용자의 평온한 수용생활을 방해하고 불안정한 심신상태로 자해 및 타해 우려가 있어 양손과 발에 보호장비를 찬 채 보호실로 옮겨졌습니다.

나는 당시 여사기동팀장이라 그녀의 보호장비 사용과 해제를 주로 맡게 되었습니다. 안정이 될 때까지는 식사와 용변을 제외하고는 내내 손발이 묶인 채 지내게 됩니다. 그래서 그 안에 부드러운 천으로 보호대를 하고 수갑을 채우기를 반복했더니 그녀는 내게 험상궂은 인상 대신 미소를 띕니다.

"수고했어요." 마치 윗사람이 아랫사람의 수고에 대해 인사하듯 너그러운 표현입니다. 그렇게 십여 일을 하고 나니 더 이상 보호장비를 사용하지 않아도 되겠다 싶어서 손발 수갑을 풀어주는데 워낙 여린 피부라 보호장비 이음새 부분에 작은 상처가 생겨 연고를 발라주는데 '고맙다고, 그동안 수고했다'고 합니다.

그런 인연으로 그녀와의 상담이 시작되었습니다. 알고 보니 12년 전까지는 평범한 주부로 두 아이를 키우며 잘 살고 있었는데 사이비종교에 빠지기 시작하면서부터 그녀의 삶은 평탄치 못하게 되었습니다. 오랜 시간 집을 나와 노숙의 연속이 평범한 한 여인을 황폐하게 만들었습니다. 사실 사건 자체도 사소한 것이었는데 거칠게 반항하며 위협하는 그녀를 아무도 변호해주지 못했고 스스로 대응할 수도 없었던 것입니다.

처음 그녀와 상담했던 날을 기억합니다. 어떻게 그녀와 대화를 시작해야 할지 고민하다 커피 한잔 함께 마시며 그녀의 손을 잡고 상처를 더듬어 보았습니다. 다행히 깊지 않았던 터라 거의 다 아물었습니다. 두려워 근처에도 가기 어려웠던 그녀의 손을 따뜻하게 감싸 안았습니다. 그녀의 열 손가락 중 한 마디는 보이지 않았으나 부드러웠고, 그녀의 피부도 언어도 거칠지 않았습니다. 다행스러운 것은 그녀와는 고향이나 연배가 비슷한 면이 많아 공감해줄 수 있는 부분이 있었습니다. 그래서 마치 고향친구를 만난 듯 지나온 시간들을 도란도란 얘기하고 있는데 직원들은 나의 안전이 염려되어 상담실을 기웃거렸습니다. 한 시간쯤 그녀와 손과 눈을 마주하고 따뜻한 커피를 마시며 함께했습니다. 일상에 대한 얘기를 나누는데도 대통령이 자신의 아이디어를 모두 가져갔다느니, 남편이 대통령이니 하며 망상 환자다운 말을 하기도 했지만 그래도 웃으면서 받아줄 수 있었습니다. 그녀가 한 말이 기억납니다.

"12년 만에 누군가 얼굴을 보고 웃으며 대화를 해본 것 같다."

그렇게 상담을 시작한 후 그녀에 대해 파악이 되자 국선변호사에게 상황을 전달하고 적극적인 변호를 부탁했더니 다행히 재판에 반영이 되어 감정유치를 갈 수 있게 되었습니다. 예전엔 의례히 감정유치는 공주치료감호소였는데 이제는 그곳도 포화상태라 수용이 불가하여 인근 협력병원 등에 의뢰를 한다고 했습니다. 용인 어느 병원으로 간다는 그녀에게 돈 2만 원을 쥐어주었습니다. 혹시라도 필요할 때 쓰라고……. 그랬더니 고맙다며 인사말을 건넵니다.

"내게 5조 원이 있으니 나중에 갚아 주겠다."

"그러세요."

"내가 지금까지는 남자의 목소리를 하고 살았는데 다음에 올 때는 여자의 목소리를 하고 오겠다."

한 달 후 감정유치를 마치고 돌아온 그녀가 너무 반가웠습니다. 신기하게도 그녀는 굵은 남자의 목소리 대신 조용한 저음의 여자 목소리를 하고 있었습니다. 정신과 약을 복용하기 시작했더니 조현병 증상이 많이 호전된 듯했습니다. 우리가 보기엔 그런데 그녀는 오랜 시간 익숙했던 조증에서 벗어나 조금씩 현실이 보이기 시작해서 우울하다고 했습니다. 12년 동안 떠돌아다니면서도 남편과 아이들 전화번호는 잊지 않았고, 가족들을 마음에 남고 있었습니다. 이제는 다시 가족들에게 돌아가고 싶다 하여 혹시나 자녀들과 남편에게 전화를 시도해보았습니다. 낯선 구치소 번호여서 안 받는 것인지, 딸들은 전화 연결이 안 되었고, 몇 번의 시도에 남편과 연결이 되었습니다. 이러저러한 얘기들을 하며 가족들에게 돌아가고 싶다는 말을 전했더니 남편은 "너무 시간이 많이 지나버렸어요"라고 했습니다.

며칠 후 나는 기관을 옮겨야 했습니다. 그녀의 재판결과도 못 보고 그녀에게 잘 지내라는 말도 못 하고 그냥 그렇게 떠나왔습니다. 그나마 유일하게 대화를 하는 내가 떠나게 된다는 사실을 알고 힘들어할까 봐……. 나중에 알아보니 다행히 그녀는 출소하게 되었다고 합니다. 출소가 다행이기만 한 것일까? 또다시 이전처럼 노숙의 삶을 살고 있진 않을지 걱정입니다.

최근 나를 너무 힘들게 하는 사람이 있습니다. 아직 꽃다운 나이 20대 중반에 얼굴도 목소리도 예쁜 아이입니다. 이 아이의 죄명은 무고, 공무집행방해, 업무방해, 병명은 불안과 조현병입니다. 정신병원에서 20년 이상 근무하셨던 원장님께서도 자기가 본 중 가장 상태가 심한 것 같다는 이 아이는 처음엔 회유와 설득, 반강요에 의해 정신과 약을 먹었습니다. 그래서 그나마 눈을 맞추고 상담을 시도해보기도 했었는데 점점 정신과 약을 너무 강하게 거부해서 도저히 먹일 수가 없었습니다. 일반 교정시설에서는 본인의 의사에 반해서 강제로 투약할 수 없기에 온몸으로 거부하는 그녀에게 약을 먹일 수가 없었습니다. 그녀의 상태는 예상대로 계속 악화되고 있는 실정입니다. 환청, 환시, 불안, 망상, 퇴행까지 …… 모든 증상의 종합입니다.

너무 안타까워 부모님께 전화를 드려보았지만 아예 전화를 받지 않습니다. 전임자에 의하면 연락하지 말라고 했다고 하고, 엄마도 안 좋으시다고 합니다. 도저히 의사소통도 안 되고 수용생활이 불가하여 정신감정을 의뢰한 상태입니다. 잠시나마 병원에서 감정을 하며 약을 복용하면 좀 나아질 텐데……. 그리고 좀 가라앉으면 지속적으로 약을 복용하고 난 후 상담치료도 병행하면 좋겠습니다. 그 아이는 욕설과 폭행으로 많은 직원들의 얼굴을 할퀴고, 손발에 상처도 입혔지만 사건송치를 못 하고 있습니다. 사건송치하면 더 많은 시간이 걸릴 것이고 그만큼 직원들이 힘들기에 수용자에게 피해를 당하면서도 참고 있습니다. 우리 직원들에 대한 보호를 위해, 그리고 아직 젊고 예쁜 이 아이의 미래를 위해 지금 내가 할 수 있는 일은 무엇일까요?

↘↘↘
크리스마스카드

혹시 흙빛 또는 납빛 얼굴을 본 적 있나요?

나는 교도관이 되고 나서 일 년 쯤 되었을 무렵 처음 사형수를 만났습니다.

90년대 초 당시 살인사건으로 사형선고를 받고 항소재판을 위해 우리 소로 왔던 그녀……. 그녀는 하얗고 핏기 없는 얼굴에 검은 뿔테 안경을 끼고 수용동 중간쯤인 7방에서 가냘픈 두 손에 금속수갑을 차고 밤늦도록 벽에 기대앉아 세계문학전집의 책장을 조용히 넘기고 있었습니다. 거의 정지된 화면처럼 그렇게 앉아 있던 그녀와의 인연은 뜻하지 않게 이어졌습니다. 서울고등법원으로 사형선고를 받으러 가던 날도 내가 호송을 맡게 되었고, 사형수 집금을 위해 서울구치소로 이송을 가던 날도 내가 함께 가게 되었습니다.

91년 5월 즈음이었던 듯합니다. 그녀의 선고재판을 위해 서울고등법원에 데리고 갔다가 특정한 단어가 책 속에서만 볼 수 있는 것이 아니라 생활 속에 실재함을 알게 되었습니다. 항소심에서조차 사형을 선고받고 돌아선 그녀의 얼굴빛이 그랬습니다. 법정을 나서는 그녀의 얼굴은 평소 백지장처럼 하얗던 것과는 너무 대조적인 모습으로 새까맣게 변해 있었고, 몸은 녹아버릴 듯했습니다. '먹빛' 또는 '잿빛'이라는 표현이 가장 적당하다는 생각이었습니다. '아, 저럴 때 쓰는 표현이구나…….'

선고결과를 굳이 묻지 않아도 알 수 있었습니다. 그런 그녀에게 어떻게, 무슨 말로 위로해주어야 할지 막막했습니다. 내가 해 줄 수 있는 유일한 방법은 화장실에 데리고 들어가는 것이었습니다. 화장실 안에서 포승과 수갑을 풀어주고, 휘청거리는 그녀를 내 품에 안았더니 그때서야 억눌렀던 감정들이 복받치는지 오열을 하기 시작했습니다. 등을 토닥여주는데 나도 눈물이 났습니다. 둘이 화장실에서 나올 때는 벌겋게 상기된 얼굴이었지만 어떤 누구도 우리에게 왜 울었는지, 왜 눈이 부었는지 이유를 묻지 않았습니다.

아직 교도관 경력이 짧은 내게 사형수라는 존재는 매우 낯설고 한편으론 호기심의 대상이기도 했던 듯합니다. 어쩌면 사형을 당해야 한다는 것 때문에 측은지심이 앞섰을 수도 있지만, 젊은 나이에 그냥 그렇게 이 세상과 하직하게 될 그녀가 애처롭고 안타까웠습니다. 그래서 상고를 위해 다른 기관으로 이송을 간 그녀에게 편지를 쓰고, 책을 보내고, 면회를 갔었습니다. 한때 비뚤어진 생각으로 어린아이의 귀하고 소중한 생명을 앗아간 그녀에게 비록 짧은 시간이지만 그녀의 잘못된 행동을 돌아볼 수 있고, 그녀와는 다른 생각을 가지고 평범하게 살아가는 또 다른 이의 삶의 모습을 보여주고 싶었습니다.

전철 안에서 비옷을 산 샘의 모습을 떠올리며 미소 지어 봅니다.
한 폭의 그리운 풍경…….
잡상인에게 구겨진 지전을 내어주는 사람을 보면 선한 느낌을 받곤 했었죠.
기약 없이 책을 빌려주는 샘처럼 선하다는 거 행복해 보여요.
행복이란 어떤 걸까요?
전엔 이것저것 많이 생각했었는데 지금은 감사하며 사는 것이라고 생각해요.
누구한테든, 어떤 것에든 늘 감사하다면 정말 행복할 거 같지 않아요? 난 벌써 행복해지는데.
샘 편지에서는 비릿한 바다 내음이 나요.

내 편지에선 무슨 내음이 나죠?

회색 벽으로 둘러진 구치소 냄새는 싫은데...

태양에 감사하고 물줄기에 감사해요.

그리고 행복하세요.

1991. 6. 28. ○○○○ 씀

한 달에 한 번씩 그녀의 짧은 생애만큼 간결하게 그렇게 편지가 왔었습니다. 그녀의 편지는 군더더기가 없었습니다. 어떤 이들은 하루에 한 장 주어진 그 우편엽서를 작은 글씨로 빼곡히 채우곤 했었는데 그녀는 마치 한 줄기 바람처럼 그렇게 넉넉하고 여유 있게 엽서를 썼었습니다. 나는 내 주변과 일상에 대한 이야기와 책에 대한 이야기들을 썼던 것 같습니다.

이 계절에 전 김수환 추기경님 집전 아래 견진성사를 받았습니다.

신심의 성년식이라고 할까요?

기쁜 만큼 어깨가 무겁습니다. 완전한 사람이란 세상에 없습니다.

모두가 어느 한구석이 부족한 작고 모자라는 사람들이 모여 사는 세상입니다.

그러나 하느님의 사랑으로 묶여 함께 살아가는 우리들은 서로가 서로의 부족함과 작음을 이해하고 보완하면서 서로 사랑하고 아끼고 위로하고 의지하며 살아가야 함을 눈물겹게 터득하고 있습니다.

차가운 날씨에 전해오는 따스한 편지 늘~ 고맙습니다.

몸 건강하세요. 또 마음 건강하세요.

1991. 11. 22. ○○○○ 드림

11월 김수환 추기경님으로부터 견진성사를 받았다는 편지를 받았지만 방송대 기말시험을 앞두고 있어 시험이 끝나면 답장을 쓰리라 생각하고 미루다 시험이 끝나자마자 혜화동 유니세프에서 카드를 샀습니다. 간절한 기도가 느껴지는 촛불이 가득한 카드였습니다. 그 카드를 쓰려고 하는데 서울에 근무하는 동기언니로부터 전화가 왔습니다. "어제 ○○○ ○○ 갔어. 너는 알아야 할 것 같아서 연락했어." 결국 그 카드는 그녀에게 보낼 수 없었습니다. 그 카드는 오직 그녀를 위해 준비한 것이었는데 부칠 수도 없고, 마냥 갖고 있을 수도 없어 고민하다가 내가 아는 분 중 그녀를 가장 아끼고 그녀의 사형집행을 막기 위해 애써주신 양 수녀님이 생각나 그분께 카드를 대신 보내드렸습니다.

양 수녀님은 사형폐지 운동만이 아니라 보호자가 없는

소녀들을 여러 명 돌보고 계셨고 또 마을에서 소외되고 보호가 필요한 이들을 헌신적으로 돌보시는 분이셨습니다. ○○○○○는 가면서 내게 또 좋은 인연을 선물했습니다. 수녀님은 우리 아이들 태교를 위해 예쁜 아이 사진과 좋은 책을 선물해주셨고, 난 수녀님의 소녀들을 위해 모자, 목도리를 뜨개질해서 보내드리곤 했습니다. 지금도 연세가 많으시지만 늘 나 아닌 다른 이들을 위해 헌신 봉사하시는 삶을 살고 계십니다.

○○○○○는 현실세계를 부정하고 자신이 설정한 명문여대 출신 방송국 기자로 왜곡되게 인식하고 행동하는 리플리 증후군을 앓고 있었다고 합니다. 그녀의 잘못된 판단으로 한 어린이가 사망에 이르렀고 그 아이의 가족들과 자신의 가족들로부터 행복을 앗아갔습니다. 그리고 자신도 다른 이들보다 훨씬 빨리 사형을 집행당했습니다. 누군가 한 사람의 잘못된 사고와 행동으로 제대로 피워보지도 못한 두 꽃들이 시들어버리고 가족들과 주위 분들, 그리고 우리 사회에 너무도 큰 충격과 아픔을 안겨 주고 떠났습니다. 아직 그녀가 30여 년 전에 보냈던 6통의 편지는 내 손에 있습니다. ○○○○○가 형장의 이슬로 사라지지 않았더라면 지금은 어떤 모습일까요?

이렇게 부치지 못한 가슴 아픈 카드가 있는가 하면 전혀 생각지도 못했던 연하장을 받기도 합니다. 지난해 연말 노역수로 들어온 진이는 중학교 자퇴 후 성매매여성으로 생계를 유지하다 9년 전, 7년 전 두 번의 수용생활을 했고 그 두 번 모두 내가 담당을 했었습니다 적지 않은 나이였지만 미혼이었고, 어떤 가족도 찾아오지 않았으며, 조현병, 우울증 등으로 자신의 삶을 비관하여 자신의 주거지에 불을 질러 미수에 그치기도 했고, 기초생활수급을 받아 고시원에서 거주하다 타인의 신용카드를 주워 화장품을 사서 벌금형을 선고받고 벌금 대신 노역유치를 위해 또 왔던 것입니다. '고시원보다 여기가 훨씬 더 좋다'는 그녀는 9일간 노역을 종료하고 출소했습니다. 그 며칠 후 연하장이 왔습니다.

> 장선숙 님
> 나 ○○○이야.
> 몇 년 만에 봐서 그런지 말도 안 되지만 참 많이 반가웠는데 내가 너무 일찍 출소하는 바람에 얼굴 몇 번 못 봐서 아쉽더라고요. 새해에도 머리스타일 잘 유지하시고 행복하든지 말든지.
>
> 2019. 12. 29.

그녀답다. 비록 교도소에서라도 반색을 하며 반가워하

고 좋아하는데 과자도 더 많이 못 챙겨주고, 더 따뜻하게 보듬어주지 못해서 미안했는데 그런 내 마음을 알았는지 얼마 전 또 노역유치를 위해 들어왔습니다. 이번엔 카드를 주워 담배 한 보루를 샀다는 것입니다. 앞선 입소 시 커피 한잔 못 준 게 아쉽기도 하고, 이번 수용생활에 대한 당부를 위해 과자와 커피를 주며 상담을 했습니다. 또 한 건 벌금이 접수되었는데 나가서 바로 갚겠다고 다짐하는 그녀에게 출소 전날 이만 원을 영치금으로 넣어줬더니 고맙다며 다시는 카드 주워도 사용하지 않겠다고 다짐했습니다. 제발 그랬으면 좋겠습니다. 누군가는 살고 싶어도 실지 못하고 기야만 했는데, 살아 있는 지금 이 시간이 얼마나 소중한지 느끼며 가치 있게 살았으면 좋겠습니다.

┗┗┗
안녕! 내일

　간혹 주변의 청소년들이 범행을 저질러 교도소나 구치소를 간 경우를 본 적이 있을 것입니다. 19세 미만의 소년범죄에 대해 일반형사절차에 의해 형사처분을 하는가 하면 비행청소년의 교육과 선도를 목적으로 보호처분을 인정하고 있습니다. 이때 형사처분을 받은 소년들은 법무부 교정본부 산하 구치소나 교도소에서 재판을 받고, 형사처분 대신 소년의 건전한 육성을 위해 보호처분을 받은 소년들은 1호부터 6호까지 보호처분을 받거나 분류심사원을 거쳐 7호부터 10호까지는 소년원으로 가게 됩니다.

　보호처분은 1호부터 10호까지가 있는데 일부 처분은 함께 부과하게 되어 있습니다. 처분을 받은 기관을 중심으로 구분해보면 1호는 가정 또는 대안가정, 2호부터 5호는 가정에서 있으면서 수강명령, 사회봉사, 보호관찰을 받는 것을 말하고, 6호는 중간처우시설로 10세 이상 소년 대상으로 6개월(6개월 연장가능), 7호는 10세 이상 의료처우가 인정된 소년들을 대상으로 소년의료보호시설 수용으로 대전소년원과 제주소년원에 수용됩니다. 8호는 10세 이상 소년을 대상으로 1개월 이내의 소년원 송치, 9호는 10세 이상 소년의 6개월 이내의 소년원 송치, 10호는 12세 이상 소년 대상으로 2년 이내의 기간으로 소년원에 송치하고 있습니다

청소년회복센터는 소년보호재판에서 1호 처분을 받은 청소년이 생활하는 대안가정으로 가성이 해체되거나 부모의 보호력이 미약한 소년들을 법원의 위탁을 받아 부모 대신 보호 양육하는 곳으로 사법형 그룹홈이라고 합니다. 2010년부터 비행소년의 대부라 불리는 천종호 판사에 의해 시작된 청소년회복센터는 부산 경남지역을 중심으로 20개 정도 운영되고 있으며, 최근에 의정부 천주교 교정사목회에서 소녀들을 대상으로 운영을 시작했습니다. 청소년회복센터는 대부분 1호 처분을 받은 10인 이하의 청소년들 중 가정이 제 기능을 하기 어려운 소년들을 대상으로 하여 집단적이고 폐쇄적인 시설의 문제점을 보완하기 위해 운영하고 있는데 센터 운영자들은 그야말로 사명감과 봉사, 헌신, 사랑이라는 단어가 아니면 도저히 해낼 수 없는 일들을 하고 있습니다. 내 아이

하나 키우기도 힘들어 계모를 자진하는 나는 보통 이상의 열 명의 아이들을 위해 여기저기 뛰어다니고 잠 못 들어 하시면 서도 아이들을 위해 기도하시는 모습에 진심으로 고개를 숙이게 됩니다.

2호는 12세 이상 비행소년을 대상으로 100시간 이내 수강명령을 받게 되는데 범죄유형에 따라 약물, 준법운전, 심리치료, 가정폭력, 성폭력 교육 등을 보호관찰소 또는 청소년비행센터에서 수강합니다. 3호는 사회봉사명령으로 14세 이상의 소년에게 200시간 이내로 부과하게 되어 있습니다. 4호는 10세 이상의 소년을 대상으로 1년의 단기보호관찰, 5호는 2년의 장기보호관찰을 부과하는데 이때 1년 연장이 가능하며 연장은 주로 성실하게 이행하지 못한 소년들을 대상으로 강제연장합니다. 일부 성실하게 보호관찰을 받고 있는 청소년들이 자진해서 보호관찰기간을 연장신청하는 경우도 있습니다.

6호 처분을 받은 소년들을 대상으로 하는 비행청소년의 중간처우시설은 주로 아동보호치료시설과 사회복지법인, 사단법인의 형태로 운영되고 있습니다. 효광원, 살레시오청소년센터, 세상을 품은 아이들, 로뎀 청소년센터는 남자 전문시설, 마자렐로센터, 나사로청소년의 집, 아람센터, 늘사랑청소년센터는 여자 전문시설로 운영되고 있고 희망샘학교는 남녀 청소년들이 함께 생활하고 있습니다. 이들은 주로 아동 보호치료시설로 지정되어 운영되지만 일부는 사단법인 형태로 운영난을 겪고 있는 곳도 있습니다. 아버지가 19명의 딸들을 데리고 이 아이들의 진로에 대해 고민하느라 주름이 늘어가는데도 소녀들은 낯선 방문자인 여자교도관에게 해맑게 다가옵니다.

소년원은 법원 소년부에서 송치한 14세 이상 19세 미만의 범죄소년과 형벌법령에 저촉되는 행위를 한 10세 이상 14세 미만의 촉법소년 그리고 성격 또는 환경에 비추어 장래 형벌법령에 저족되는 행위를 할 우려가 있는 10세 이상 19세 미만의 우범소년을 수용하여 교정교육을 행하는 국가기관으로 우리나라에 10개의 소년원이 학교라는 또 다른 이름으로 설립되어 있습니다.

서울소년원(고봉중고등학교), 안양소년원(정심여자정보산업학교), 광주소년원(고룡정보산업학교), 대전소년원(대산학교), 청주소년원(미평여자학교), 전주소년원(송천정보통신학교), 부산소년원(오륜정보산업학교), 대구소년원(읍내정보통신학교), 춘천소년원(신촌정보통신학교), 제주소년원(한길정보통신학교)으로 학과교육과 검정고시, 직업훈련 등을 중심으로 운영하고 있습니다.

그런가 하면 한국소년보호협회에서는 불우위기 청소년

들의 사회적응교육과 정착지원을 해주기 위해 법무부의 지원을 받아 청소년 자립생활관과 소년원 출원생 등을 대상으로 전문적인 기술과 현장 중심의 실무교육을 제공하는 기숙형 직업훈련 시설인 YES 센터를 운영하고 있습니다. 예스센터의 본래 취지는 소년원에서 자격증을 취득한 소년들을 대상으로 심화과정을 통해 전문 직업인으로 바로 취업을 하기 위함인데 소년들은 제2의 소년원이라 여기고 입소를 꺼리거나 이탈하는 청소년이 많아 제대로 이수하기는 어려운 실정입니다.

최근 출산율이 저하됨에 따라 청소년인구가 감소하고 있음에도 청소년 범죄사건은 10년간 매년 7만~11만 건 범위에서 지속되고 있으며, 더욱 위험한 것은 보호관찰 경과 1년 이내에 80% 이상이 재범을 저지른 것으로 나타난 통계입니다.

소년보호처분을 받은 소년들은 대개 해체된 가정의 아이들로 결손과 빈곤으로 신체적, 정신적 건강상태가 좋지 않은 소년들이 많고, 가정의 불화나 해체로 제대로 보살핌을 받지 못해 흡연, 음주, 외박, 가출, 성매매 등과 같은 비정상적이고 무절제한 생활을 계속해 온 경우가 많다고 합니다. 경제적·정서적 결핍으로 인한 상대적인 빈곤감과 기득권 성인들에 대한 불신, 사회에 대한 불만 등으로 자신은 물론 타인의 재산, 신체 등을 존중하지 못하고 폭력적으로 다루려는 성향을 갖고 있습니다. 또한 가정과 학교에서 버림받고 소외된 소년들은 자기들끼리의 하위문화와 자신들만의 단단한 결속력을 가지며 그릇된 그 그룹에서마저 이탈하면 설 곳이 없기에 '이건 아닌데'라는 걸 인지하면서도 쉽사리 박차고 나오지 못하는 경우가 많습니다.

소년범들만이 아니라 성인들 중에서도 절도죄로 들어온 이들을 주의 깊게 살펴보면 단지 먹고살길이 없어 생계를 위해서 하는 경우도 있고, 누군가의 관심을 받고 존재감을 느끼기 위해서인 경우도 있다고 합니다. 나는 가끔 '정서적인 허기'에 대해 생각해봅니다. 어떤 사회복지시설을 방문했을 때의 이야기입니다. 금방 식사를 했는데 한 아이가 식사시간이 지난 후에야 학교에서 돌아와 그 아이를 위해 밥상을 차려주었더니 그전에 식사했던 아이가 밥 먹고 있는 다른 아이를 부럽게 지켜보고 있었습니다. 만약 그전 상황을 모르고 현재 그 상황만 보았다면 다른 이들은 어떻게 생각할까요? 시설에서 애들 밥도 제대로 안 먹인 건 아닐까라고 오해했을 수도 있습니다. 또 한 가지는 여러 사람과 함께 차려줘서 먹는 밥이 아니라 한 사람만을 위한 밥상을 부러워하는 것일지도 모른다는 생각이 들어 마음이 아팠습니다.

또 한 여자수용자의 아이가 대안가정에 있으면서 다른 아이들의 물건을 훔치는 나쁜 버릇을 가지고 있다고 걱정스럽게 말했습니다. 그 아이의 엄마도 교도소에 수용 중이고 자신은 위탁부모님의 사랑을 받으며 지내면서도 꼭 경제적인 빈곤이 아니라 정서적인 갈증 때문에 그 마음의 허기를 물질로 채우려 하는 것은 아닌가 하는 생각이 들었습니다. 다행히 지금은 안정되어서인지 나쁜 버릇을 고쳤다고 합니다. 때로는 정서적인 허기들이 아이들을 범죄로 내몰기도 하고, 가족이나 주변인들 중 정당한 노력을 통해 일하고 보상을 받는 경우들을 보지 못해서일 수도 있습니다. 부모나 가족들의 삶에서 자신들의 진로지도를 해줄 수 없기에 어떻게 살아야 하는지, 어떻게 사는 게 잘 사는 것인지 제대로 된 가치관이 결여되어 있는 경우가 많은 것 같습니다.

형사절차에 의해 재판이 종료되고 형이 확정되면 대부분 소년은 김천소년교도소에, 소녀는 청주여자교도소로 집금하여 각종 교육과 직업훈련 등을 실시합니다. 내가 최근에 만난 소녀 둘은 재판을 받기 위해 구속이 되었었고 공교롭게도 둘 다 임산부였습니다.

경아는 자신도 아이도 그다지 건강하지 않은데 아이를 친정엄마께 맡기고 자기는 쉼터를 전전하다 자신보다 더 어린 장애여자아이를 성매매한 혐의로 재판을 받게 되었습니다. 몇 달이 지나도록 생리를 하지 않고 배가 불러오는데도 본인은 대수롭지 않게 생각했고 의체검사를 하던 직원이 봉

굿한 배를 이상하게 여겨 다시 검사를 한 결과 임신이었습니다. 아이의 아빠가 누군지 모르겠다고 했습니다. 임신이 처음도 아닌데 배가 부르도록 임신사실을 몰랐다는 것도, 많은 남자들과 만났을 수도 있지만 아이의 아빠를 모른다는 경아의 말도 사실이 아니리라 생각합니다. 단지 그렇게 생각하고 믿고 싶었을 뿐입니다. 다행히 아이를 위해 집행유예 판결을 받게 되었지만 옆에서 지켜보는 내 마음은 경아의 엄마도, 경아도, 경아의 둘째 아이도 그저 안타까울 뿐이었습니다.

아영이는 열여섯 살 보이스피싱으로 들어왔습니다. 얼굴도 이쁘고 야무진 아영이는 남자친구와의 사이에서 임신을 하게 되었고, 아이 때문에 힘든 적도 많았지만 입소 전 겨우 남자친구 부모님께 인사를 드렸고 승낙을 받았었다고 합니다. 임신한 몸으로 할 수 있는 일거리를 찾다가 보이스피싱 운반책이 되어 며칠 하다 자수를 결심했지만 실행에 이르지 못하던 차에 구속이 되었다고 합니다. 겨우 남자친구의 마음을 돌려놨는데 자신의 구속으로 또 멀어질까 봐 불안해하는 아영이를 보며 안타깝기 그지없지만 한편으론 대견한 마음이었습니다. 그 어린 나이에 임신사실을 받아들이고 또 그 아이를 키우겠다는 자세가 한 사람의 생명을 가벼이 여기는 이들과 비교되었습니다. 다행히 아버지의 보호하에 보석으로 출소하게 되어 다행이었습니다. 처벌은 면하지 못하겠지만 남자친구와 함께 담 밖에서 태교를 할 수 있어서…….

나 역시 아이를 키우다 보니 특히 우리 아이들 또래가 들어오면 예사롭게 보이지 않습니다. 성인들은 생각과 행동이 거의 굳어져 변화하기 쉽지 않은데 청소년들은 그래도 희망이 있습니다. 그래서 이 아이들을 위해 지금 나는 무엇을 할 수 있을지 생각해봅니다. 그리고 나만이 특별하게 하는 활동이 있습니다. '독서코칭'과 '직업심리검사'입니다. 아이들을 만나 상담을 하다 보면 개별적으로 도움 될 책을 추천합니다. 그 책을 빌려주고 읽고 감상문을 쓰게 해서 2차 상담을 합니다. 물론 2차 상담은 책에 대한 이야기, 그리고 1차 상담 후 일상들입니다. 그냥 책을 보라고만 할 수도 있지만 감상문 쓰기라는 숙제를 통해 더 자세히 들여다보고 또 감상문을 쓰는 과정에서 자신의 생각도 정리되고 그러다 보면 한 권의 책을 읽지만 두세 번 읽은 효과를 얻을 수 있습니다. 또 수용팀장님의 숙제이니 안 할 수도 없어서 다른 사람들과 펜팔편지 쓰고 연애소설 볼 시간 대신 좋은 책을 보고 정리하게 하는 효과까지 있습니다. 그 감상문을 통해서 자신의 의지를 강화하는 것입니다.

이렇게 감상문 쓰기를 통해 만나게 된 희야가 있습니다. 희야는 크고 우락부락한 외모 그리고 성매매 혐의로 구속이 되었던 터라 처음엔 소년수의 귀여움과 보호본능을 일으키기보다는 왠지 적당한 거리를 두고 싶게 만드는 아이였었습니다. 그런데 그 아이와 상담을 하고 나서 조은정 님의 『스물아홉의 꿈, 서른아홉의 비행』이라는 책을 읽게 하고 감상문을 받고 나서 내 선입견을 또 한 번 느꼈습니다. 그리고 신이 공평하다고 생각했습니다. 겉에서 본 희야의 모습은 거칠고 다듬어지지 않은 모난 돌멩이였는데 글과 글씨를 통해서 본 희야는 참 따뜻하고 속이 깊고 가능성이 있는 아이였습니다. 희야의 작품이라고는 아무도 믿을 수 없는 정돈된 글씨와 글 내용, 그리고 그 아이의 다짐은 나를 흥분시켰습니다.

그 후로 몇 권의 책과 감상문을 통해 마음을 주고받다가 재판이 끝나고 형이 확정되어 여자교도소로 이송을 가게 되었습니다. 이송 가서도 몇 번의 편지를 보냈던 것 같습니다. 그러던 중 여자교도소장님께서 출소를 앞둔 여자 수형자들을 대상으로 강의를 요청하셔서 방문하게 되었습니다. 강의장으로 가는 중 검정고시교육실에서 열심히 공부하고 있는 희야와 눈이 마주쳤습니다. 텔레파시가 통했는지 잠시 스쳐 지나가는 곳이었는데 둘이 찐하게 통한 것이었습니다. 역시 희야는 열심히 검정고시를 준비하고 있었습니다. 강의를 마치고 아는 직원의 도움으로 희야를 잠깐 만날 수 있었습니다. 한 권의 책을 통해 시작된 나와의 약속, 희야 자신과의 약속을 지키기 위해 그렇게 노력하고 있었고 그런 이쁜 희야를 나는 꼭 안아 주었습니다.

　가장 최근에 만난 선경이는 중학교 때 성적이 우수한 편이었으나 술과 담배를 한 것이 친구들 사이에 소문이 나서 고등학교 때 학생부의 의심을 받기 시작하면서 학교 밖으로 돌게 되었습니다. 그러다 학교에 적응하지 못한 친구들과 어울리면서 생활비 마련을 위해 보이스피싱이 범죄임을 알면서도 하게 되었으나 나중에는 빠져나오려고 해도 상선의 감독으로 실패하여 구속이 되었습니다. 선경이와 상담 후 몇 권의 책을 주고 감상문을 적어보라고 했더니 오종철의 『온리원』이라는 책에 대한 선경이의 감상문은 나에게 큰 숙제를 주었습니다.

　오종철 씨가 오락실에 빠져 그것이 전부라고 생각하며 살아온 것처럼 나도 친구가 내 전부인 것마냥 살아왔다. 오종철 씨가 오락실이라는 함정에서 벗어나게 된 결정적인 계기가 한 여자를 사랑하게 되어서라면 내가 친구라는 함정에서 벗어나게 된 결정적인 계기는 이곳에 왔다는 것이다. 비록 내 스스로의 힘으로 벗어날 수 있었던 것은 아니지만 어떤 방법으로든 벗어나고 나니 지난날의 내 시간들이 정말 아까웠다. 그 당시에는 너무 재미있고, 행복하고 그 생활이 내 전부라고 생각했지만 지금은 그 생활이 나를 얼마나 망가뜨렸는지 알게 되었다.

마지막으로 경쟁은 내 자신과 해야 한다는 것도 알게 되었다. 어쩔 수 없이 누군가는 꼭 패배하는 경쟁, 그런 스트레스 받는 경쟁을 하지 않으려면 내가 최초이자 최고인 경쟁, 내가 나의 한계를 깨어 나아가는 자신과의 경쟁을 해야 한다는 것이다. 나도 지금까지 누군가를 이기려고만 했지 내 한계를 깨어 나아가려 하지 않았다.

선경이도 알고 깨닫고 있었습니다. 친구로부터, 범죄로부터 스스로 이겨내야 하는 과정이라는 것을……. 아이들만의 힘으로 혼자 서기는 힘들 때가 많을 텐데 …… 이 아이들이 깨닫고 다시 서기 위해 노력할 때 붙잡아 줄 누군가가 있었으면 좋겠습니다.

⌐⌐⌐
붕어빵

한 달간의 집중인성교육 첫날 오리엔테이션 시간에는 간단히 교육일정을 안내하고 20명의 교육생과 함께 소개하는 시간을 갖습니다. 수용자들에게 자기소개는 어떤 의미일까요? 대부분의 과정에서는 몇 살인지, 무슨 죄로 들어왔는지, 전과가 몇 범인지, 어느 작업장에서 또는 어느 수용동에서 지내고 있는지 등을 주요 내용으로 하겠지만, 제 수업시간에서는 음식과 꿈을 소개하는 시간으로 진행합니다.

음식으로 소개하기를 선택한 이유는 처음 보는 사람들에게도 어렵지 않고 편안하게 접근할 수 있는 매개체가 될 수 있고, 대통령부터 노숙자까지 계층이나 신분과 상관없이 누구나 그리고 정말 다양한 사람들을 아우를 수 있기 때문이죠. '나를 음식으로 표현한다면?'이라는 주제는 '지금 가장 먹고 싶은 음식, 먹으면 힘이 나는 음식, 나를 닮은 음식'을 내용으로 그중 하나를 선택해서 모든 참여자가 발표하는 식으로 진행합니다.

어떤 이들은 하루 일과를 마치고 동료들과 함께 먹었던 삼겹살에 소주 한잔을, 또 어떤 이는 아버지와 강가에서 민물고기를 잡아 끓여 먹었던 매운탕을 이야기하고, 아내가 좋아하던 음식들을 이해하지 못했는데 이제는 그 음식을 먹어 줄 수 있는데 아내가 떠나고 없다고 눈물짓기도 합니다. 엄마가 끓여주던 구수한 된장찌개, 할머니와 함께 밀가루 반죽해서 끓여 먹었던 칼국수, 아이들과 함께 먹었던 돈가스, 힘들 때 친구들과 함께 싱싱한 회에 소주, 가족들과 여행에서 맛있게 먹었던 요리들…….

지금도 음식별칭을 생각하면 가장 아린 기억으로 남아 있는 이가 있습니다. 나이는 40대인데 얼굴은 거의 환갑 정도로 보이고, 키가 작고 말주변이 없고 절도 전과가 많았던 철수 씨의 음식별칭은 '케이크'였습니다. "그 이유는 저는 한 번도 제 생일날 가족들과 케이크를 먹어본 적이 없기 때문입니다. 텔레비전에서 생일날 가족들이 생일축하 노래를 부르며 케이크를 먹는 것을 본 적이 있는데 저도 한번 그렇게 해 보고 싶습니다." 내 느낌이 맞았습니다. 케이크라는 단어를 들었을 때 추측했던 대로 철수 씨는 가족이 없었습니다. 어렸을 때도 가족들이 없었고 어른이 된 지금도 물론 혼자입니다. 그래서 한 번도 생일날 가족들과 케이크를 먹어보지 못했던 것입니다.

그저 지금 가장 먹고 싶은 음식으로, 좋아하고, 힘이 나고, 나를 닮은 음식으로 표현하는 것뿐인데 그 짧은 음식 하나에는 한 사람의 삶이 보였습니다. 가족과 친구와 살아온 환경이 보였습니다. 철수 씨에게 따뜻한 케이크를 선물하고 싶어 오랜 시간 수형자 인성교육에 깊은 애정을 갖고 참여하시는 두 분 선생님께 부탁을 드렸습니다. 변중희 선생님께서는 아버지학교 수료식 날 평소와 달리 빵 대신 케이크를 준비해주셨고, 한 달간 집중인성과정을 마치는 장기자랑과 수료식을 진행하는 날엔 생활인문학을 강의해주시는 품격문화연구원 안옥주 원장님께서 견과류 등 몸에 좋은 식재료를 엄선하여 정성스레 떡케이크를 준비해오셨습니다. 2016년 한 해를 잘 마무리한 교육생 모두에게, 그동안 한 번도 생일날 가족들과 케이크를 함께 먹어보지 못한 아픈 기억을 갖고 있는 철수 씨에게 이 케이크가 따뜻함으로 기억되길 바란다는 말로 과정을 마무리하였습니다.

음식은 참 대단한 힘을 갖고 있습니다. 우리 삶의 가장 중요한 에너지원이기도 하고, 또 한 사람을 울리기도, 웃기기도, 감동을 주기도 하지요. 성민이에게 할머니가 해주시던

'계란밥'이 그러했습니다. 성민이는 어렸을 때부터 아빠랑 할머니랑 살았는데 아빠는 지방으로 여러 날씩 일하러 다니셔서 할머니가 엄마이고 또 아빠였습니다. 젊고 건강하지 못한 할머니는 넉넉하지 못한 살림에 성민이에게 계란 두 개를 풀어 프라이팬에 부쳐서 밥에 얹어주곤 했다고 합니다. 지금 구치소에서 가장 먹고 싶은 건 '할머니의 계란밥'이라고 했고, 그다음 꿈으로 소개하기에서는 출소 후 성공해서 할머니께서 자주 다니시던 노인정의 할머니 할아버지들께 맛있는 밥 한 끼 해드리고 싶다고 했습니다.

수용자들이 가장 먹고 싶어 하는 음식은 무엇일까요? 교도소에서 수용자들이 필요한 물건은 어떻게 살 수 있을까요?

학교에도 매점이 있고, 군대에 피엑스가 있듯이 교도소에도 매점이 있습니다. 다른 매점들과는 달리 상설 오픈 매장은 아니고 온라인 쇼핑몰이라고 하면 이해가 쉬울까요? 수용자들은 자신들이 보유하고 있는 영치금 한도 내에서 구매 목록에 있는 물건들을 구입할 수 있습니다. 일명 구매장이라고 하는 종이에 자신이 필요한 품목을 마킹해서 신청하면 그 물건을 수용자들에게 배달해주는 방법입니다.

크게 일반구매, 약품, 우표, 도서로 구분하고 일반구매에는 속옷류, 신발, 간식, 밑반찬, 음료수, 과일 등이 있고요, 약품은 파스, 영양제, 찜질팩 등입니다. 밖에서 다양한 물건들을 직접 보고 본인의 취향에 따라 구입하던 것과는 비교할 수 없는 불편함이 따르지만 수용자들의 일상에 불편함이 없도록 많은 고민을 해서 운영하고 있답니다. 그래도 최근에는 커피와 대용차까지 판매해서 기호식품에 대한 갈증은 어느 정도 해소가 되었답니다. 물론 카페에서 마시던 원두커피와는 비교가 되지 않겠지만 오랫동안 커피를 마실 수 없었던 것에 비하면 그저 감사한 일이지요.

종교행사, 교육, 기타 행사 등을 통해 외부에서 음식물을 가지고 오는 경우가 있습니다. 그때 꼭 지켜줘야 할 사항은 '교도소에서 먹을 수 없는 것'을 가져오는 겁니다. 커피도 안에서 파는 커피보다는 새로운 것이면 좋습니다. 사실 각 행사들의 목적에 부합해서 나오는 사람도 있지만 간식과 다른 사람들을 만나고 지루한 시간을 메꾸기 위해서 나오는 경우도 있기 때문입니다. 아무리 값싼 것이라 하더라도 일단 안에서 먹을 수 없는 것은 대부분 선호합니다.

수용자들에게 지급되는 식사는 보통 밥, 국 그리고 3찬입니다. 예전처럼 거친 보리밥이 아니라 쌀밥이고요. 오히려 교도관들의 직원식당 식사보다 수용자 식사가 더 맛있을 때도 있답니다. 요즘 우리 기관 수용자 메뉴는 스파게티, 짜장면, 샌드위치, 순대, 떡볶이 이런 다양한 메뉴들이 나와 당황스러울 때도 있습니다. 이렇게 정성스럽게 수용자들의 의견을 반영하여 맛있게 제공하려고 애쓰지만 가족들과 함께 먹던 음식과는 다르겠지요. 그래서 이들이 가장 먹고 싶어 하는 음식은 불판 앞에서 지글지글 구워먹는 삼겹살, 따끈한 계란프라이, 눈 오는 날 호호 불며 먹던 붕어빵 등 안에서 먹을 수 없는 음식들입니다.

아마 내 기억으로는 어깨에 무궁화 대신 이파리를 달고 있었을 때였으니 이십 년도 더 전이었던 때라고 생각합니다. 무슨 망령이 들었던지 나는 우리 여자수용자들에게 붕어빵을 먹이고 싶었습니다. 수용자가 한두 명도 아니고 백 명이 넘는데, 교도소 바로 앞에 붕어빵 노점이 있는 것도 아니고, 그리고 공개적으로 붕어빵을 사서 줄 수 있는 권한이 있는 것도 아닌데도 이상하게 겨울의 향수 같은 붕어빵을 먹이고 싶다는 생각 자체가 문제죠. 마음은 해주고 싶은데 현실적으로는 안 되는 것들뿐이어서 몰래 비밀작전을 수행했습니다.

직접 외출 나가서 붕어빵을 사오는 방식이었습니다. 교도소에서 차로 10분쯤 거리에 있는 붕어빵 아저씨께 부탁해서 최소한의 포장으로 하다 보니 붕어빵이 서로의 온기에 몽땅 들러붙어서 붕어빵인지, 붕어죽인지 분간을 할 수 없을 정도가 되었습니다. 넉넉하게 먹일 수 없고 겨우 한 마리씩 나눠주는데 오히려 감질만 나는 건 아닌가 싶기도 했지만 그래도 수용자들은 담당교도관의 정성을 맛있게 먹어주었습니다.

새해가 시작되고 1월 끝자락 눈발이 희끗희끗 날리는 을 씨년스러운 날씨입니다. 오늘은 20여 년 전 그날과 달리 온 전한 형태를 갖춘 따뜻한 붕어빵을 우리 여자수용자들에게 먹일 수 있게 되었습니다. 소년원에서 출원한 청소년들의 자립을 위해 뜻있는 분들이 시작한 사업의 일환으로 '대붕붕어빵' 셰프님들이 직접 출장을 나와 붕어빵을 구워주기 때문이죠. 대붕 셰프님들은 한때 비행으로 소년원에서 퇴원했으나 집으로 돌아갈 여건이 되지 못한 청소년들로 자립생활관에서 사회적응과 자립을 위해 붕어빵 사업에 동참하고 있었습니다.

붕어빵은 역시 추운 겨울날 눈을 맞으며 호호 불어가며 먹는 맛이 으뜸이지요. 그런데 이동식 매장이라 제대로 보온이 되지 않은 차고지에서 몇백 개의 붕어빵을 구워야 하는 대붕 셰프님들은 얼마나 춥고 힘들었을까요? 거기까지는 미처 생각하지도 못하고 얼른 구워서 맛있는 붕어빵을 먹으며 좋아할 우리 여자 수용자들만 생각했습니다. 생활관 팀장님과 셰프님들은 두 대의 붕어빵 기계를 가져와서 한 마리 한 마리에 슈크림과 팥앙금을 가득 넣고 붕어의 비늘까지 살아 숨 쉬게 정성껏 그리고 재빠르게 붕어빵을 구워냈습니다. 덕분에 막 구워낸 따뜻한 붕어빵을 우리 여자수용자들에게 선물할 수 있었습니다.

오래전 고참들과 상급자들 몰래 까만 비닐봉지에 담아가서 서로의 붕어빵 온기에 들러붙어 죽이 되었던 때와 달리, 당당히 보고하고 격려 받으며 붕어의 비늘까지 살아 파닥파닥하고 따뜻한 붕어빵의 온기까지 전할 수 있었습니다. 담장 하나를 사이에 두고 붕어빵 한 마리 한 마리에 내 마음을 쟁반 가득히 담아 배달했습니다.

현장에서 애쓰는 우리 직원들과 제한된 공간에서 수용생활을 하고 있는 우리 여자 수용자들에게 따뜻함을 선물하고 싶었습니다. 한순간이라도 뜨거웠던 기억, 일시적인 감동일지라도, 잠깐 느껴본 행복일지라도 뜻밖의 선물로 식어버린 마음을 데우고, 그래서 그 온기가 언젠가는 일어날 힘이 되고, 또 다른 누군가에게 온기를 전달해줄 수 있었으면 좋겠습니다.

오늘 아침 우리 교도소는 영하 12도였습니다.

하루 일과를 종료하는 폐방점검을 하는데 거실마다 "붕어빵 잘 먹었습니다. 계장님 고맙습니다"라고 합니다. 아마 그 시간 우리 교도소의 온도는 영상이었겠죠?

며칠 후 우리 여사에 수용되어 있던 저명인사의 석방예정자 상담을 했습니다. 제게 두 가지를 질문했습니다. '첫째는 어떻게 그렇게 맛있는 붕어빵을 자신들에게 줄 생각을 했고 어디 가면 다시 그런 붕어빵을 먹을 수 있는지였고, 둘째는 자신도 출소하여 주변 정리 후엔 이렇게 소외된 이들을 위해 봉사하고 싶은데 어떻게 하면 좋은지'였습니다.

글쎄요. 담 안에서 먹어본 대붕붕어빵보다 맛있는 붕어빵이 또 있을까요?

ᴧᴧᴧ
회색 어린이집

혹시 『하얀 집의 왕』이라는 책을 읽어본 적 있나요? 여기서 말하는 하얀 집은 교도소를 지칭하고 하얀 집의 왕은 교도소장을 말하는데, '하얀 집의 여왕'은 누구를 말할까요? 하얀 집의 왕이 일반적인 교도소장을 말한다면 여왕은 여자교도소장을 말하겠지요? 지금은 여성 교정기관장이 여러 분 배출되었지만 예전엔 상상도 못 했었기에 우리가 우스갯소리로 말하는 여왕은 여성수용동의 대장을 뜻하곤 했답니다. 지금은 가장 기피하는 보직이기도 하지만 당시에는 여자들만의 세상에서 최고라는 의미로 표현했으리라 생각해봅니다.

현재 우리나라 교정기관 중 여자교도소는 청주여자교도소가 유일합니다. 대부분의 교정기관에서는 남자 수용자를 주로 수용하고 있고, 전체 수용시설 한 모퉁이에 여자 수용동이 자리하고 있습니다. 일부 몇 개 기관에는 남자수용자만 있는 경우도 있지만 대부분은 여자수용자도 함께 수용하고 있습니다. 작은 기관에는 십여 명, 그리고 조금 더 큰 기관엔 오륙십 명, 대도시나 서울경기권에는 백 명이 넘는 인원이 수용되어 있습니다.

여성수용동엔 남자 교도관이 함부로 들어올 수 없기 때문에 여인천하라고 해도 과언이 아닙니다. 이런 환경이기에 여성 수용동에서만 볼 수 있는 일들이 몇 가지 있습니다. 그 중 가장 특별한 것은 오랫동안 대동유아라고 불렸던 '양육유아'입니다.

교정시설에는 원칙적으로 수용요건을 구비한 자만을 수용해야 하나, 유아의 경우에는 출산한 엄마가 직접 양육하는 것이 유아를 위해 정서적으로나 신체적으로 바람직할 수 있다는 점을 감안하여 시설에서 양육할 수 있도록 하고 있습니다. 여성수용자가 자신이 출산한 유아를 교정시설에서 양육할 것을 신청하면 '유아가 질병, 부상 그 밖의 사유로 교정시설에서 생활하는 것이 특히 부적당하다고 인정되는 때, 수용자가 질병, 부상 그 밖의 사유로 양육할 능력이 없다고 인정되는 때, 교정시설에서 감염병이 유행하거나 그 밖의 사정으로 유아양육이 특히 부적당한 때가 아니면 생후 18개월까지 유아의 양육을 허가하여야 한다'는 규정에 의해 양육할 수 있게 됩니다. 수용자가 출소하지 못했는데 유아가 18개월이 지나면 수용자의 의사를 고려하여 유아보호에 적당하다고 인정하는 법인 또는 개인에게 그 유아를 보낼 수 있도록 하고 있습니다.

내가 첫 배명을 받고 간 여성 수용동에 뜻하지 않은 아이 울음소리가 들려왔습니다. 어리둥절해하는 내게 선배님들이 설명을 해주셨습니다. '동거남을 살해하고 그 동거남과의 사이에서 출생한 아이를 데리고 들어와서 키우는 중'이라고 했습니다. 시댁은 물론 친정에도 아이를 맡길 수가 없어 자신이 교도소에서 키울 수밖에 없는 안타까운 경우였습니다.

지금은 양육유아에 대한 물품이 규정에 의해 예산 지원을 받지만 당시는 유아용품이 넉넉지 못해 외부의 지원을 받는 경우가 많았습니다. 그 아이의 분유가 떨어지면 우리 선배님의 아들에게 먹이던 분유를 가져와서 먹이기도 하고 장난감이나 유아용품을 나눠주기도 했었습니다. 그때는 수용자와 교도관이 아니라 함께 또래 아이를 키우는 엄마의 마음이었던 것입니다.

하영이는 태어나자마자 자신의 의지와 상관없이 엄마와 함께 수용생활을 경험한 셈이었습니다. 낮에도 철문이 닫힌 좁은 방 안에 있는 아이가 안타까워 직원들이 데리고 산책해주고, 놀아주기도 했고, 자다가 보채고 울면 다른 수용자들 잠 못 잘까 봐 직원들이 몰래 데리고 나와서 업어서 달래기도 했습니다. 아이가 울면 전체 수용동 사람들이 시끄러워 잠을 잘 수 없기 때문이기도 하고, 집에 두고 온 자신의 아이들 생각에 잠을 이루지 못하기 때문이었습니다.

교정기관 내에서 아이를 키울 수 있는 기간은 생후 18개월까지입니다. 그 후엔 아이들이 인지능력이 발달되어 수용 생활을 기억하게 되기 때문에 본인의 의지와 상관없이 아이들의 장래를 위해 내보내게 되어 있습니다. 하영이는 18개월이 지나고 난 후 시설 대신 교정위원님 댁에서 성장했습니다. 엄마가 출소할 때까지 삼 년이라는 공백을 교정위원님께서 돌봐주셨고 그 아이가 어느 정도 자라서는 경찰관만 보면 그 뒤를 따라간다는 소식을 들었습니다. 아마 교도관과 경찰관 제복이 비슷해서 어렸을 때 자신을 예뻐했던 교도관들에 대한 어렴풋하고 따뜻한 기억이 잠재되어 있기 때문이지 않을까 생각합니다. 담장 안에서 철문에 대한 기억은 지워지고 단지 이런 따뜻함만 아련히 기억되면 좋겠습니다.

아이들을 키우고, 비행청소년과 성인 범죄자들을 만나다 보니 성장기 때 정서적 결핍과 불안이 사춘기 이후에 분노와 불안 그리고 비행으로 이어지는 안타까운 경우를 종종 봅니다. 지금쯤 하영이도 성인이 되었을 텐데 결혼하여 엄마가 되어 아이를 키우다 문득 자신의 교도소 안 유년기억이 떠오

른다면 얼마나 힘들까 싶습니다.

아이들은 부모나 가족이 키우는 것이 제일 좋겠지만 부득이한 상황에서는 아이를 교정기관에 데리고 오는 경우도 생깁니다. 누가 봐도 어쩔 수 없이 교도소에 데리고 들어올 수밖에 없는 상황인 경우가 있는가 하면 정말 이기적인 부모도 있습니다. 아이를 내세워 동정표를 얻어 자신의 재판에 유리하게 적용하기 위하거나 수용생활의 편의를 위해서 데려오는 경우도 있습니다. 이런 엄마들은 다른 성인 여성 수용자들이 함께 생활하는데도 밤에 아이가 보채고 울어도 달래지도 않고 잠만 잡니다. 그런데 재판 때는 아이를 안고 세상에서 가장 불쌍하고 착한 엄마의 모습으로 법정에 서기도 합니다. 그런가 하면 마약을 투약하고 아이를 낳아 교도소에 데리고 들어온 적도 있었습니다. 모든 이들에게는 각자 그 나름의 이유가 있겠지만 이해하기 힘든 경우였습니다.

20대 초반의 젊은 여자 수용자가 수용생활을 하던 중 아이를 구치소에 데려오고 싶다고 상담을 요청한 적이 있었습니다. 보통 양육유아의 경우는 구속 당시 데리고 오는데 이런 경우는 처음이었습니다. 그녀는 임신한 상태로 구속되었고, 출산을 위해 잠시 석방되었다가 다시 구속되면서 아이를 위탁시설에 맡기고 왔었습니다. 그 아이의 아빠는 잠깐 남자친구라는 인연으로 만났었는데 이제는 이미 다른 여자의 남자가 되어버렸다고 합니다.

아직 나이도 어리고 아이를 키워본 경험도 없는 미진이는 아이가 8개월쯤 되어 입양을 앞두고 있는데 갑작스레 데려오겠다고 했습니다. 왜 그랬을까요? 그 깊은 속마음은 누구도 알 수 없지만 내가 만난 미진이는 자신이 엄마로부터 버림받았던 아픈 기억을 대물림하고 싶지 않다고 했습니다. 자신이 둘째 부인의 자녀로 출생하여 당했던 설움, 형제자매들의 배척, 그리고 방황에서 범죄로 이어지는 시간들을 지나 수용생활을 하면서 오히려 철이 들어갔던 것입니다.

아이는 시설에서 대리모의 사랑을 받으며 9개월쯤 되어 낯을 가릴 무렵 우리 구치소로 오게 되었습니다. 제법 아이가 상대방의 얼굴을 알아볼 때여서 낯가림이 심하지 않을까 많은 걱정을 했었는데 단지 느낌만으로도 엄마 품을 아는 건지 생각보다 수월하게 적응했습니다. 미진이는 아이를 잘 키워보겠다고 굳게 마음먹었지만 어떻게 키워야 하는지에 대해서는 준비하지 못했습니다. 당장 아이 목욕시키는 것, 예방접종, 이유식 등 대리모가 꼼꼼하게 메모해주셨지만 어설프기만 했습니다. 그래서 아이를 키워본 경험이 있는 다른 여자 수용자가 같은 방에서 함께 생활하면서 도와주도록 했습니다. 미진이는 아이가 아프면 그저 안고 기도하면 낫는다고 생각했고, 아이에게 동요 대신 찬송가만 불러주면 된다고 생각했습니다. 직원들은 그런 젊은 초보엄마가 짠해서 육아에 관련된 책과 자기 아이들이 보던 동화책과 장난감을 선물하기도 했습니다. 어린 자녀들 앞에서는 교도관도 수용자도 아닌 같은 엄마였습니다.

그러던 중 미진이와 아이는 여자교도소로 이송을 가게 되었고 그곳에 간 지 얼마 되지 않아 아이의 첫돌이 되었습니다. 미진이와 아이를 후원해주시던 목사님과 사모님 그리고 여자교도소에서 돌잔치를 해주어서 예쁘게 돌사진을 찍어주셨다며 우편으로 보내왔습니다.

아이가 제게 돌아옴으로써 제 인생은 크게 변화될 것이고, 아이의 인생 또한 제가 빛나게 만들어줄 것입니다. 올바른 길을 열어서 목사님 따라 봉사도 다니고 언젠가 교정기관에서 수용자들에게 간증하며 희망을 주는 사람이 되고 싶습니다. 그리고 그중에서 계장님을 만나 저의 인생이 변화되었음을 꼭 알려주고 싶습니다.

수용 중엔 기관과 다른 사람들의 도움으로 키운다지만 출소 후가 걱정이었습니다. 부모가 함께 아이를 키워도 쉽지 않을 텐데 미혼모로 기댈 친정도 없는 그녀가 어떻게 아이를 키울 수 있을지 걱정하고 있을 때 마침 미진이로부터 연락이 왔습니다. 생각했던 것보다 힘든 많은 과정들을 겪어가며 지금은 쉼터에서 아이와 함께 지내면서 바라던 도서관에서 일을 하게 되었다고 합니다. 아이도 돌보고, 짬짬이 책을 보며 상담관련 자격증 취득을 위해 준비하고, 다행히 가족들과의 아픈 기억들을 치유하고자 노력하는 모습이 기특했습니다. 혼자라면 너무 외롭고 오히려 또 잘못된 생각을 할 수 있을 텐데 아이가 힘이 되고 살아야 할 이유가 되는 것 같다며 씩씩하게 살고 있는 미진이⋯⋯.

아이와 함께 밥을 먹으며 고기를 잘라주던 내가 너무 어색했답니다. 여자수용동에서 제일 무서워하던 CRPT 계장님이 다정하게 자기 옆에 앉아 아이를 챙겨주는 모습이 신기했다면서 이제는 기쁜 일은 기뻐서, 힘든 일이 있으면 하소연과 해결책을 찾기 위해 연락합니다. 입소 전 대출받은 채무들이 너무 많아 경제활동에 어려움을 겪고 있다는 소식에 신용회복제도를 알려주고 상담을 받게 했더니, 원금과 이자로 고통스러웠는데 원금마저 60%로 조정되어 분할납부하게 되었다며 한시름 놓고 정상적으로 일을 할 수 있게 된 것에 감사해합니다. 미진이가 성장통을 겪어가며 아이의 당당하고 자랑스러운 엄마로, 멋진 여인으로 성장하여 후일 교정봉사자로 나눔의 현장에서 함께 할 그날을 그려봅니다.

⌐⌐⌐
떡신자

수용자들이 주로 좋아하는 시간은 접견, 운동, 종교행사 시간입니다. 종교행사에는 종교집회, 종교의식, 교리교육 및 상담, 기타 행사 등이 있습니다. 종교행사는 종파별로 예배(개신교), 법회(불교·원불교), 미사(천주교), 회중집회(여호와의 증인) 등을 실시하고 있으며, 종교의식은 세례식, 수계식, 영세식 등을 실시하고 있습니다. 수용자들은 교정시설 안에서 실시하는 종교의식 또는 행사에 참석할 수 있으며 개별적인 종교 상담을 받을 수 있다고 법률에 명시되어 있습니다.

수용자들은 왜 종교집회시간을 좋아할까요? 종교는 사회를 통합시키고 사회의 윤리적 가치를 제시하는 역할을 할 뿐만 아니라 개인적인 차원에서도 정신적인 안정을 제공하기 때문에 수용자 처우의 수단으로 중요한 기능을 담당하고 있습니다. 다시 말하면 종교행사를 통해 자신의 과오를 반성하고, 돈독한 신앙심을 함양하여 건전한 사회인으로 변화되길 바라는 것이지요. 그렇지만 종교행사에 참석하는 모든 수용자가 순수한 신앙인의 자세로 참석하는 것일까요?

얼마 전 불교집회에 미영이라는 수용자가 참석했습니다. 이 아이는 지체와 지적장애가 있어 말도 어눌하고, 가족에게도 버림받고, 여러 차례 교정기관 신세를 진 적이 있는 삼십 대 초반 여성으로 이런 미영이를 목사님께서 당신의 기도원에 거처를 마련해주며 돌보고 계셨습니다. 가끔씩 기도원에서 나와 절도 사고를 치고 나면 또 해결해주시고, 누군가에게 성추행을 당하고 와도 치료해주며 돌봐주시고, 이번에도 구속되니 제일 안타까워하시며 면회도 오시고 미영이의 옥바라지를 해주시는 등 부모님처럼 돌봐주고 계셨습니다. 그래서인지 처음 입소할 때 보호자는 목사님, 거처는 교회, 종교는 기독교라고 말했었습니다.

그랬던 미영이가 불교집회에 참석해 있었습니다. 혹시 근무자가 인지능력이 부족한 상황을 간과하고 본인이 희망한다고 무조건 참석시킨 것은 아닌지, 기독교와 불교를 중복 체크해서 참석한 것은 아닌지 확인해보니 본인이 세 종파 중 불교를 선택했다는 것입니다. 이유는 같은 방에 있던 언니의 권유였습니다. 부족한 자신을 좋아하고 잘 챙겨주는 언니가 불교집회를 가니 자신의 신앙에 상관없이 따라가는 것이었습니다. 친구 따라 강남 가는 격이지요.

그런가 하면 다른 사유도 있습니다. 수용자들은 자신들이 살고 있는 거실이 아주 좁지만 또 작은 세상과 같습니다. 그 작은 공간에 함께 사는 동료들의 마음이 맞으면 세상 부러울 게 없는 수용생활입니다. 그런데 반대로 마음이 맞지 않으면 그처럼 힘든 일이 없습니다. 그래서 특정한 한 거실만을 위해서가 아니라 전체 수용동의 평화를 위해 여러 가지를 고려하여 거실을 변경하기도 합니다. 예전에 친하게 된 언니랑 거실이 바뀌면 만나기가 쉽지 않습니다. 그래서 선방을 가면 서로 약속을 하는 것입니다. 자신들이 평소에 신봉하던 종교와는 달리 누군가를 만나기 위한 접선의 장소가 되기도 합니다.

또 다른 사유는 특별한 음식입니다. 우리가 말하는 떡신자이지요. 군대에 있을 때, 교도소에 있을 때 '떡신자'라는 표현이 가장 많이 그리고 적절하게 적용되는 듯합니다. 우리 아들이 군대 입대했을 때 한창 배가 고플 나이라 맛있는 거 많이 주는 종파와 젊고 예쁜 여자 외래인들이 오는 종파를 제일 선호한다고 했습니다. 신앙이 특히 깊은 경우가 아니라면, 아니 때로는 신앙보다 현실과 생리적인 욕구가 우선하는 경우가 군대에 있을 때와 교도소에 있을 때가 아닌가 합니다. 그래서 이때 맛있는 떡을 먹기 위해 집회에 참석했다가 정말 은혜를 받고 감동을 받아 신앙으로 받아들이는 경우가 있습니다. 어쩌면 가장 힘든 시간 떡이나 맛있는 간식을 미끼로 그들을 구원하기 위함일 수도 있겠지요.

종교위원님들께서 자기 종파 참석인원이 적으면 왜 이리 조금 보내주느냐고 우리에게 하소연하십니다. 그러면 진짜 수용자들이 많이 참석하길 바란다면 교도소에서 먹을 수 없는 맛있는 간식을 준비해 오시라고 합니다. 모든 음식이 모두 허용되는 것은 아니지만 떡이라면 백설기 한 덩어리보다는 여러 가지 곡물이나 맛있는 앙금이 들어 있고, 빵이라면 쉽게 먹을 수 있는 크림빵이나 팥빵보다는 좀 비싸고 고급스런 빵이면 좋겠다고 살짝 귀띔해주곤 합니다.

또 수용자들을 종교집회로 유도하는 유인책 중 한 가지는 영치금 지원입니다. 가족들이 접견을 오고 접견물을 넣어주는 이들이 있는가 하면 면회는 고사하고 영치금 지원도 곤란한 이들도 있습니다. 그런 수용자들은 개인물품을 구입하기 위한 최소한의 영치금이 필요한데 누구에게 손을 벌릴까요? 간혹 종파별로 불우수용자 영치금 지원을 하기도 하고, 해당 집회나 자매 상담을 하면 영치금을 지원해주는 경우도 있습니다. 그래서 영치금 지원을 많이 해주는 종파에 참석하기도 합니다. 이제는 수용자들에게도 가상계좌가 있어 온라인 뱅킹이 가능하기도 합니다. 하지만 가족들이 영치금을 지원해주기보다 수용자들이 자신들이 일해서 받은 작업장려금을 가족들의 생활비로 보내주는 경우들도 있습니다.

또 수용자들이 종교집회에 참석하는 데 중요한 요소 중 하나는 담당 교도관의 종교입니다. 보통 교도관은 수용자들에게 특정 종교색을 띠지 않는데 어찌하다 담당교도관의 종교를 알게 되고, 그 담당 교도관을 진심으로 좋아하거나 잘 보이고 싶은 경우에 그 종교집회에 참석을 하기도 합니다. 나름 그들의 신의인 것입니다. 그런가 하면 어떤 이들은 자신들이 신앙을 가지고 범죄를 했다는 것에 대해 수치스러워하거나 아는 분들을 만나게 될까 봐 종교집회에 나가지 않는 경우도 있습니다.

가끔 수용자들이 가족들, 동료수용자들 때문에 힘들어하소연하면 가능한 경우는 그 고충을 해결해주려고 노력합니다. 그렇지만 내가 간단하게 해결해줄 수 없거나 기관 차원에서 해줄 수 없는 경우들이 많습니다. 99%의 수용자는 어떤 방법으로든 조금이라도 빨리 나가고 싶어 합니다. 1%는 나가고는 싶지만 갈 곳이 없고 의지가 약한 경우입니다. 미결 수용자는 재판에서 형기가 깎이거나 집행유예, 보석 등으로 나가기를 바라고, 기결이 되면 가석방을 조금이라도 빨리 받고 싶고……

그리고 자신은 부득이하게 수용되어 있지만 가족들, 특히 어린아이들이나 병든 가족들을 두고 온 경우는 안타깝기 그지없습니다. 그런 경우 수용자 가족들을 지원해주는 단체에 지원을 요청해주기도 하지만 그것도 아니어서 내가 아무것도 해 줄 수 없는 경우는 그저 기도하게 합니다. 각자 자신들의 신앙에 맞는 기도법으로 절대자에게 기도하게 하고, 가족들을 위한 진심을 담은 기도, 자신에게 마음의 평화를 줄 수 있는 방법을 권유하곤 합니다.

기독교인이라면 성경책이 있는지 묻고 없으면 성경책 한 권을 주며 보고 필사하며 기도하게 하고, 불교인이라면 불자 독송집을 주고 불경을 사경하게 합니다. 묵주나 합장주를 주며 기도하게 하기도 하고 내가 기도했던 방법들을 알려주며 그들에게 권유하면 또 크게 의지하고 힘을 내기도 합니다.

가끔 수용자들의 종교집회를 위해 교정기관에 오시는 각 종파 교정위원들을 보면 참 대단하신 분들이 많습니다. 정말 몇십 년 동안 한 번도 빠지지 않고 자신의 사명으로 알고 설교와 법문을 준비하고 간식을 준비하고 시간과 마음을 내어 정성으로 오십니다. 때로는 교도관들이 귀찮아하는 것을 알면서도 한 사람이라도 포교, 전도하기 위해 오시는 것을 볼 때 정말 진심으로 감사한 마음이 듭니다. 그분들은 때론 우리 직원들이 도저히 교화하기 어려운 이들을 다독여주고 공감해주고 보듬어 줍니다. 이런 분들의 도움으로 신앙심이 깊어진 수용자들은 출소 후 신학대학을 가기도 하고 봉사활동에 참여하기도 하고 오히려 다른 수용자를 후원하는 데 동참하기도 합니다.

어쩌면 가장 어둡고 힘든 때이기에 더 절실하고 진실한 기도를 할 수도 있으리라 생각합니다. 그래서 그 진실한 믿음이 누군가의 마음을 울리게 할 수도 있지 않을까 싶습니다. 비록 가장 어두운 곳, 가장 낮은 곳, 가장 막다른 곳일 수도 있지만 오히려 이곳에서 깊은 신심이 생겨날 수도 있습니다. 그곳에서 얻은 깊은 깨달음이 남은 삶을 이기석인 삶에서 이타적인 삶으로 전환해주는 중요한 동력이 되길 바라봅니다.

담장을 허물다

그날 이후 우리는 '마중물'이라는 단톡방을 만들었습니다.

처음 그 방을 만들 때는 내가 힘든 그녀들에게

한 바가지의 물이라 생각하고 마중물이라 이름 지었는데

시간이 지나면서 깨닫게 되었습니다.

(중략)

이 여인들이 오히려 지쳐가는 내게 일의 의미를 느끼게 해주고,

큰 힘이 되는 마중물이 되어주고 있었습니다.

↖↖↖
콩밥과 두부

태어나서 체중미달로 인큐베이터에 있던 아들이 일주일도 지나지 않은 시점에 아빠가 구속되었습니다. 손도 잡아보지 못했던 아들을 아버지는 구치소 가족만남의 날 행사장에서야 품에 안아볼 수 있었습니다. 두 시간 남짓 주어진 시간 동안 어머님과 아내가 정성스레 준비해 간 음식 대신 훈이는 아들을 품에 안고 있었습니다. 작은 키에 연구원으로 활동했던 훈이에게 취사장은 낯설고 버거웠지만 그래도 먼 곳으로 이송 가지 않고, 성실히 작업을 하고 나면 가석방이라는 기회가 있었기에 하루하루 버텨내고 있었습니다.

가족만남의 날 행사를 시작으로 알게 된 훈이 아내는 훈이가 가석방 심사에 떨어졌다며 울면서 내게 전화했습니다. 많은 수용자 가족들에게 교도관은 쉽지 않은 사람일 텐데 마치 동네 언니처럼 편해서 하소연한다는 그녀를 나무랄 수는 없었습니다. 그런데 퇴근 무렵 그녀로부터 또 전화가 왔습니다. 그만큼 하소연을 들어줬으면 됐지 해도 너무한다 싶었습니다. 내가 그리 만만해 보이나 싶어 벌컥 화가 났는데 전화 내용은 예상과 달리 너무 아픈 소식이었습니다. 갑자기 아들의 심장이 멈춰 숨을 안 쉰다는 것이었습니다. 하필 이 소식을 왜 내게 알린 건지, 고민 끝에 이 사실을 취사장 근무자에게 알리고 훈이에게는 조심스럽게 잘 전달해달라고 했지만 불편함은 가시지 않았습니다.

나는 이 시점에 어떻게 해야 될지, 가석방 심사에 떨어져 절망하고 있는 아빠에게 아들의 심장이 멈춘 소식을 전달하면 감당하기 어려울 텐데, 감정을 추스르지 못하면 작업도 곤란하고, 그렇다면 가석방도 어려울 테고 …… 취사장 담당자와 상의하여 내가 진행하는 집중인성교육에 참여시키기로 했습니다. 한 달간 진행되는 집중인성교육 기간에도 훈이는 가족이라는 단어, 자녀, 아들이라는 이야기만 나와도 눈물을 흘리고, 아이 사진만 봐도 표정이 어두워지곤 했습니다.

훈이 아들의 심장 이식에 필요한 돈 마련도 어렵지만 아들 또래의 심장을 적절한 시기에 구하기도 어려워 그저 기다리고만 있었는데 기적적으로 심장을 이식해 줄 아이가 나타났다고 연락이 왔습니다. 그 무렵 우리는 훈이와 훈이 가족에게 작은 선물을 준비하고 있었습니다. 소장님께서 훈이 가족의 딱한 사정을 아시고 잠시나마 아들을 만나러 갈 기회를 마련해주었습니다. 걱정만 하고 있던 훈이는 회복되고 있는 아들을 직접 볼 수 있었고, 아내와 어머님께는 큰 위로가 되었다고 합니다. 귀휴를 다녀온 훈이는 점점 안정을 찾아갔고 그러던 중 교정의 날 가석방이 허가되었습니다.

훈이 가족에게 72주년 교정의 날은 특별한 의미가 있는 날이 되었습니다. 훈이가 가석방을 나가 건강한 아들의 첫돌을 함께할 수 있었기 때문입니다. 가석방 절차를 모두 마치고 훈이 아내도 볼 겸 외정문까지 배웅하는데 훈이의 아내와 어머님은 김이 모락모락 나는 하얗고 따뜻한 두부를 들고 훈이를 기다리고 있었습니다.

왜 교도소에서 출소할 때 두부를 먹을까요. 왜 교도소에 가면 콩밥을 먹는다고 할까요?

『나의 서울 감옥 생활 1878—프랑스 선교사 리델의 19세기 조선 체험기』에 의하면 "죄수들은 주로 도둑, 채무 죄수, 그리고 우리 같은 신자들, 이렇게 세 부류인데, 채무로 투옥된 죄수들이나 도둑질 외에 다른 동기로 잡혀 들어온 죄수들을 제외하고는 하루에 두 번 작은 밥사발에 아무런 간도 하지 않은 밥을 담아 아침저녁으로 먹는 게 전부였다. 그러다보니 처음에 들어올 때는 튼튼하고 건강이 좋았던 사람들도

20일이 지나면 피골이 상접한 몰골이 된다"고 하면서 조선후기 전옥서 생활을 말해주고 있습니다.

국가기록원이 발간한 『일제문서해제(행형편)』에 의하면 조선총독부 법무국 행형과가 각 형무소에서 보고받은 재소자들의 식단표는 서대문형무소 재소자들이 매일 '하급미 10%, 콩 40%, 좁쌀 50%'로 구성된 콩밥을 먹었기에 형무소 생활을 콩밥을 먹는다고 했다고 합니다. 식사량은 수용자 등급에 따라 5등급 또는 10등급으로 분류하여 해당 등급에 따라 한 덩어리씩 지급하고 부식물로는 아침에는 된장에 절인 다시마 간유를 넣은 된장국, 점심은 절인 청어나 말린 명태를 넣은 것, 저녁은 소기름과 절인 다시마를 넣은 장국이나 두붓국을 제공한 것으로 기록하였습니다(1941). 그러나 대부분 밥과 소금국물이 전부였고 감옥에서 주는 콩밥은 돌이 많이 섞여 있어 이를 다친 사람이 부지기수였다고 합니다.

1936년 양식 급여표에 의하면 특등의 주식량은 400g, 1등 380g, 2등 350g, 3등 330g, 4등 300g, 5등 270g, 6등 240g, 7등 220g, 8등 200g, 중간식 200g 이하, 죽 180g 이하로 명시되어 있습니다. 주식의 변천은 일제강점기 콩밥에서 보리밥으로, 최근에는 쌀밥을 주식으로 하고 있습니다. 2019년 현재 우리 기관 수용자 1일 평균 영양섭취 기준량은 한국인영양섭취기준위원회의 기준에 따라 열량 2,355Kcal, 단백질 114g, 지방 51g 외 기타 영양소로 구성되어 있고, 1식 3찬 또는 4찬으로 1일 1인당 수용자 급여액은 4,500원 정도가 됩니다. 기관별로 조금씩 차이는 있을 수 있지만 최근 수용자 식사는 먹을 만하다는 얘기입니다.

출소할 때 두부는 왜 먹을까요? 교도소 출소 후 두부를 먹는 곳은 우리나라뿐이고 언제부터인가 출소할 때 두부를 먹는 것은 당연한 통과의례가 된 듯합니다. 두부는 콩을 주재료로 하며 열량이 낮고 특히 소화력이 좋아 미처 소화되지 않은 잉여 에너지가 몸속에 쌓인 사람에게 두부는 더 없이 좋은 식품이라고 합니다. 두부는 오랫동안 거친 콩밥에 익숙해져 있던 수용자들에게 부드럽고 단백질이 풍부하며 소화력이 좋아 적응력을 키워주기에 적합한 음식이 아니었을까요? 오래전 교도소에서 굶주린 채 출소하자마자 너무 급히 먹다 보면 체하거나 소화장애를 일으키는 경우들도 있었는데 이런 어려움을 해소해주기에 가장 적합한 음식이 두부인 것입니다. 두부는 하얗고 부드러운 모양을 하고 있어 교도소에서 몸과 마음속에 쌓인 노폐물을 털어내기에 적합하다는 의미까지 담아낼 수 있을 듯합니다.

간혹 기능경기대회 출전을 위해 귀휴로 나간 수형자들이 사회음식을 먹고 배탈이 나서 몇 년 동안 갈고닦은 실력을 발휘하기도 전에 병원으로 가는 경우도 있었고, 가석방 출소 전 귀휴를 나갔다가 꿈에서만 그리던 음식들을 먹다 보면 탈이 나서 며칠씩 누워서만 지내는 경우도 종종 볼 수 있었습니다. 이런 경우에도 두부처럼 부드러운 음식들로 먼저 속을 달랬더라면 좋았을 텐데 하는 아쉬움이 남습니다.

교정의 날 가석방 출소하면서 희고 따뜻한 두부로 속을 달래고 노폐물을 다 걸러냈던 훈이는 가족들과 잘 지내고 있겠죠?

❮❮❮
교정의 봄

한 날의 시간 동안 수많은 강연을 듣고 서로를 모르는 낯선 인연들이 만나서 함께 이야기하고, 함께 웃고, 때론 뭉클한 감성에 젖어 함께 울먹울먹했던 '인성교육'의 교실은 내게 어린 시절의 놀이터를 연상케 했다. 초등학교 시절 집을 나와 조금만 걸어도 만날 수 있었던 동네 놀이터는 익숙한 친구들이 모여 놀고 처음 보는 얼굴일지라도 잠깐의 어색함을 이겨내면 오래된 불알친구도 될 수 있었던 신기한 만남의 장소였다. 모르던 얼굴들과 흙으로 밥을 짓고 풀로 반찬을 만들며, 두꺼비 집도 지었다가 선심 쓰듯 동무의 집도 지어주던 우리는 그 시절에 부러울 게 없었으며 친한 동무가 안 될 이유가 하나도 없었다. 풀꽃을 꺾어 반지도 만들어 친구에게 주고 목걸이를 만들던 나는 마음만 먹으면 무엇이든 될 수가 있었으며 못 만들게 없었다. 그렇게 놀이터에서 시작된 짧은 만남은 해가 저무는 시간까지 계속해서 이어졌고 하나의 무리가 형성된 우리는 저마다 '해리 포터'가 되어 동네의 구석구석을 탐험하듯 누비며 담벼락에 이유 없는 낙서도 하고 남의 집 대문의 초인종도 누르면서 해맑게 웃고 다녔다. 그 시절의 놀이터는 나와 동무들에게 많은 것을 미리 보여주고 알려주었다. '낯선 인연이 친구가 되는 법'을 알려주었고, 함께 어울리고, 나누면서 재미있게 놀 수 있는 법을 알려주었다. 그 어린 시절의 놀이터가 주었던 소중한 것들을 나는 이 교실 안에서 다시 한 번 만날 수 있었고 배워갈 수 있었다. 이 작은 교실 속에서 우리는 서로가 서로를 알아갔고, 잊고 있던 꿈도 다시 찾았으며 외로움과 괴로움을 극복하는 법을 찾을 수가 있었다. 어린 시절의 날 만나게 해준 이 공간에 감사한다.

2016년 여름 우리의 인성교육실은 매우 비좁고 낡고 더웠습니다. 기관 이전을 앞두고 있어 리모델링이나 확장 등은 꿈도 꾸지 못하고 그 작은 공간에서 20명의 장정들이 춤추고, 노래하고, 시낭송을 하기도 하고, 인문학 강의도 듣고, 꽃꽂이를 하기도 했습니다.

나는 가급적 인성교육기간인 한 달간은 수용자이기보다 교육생으로 사회에서도 참여하기 어려운 품격 있는 프로그램을 구성하여 수용자의 자존감 회복을 위해 노력하고 있었습니다. 훌륭한 강사를 섭외하기 위해 책을 보고 저자들에게 강의를 요청하고, 필요한 분야 유튜브 강의를 듣기도 하고, 직접 강의를 듣고 강사를 만나고, 이메일이나 지인을 통하는 등등 방법을 가리지 않고 교육의 질을 높이고자 애쓰고 있었습니다. 그런데 담당 계장이 그렇게 애써 강사진을 섭외하고 정성 들여 만든 과정을 진행하는데도 아랑곳하지 않고 몇몇 교육생은 졸거나 잡담을 하기도 하고, 한 달간의 교육을 마치고 수료식을 하며 교육소감을 나누는 시간에는 건방이 하늘을 씨르는 후기를 남기는 경우도 있었습니다.

'아니 내가 사회에서 범죄자라고 손가락질하는 자기들을 위해 밤낮으로 고민하며 사회에서도 모시기 어려운 강사들을 모시고 양질의 교육을 위해 헌신하는데 지들은 졸고, 딴짓을 해. 그리고 나서 강사가 어떻고 교도소가 어때? 저러니 다른 사람의 재산과 생명을 경시하고 범죄를 하지, 그러니까 별수 없이 교도소나 오는 거야'라며 혼자 악담을 하고 푸념을 하기도 했습니다.

미친 듯이 하다가도 가끔씩 이렇게 맥 빠지고 속상하고 그럴 때는 교사로 퇴직하신 교육분과 위원장님께 하소연을 했습니다. 그러면 그분은 빙긋이 웃으셨습니다. "계장님, 너무 많이 애쓰고 너무 많이 기대하지 마. 할 수 있는 만큼 하고 조금 더 기다려봐. 누군가는 보고 듣고 느끼게 돼. 모든 사람을 우리가 뜻하는 대로 강제로 끌고 갈 수는 없어. 지금 잘하고 있잖아. 한두 사람 때문에 너무 속상해하지 말고 좀 느긋하게 하자"라고 위로하고 또 다독거려 주셨습니다.

그러던 중 이 '놀이터'라는 감사일기를 만나게 되었습니다. '두부'라는 별칭을 가졌던 철호의 '100가지 감사하기' 숙제 중 98번째에 해당하는 글이었습니다. 철호는 소박한 별칭만큼이나 평범하고 눈에 띄지 않아 나름 매의 눈을 가졌다는 나조차도 그 녀석이 지정된 자리에서 앞쪽으로 바꿔 앉은 것조차 인식하지 못했습니다. 그런 철호의 감사노트를 보며 난 반성하지 않을 수 없었습니다.

'모든 교육의 효과가 지금 당장 내 눈에 보이는 건 아니었구나. 내 눈에 보이지 않았던 철호는 오히려 내가 기획하고 추진했던 프로그램보다 더 내실 있게 담아가고 있었구나. 20명의 교육생 중 중·고등학교도 제대로 다니지 않고 자퇴했거나, 교육이라면 죽을 것 같아도 징역이니까 어쩔 수 없이 버티는구나. 졸리고 힘들지만 그래도 참아가며 한 달간 수업에 충실하려 무던히도 애쓰고 있구나. 잘 모르는 인문학 강의도, 음치여서 못 부르는 노래도, 몸치인 데다 수줍음을 너무 타서 춤도 출 수 없고 쑥스러운데도 불구하고 따라오고 있었구나. 100시간 수업 전체는 아니더라도 어느 한 시간만

이라도 좋았던 시간이 있었고 행복한 순간이 있었다면 그것
만으로도 감사해하자.'

　어린 시절 아빠 제사가 가까워지면 우리 안방에는 콩나
물시루가 아랫목을 차지하곤 했습니다. 어린 마음에도 참 신
기했습니다. 콩나물에 물을 부으면 곧 흘러내리는데도 조금
씩 조금씩 자라고 있었습니다. 우리 인성교육을 받는 수용자
들도 마찬가지일 것입니다. 교육과정 전체를 깊이 이해하고
수용하는 사람이 몇 명 있는가 하면 낯선 교육을 하나씩 경
험하고 배우고 느끼며 스며들고 있었던 것입니다. 그래서 자
신이 얼마나 귀한 손재인지, 가족들이 얼마나 소중한 사람들
인지, 피해자들은 나로 인해 얼마나 힘들었는지, 앞으로 어
떻게 살아야 하는지를 생각하고 있었습니다.

　철호는 여름에 교육을 수료하고 가을이 다가올 무렵 가
석방으로 출소하기 전에 장문의 편지를 보냈습니다.

　안녕하세요, 장 계장님~이라는 짧은 한 줄의 인사말을 쓰질
　못해서 많은 시간을 두고 고민하고 또 고민하며 망설여 왔었
　습니다.
　<중략>
　번호가 아닌 제 이름 석 자를 한 자 한 자 또박또박하게 그리
　고 다정스럽게 불러주시는 계장님의 정겨운 마음이 제게 전해

져서인지 언제든지 생각하면 가슴 깊은 곳 한편 나누어 줄 수 있는 여유가 제게도 생겼습니다. 제 마음대로 계장님을 친구라는 단어에 포함시켜도 될는지는 모르겠지만 일단은 제 마음이 가는 대로 따라가 보겠습니다. 하늘이 힘들 때 쳐다보라고 존재하듯이 '장00'이라는 세 글자의 이름을 '제 마음의 하늘'로 저장해 놓고 제가 아프고 힘들어서, 그래서 누군가의 도움과 손길을 필요로 할 때마다 꺼내 보면서 힘을 얻고 쉬어갈 수 있는 기회를 얻도록 하겠습니다.

뭐든지 처음이 어렵지 한번 길 뚫어 놓으면 쉽게 쉽게 가게 된다는데 저도 왠지 그럴 것 같습니다. 바쁘신 중에도 제 서신이 가면 반가워해 주세요. 늘 엄마 같은 푸근한 미소에 제가 반하더라도 넓은 마음으로 용서해주시길 바라며 감사와 고마움을 담아서 글을 드립니다.

항상 건강하세요.

2016. 8. 27. 두부 드림.

수용자 취사장에 출역하고 있던 Give는 교육기간 중 휴일날 출역해서 쉬는 시간에 A4 용지에 취사장에서 보이는 세상을 스케치했습니다. 당시 취사장 위쪽이 우리 과 사무실이어서 가끔 취사장 주변으로 산책하던 내 모습을 그려 넣고 멀리 보이던 롯데타워와 자신의 마음을 담은 한 편의 시를 적었습니다.

교정의 봄

교정의 봄이 왔습니다.
내 마음에도 봄이 왔습니다.
흙 속에 갇혀 있던 것들이
민들레 홀씨 되어
날아다닙니다.
꽃길만 걷고 싶던
지난날이 생각납니다.

교정의 봄이 왔습니다.
영양분을 채워주러
벌이 찾아왔습니다.
겨우내 피지 않던 내가
꽃이 되었습니다.
흙길만 걷고 있던 마음에도
희망이 피었습니다.

교정의 봄이 왔습니다.

희망의 꽃은 이제

벌이 되길 꿈꿉니다.

받은 사랑 다른 꽃들에게 전하러

날아가는 꿈을 꿉니다.

교정의 봄은 그렇게

꽃이 되어 왔습니다.

고맙습니다. 팀장님!

주시던 사랑 평생 잊지 않겠습니다. 저의 달란트를 다시 잘 가꾸어 받은 사랑 그대로 전하는 사랑의 사람 되겠습니다.

Give 드림

Give는 집중인성교육 수료식 날 장기자랑 시간에 〈지금 이 순간〉을 온 마음을 다해 불러 나를 감동시켰고, 봉투에 한 달 동안 받은 사랑을 적은 노래와 시를 넣어 내게 주었습니다. 가슴 저린 노래와 자기성찰과 계획이 담긴 시 한 편 그리고 정성스런 그림 한 장은 내 눈을 촉촉하게 했습니다. 기브는 다시 일어서겠다고 했습니다. 그래서 언젠가는 내가 하고 있는 교육에 함께 참여하며 더 많은 이들에게 감동을 주는 교육을 하고 싶다고 했습니다.

철호와 Give는 내게 큰 깨우침을 선물했습니다. 당장 눈

앞에 보이는 성과가 아니라 보이지 않지만 콩나물에 물이 스며들어 조금씩 성장해 가듯이, 흙길을 버리고 꽃길만 걷고 싶었던 이에게 희망의 꽃을 전하는 벌이 되길 꿈꾸듯이, 우리의 작은 정성과 자신들의 노력으로 조금씩 성찰하고 성숙해가고 있었습니다. 같은 시간, 같은 강의를 듣고도 모두 흡입하여 성장하는 이들도 있고, 좀 더디 자라는 이들도 있듯이 각자의 땀과 밑거름에 따라 다르겠지만 언젠가, 어떤 모양으로든, 어떤 느낌으로든 그들에게 따뜻한 기억이 되길 바라며 지금 할 수 있는 것들에 최선을 다해야겠습니다.

숟가락이
너무 무거워요

외국의 교정기관에서는 여자교도관이 남자교도관과 구분 없이 성 교차 근무를 하고 있지만 우리나라 교정은 남자 수용자는 남자교도관이, 여자수용자는 여자교도관이 관리를 하고 있습니다. 10년 전 우리나라 교정현실에서는 여자교도관이 남자 수형자를 교육하고 상담하고 출소 후에 업체에 동행면접까지 해야 하는 일들은 아주 생소한 일이었습니다. 평소 수용자 사회복귀에 관심이 많았던 나는 당시 새롭고 난해한 이 업무에 과감히 도전장을 던졌습니다. 누군가 해야 할 일이라면 내가 한번 해보자는 마음으로 시작했지만 여자라는 장벽과 사례나 경험 그리고 관련지식이 부족했기에 어렵고 막막할 때가 많았습니다. 어쩌다 한 명 취업을 하겠다고 해놓고 기다리고 있으면 목욕탕에서 없어지기도 하고, 하루

이틀쯤 일하다 슬그머니 다른 동료들 소지품 훔쳐서 달아나기도 하고, 그러다 보면 또 한 번 풀이 죽곤 했습니다. 많은 시행착오를 거치며 그래도 무언가 기를 쓰고 있는 내게 작업장 담당 선배님으로부터 전화가 왔습니다.

"장 주임, 내가 데리고 있는 녀석인데 참 착하고 일도 잘해. 그런데 이 녀석은 고아여서 면회 오는 사람도 없고 출소해도 갈 데가 없어서 가석방도 안 되고 당장 나가도 갈 곳이 없어. 한번 만나보고 좋은 대책 좀 세워주면 좋겠어."

내가 알고 있는 범준이는 어렸을 때부터 사회복지시설에서 성장했고 고등학교를 졸업하고 인가시설 방침에 따라 보육시설을 나와서 자립을 하게 되었습니다. 말이 자립이지 사실상 미성년이고 보호자도 없는데 몇백만 원의 자립자금으로 사회에 내보낸다면 쉽게 정착할 수 있을까요? 범준이는 그렇게 사회에 나와서 먼저 보육시설에서 함께 있었던 형을 따라 음식배달 등을 하면서 그 형의 범죄에 가담하게 되었습니다. 법률적으로는 종범이나 공범이 맞겠지만 일반인들이 생각하기엔 겨우 망본 것에 불과했습니다.

범준이의 상담을 위해 작업 팀실에 갔는데 한 번도 본 적 없는 여자교도관의 낯선 방문 때문인지 고개를 들지 못했습니다. 라포형성을 위해 던진 몇 가지 질문엔 모기만 한 목소리로 겨우 단답형의 답을 했던 것 같습니다. 그런 범준이를 알기 위해 직업심리검사를 해보았습니다. 범준이의 직업선호도 검사 결과는 홀랜드 육각형의 모형이 보이지 않을 정도였고 여섯 가지 흥미유형 어느 것도 특별하게 나타나지 않았습니다. '아 이런 녀석이구나.'

세 번째 만날 무렵에야 내 얼굴을 보고 수줍게 인사합니다. 범준이를 어떻게 하면 좋을지 고민하다 평소 수용자들 법률자문을 해주고 계신 이진권 변호사님께 멘토가 되어달라고 부탁드렸습니다. 부족하지만 형이 되어주도록 노력하겠다고 하셨고 가끔씩 만나서 상담을 하곤 했습니다. 자매결연은 됐으니 이제 범준이가 실제 출소 후 취업할 곳을 마련해야 했습니다. 내가 원하는 범준이 취업처는 돈 많이 주는 업체가 아니었습니다. 가족처럼 따뜻한 사장님과 안정적인 일자리였습니다. 궁리 끝에 취업박람회에서 만나 출소자 채용의사를 확인한 섬유업체를 선택하여 범준이의 간단한 개인신상을 들고 무작정 찾아갔습니다. 지금 같으면 업체 대표님이 방문하셔서 사전에 면접을 보실 수도 있고, 구인구직만남의 날 행사에서 볼 수도 있고, 취업조건부 가석방도 있지만 당시는 취업업무 초기라서 그런 노하우나 시스템이 준비되지 않았습니다. 그래서 취업담당자의 소개로 채용이 결정되기도 했습니다. 업체에 방문하니 마침 사장님과 사모님이 함께 계셔서 두 분께 정중히 부탁드렸습니다. 이런 수용자가 있으니 출소하는 날부터 바로 일할 수 있게 해달라고, 그리고 사전에 취업보증서를 작성해달라고, 그리고 가장 중요한 것은 두 분이 범준이의 부모님이 되어달라고…….

가족이 없던 범준이에게 자매결연을 맺고 출소 후 취업을 확정해놓고 나니 가석방이 결정되었습니다. 누군가에게는 가석방을 위한 형식적인 과정들일 수도 있지만 범준이에게는 취업보증과 자매결연 등이 절실했던 절차였습니다. 다행히 이런 노력들을 긍정적으로 인정해서 징역 3년 중 6개월이라는 기간 가석방을 받게 되었습니다. 범준이가 출소하던 날 우리 소 출소자들의 아버지이신 이운안 회장님과 셋이 보호관찰소에 들러 가석방 거주지 신고를 하고, 대형마트에 들러 그동안 교도소에서 받은 작업장려금으로 일상용품을 구입했습니다. 업체로 가는 중 밥이라도 한 끼 함께 하고 싶어 근처 음식점에 들렀는데 평소에도 입이 짧고 말이 없는 범준이는 식탁에서 이것저것 뒤적이더니 이러는 것이었습니다.

"주임님, 숟가락이 너무 무거워요."

식사를 하던 회장님과 나는 멍하니 서로 바라보았습니다. 말 없는 녀석이 겨우 한마디 한다는 게 숟가락이 무겁다니……. 수용자들은 일반인들이 사용하는 금속 숟가락 대신 플라스틱으로 된 숟가락과 젓가락을 사용합니다. 2년 6개월

동안 플라스틱으로 된 가벼운 숟가락을 쓰다가 스테인리스로 된 숟가락을 드니 무거운 것이었습니다. 담 안에서 긴 시간을 외롭고 힘겹게 버텨낸 범준이가 짠했습니다.

식사를 마치고 업체로 가서 사장님과 사모님께 인사드리고 회사 내부를 둘러보고 깨끗이 정돈된 기숙사에 짐을 풀고 범준이를 두고 돌아오는데 맘이 무거웠습니다. 이틀 후면 추석인데 가족이 없고 갈 데가 없어 혼자서 텅 빈 기숙사에서 명절을 보낼 범준이가 못내 맘에 걸렸습니다. 그렇다고 출소한 남자를 우리 집에 데리고 올 수도 없고 참 안타까운 맘으로 돌아왔습니다. 그날 늦은 오후 범준이가 취업한 업체의 대표님으로부터 전화가 왔습니다. 취업 담당을 하고부터는 우리 애들을 채용한 업체 대표님들의 전화번호가 뜨면 반갑고 고맙기보다는 '무슨 일이 있나? 애들이 벌써 사고 쳤나'라는 불안감이 앞서곤 합니다. 이런 마음으로 한참을 망설이다가 전화를 받았습니다.

"낼모레 추석인데 우린 추석엔 공장 문 닫고 본가에 가야 하는데 범준이는 어떻게 해요?"

"그러게요."

"우리 본가는 경북인데 이 녀석 데리고 가도 됩니까?"

의외였습니다.

"진짜요? 그래 주시겠어요?"

"그런데 가석방 기간이라서 보호관찰소에 허가를 받아야 되는 것 같아서 연락했어요."

"네. 보호관찰소는 제가 연락하겠습니다. 고맙습니다."

"고맙긴요. 장 주임이 우리 보고 가족이 되어달라고 했잖아요. 이제 범준이도 우리 가족이니 함께 고향에 가서 명절을 지내야죠."

정말 내 부탁을 진심으로 받아들이고 또 그렇게 노력하시는 모습에 너무 감사했습니다. 또한 대표님 덕분에 나는 한결 가벼운 마음으로 명절을 보낼 수 있었습니다. 나중에 알고 보니 범준이가 대표님의 본가에 다녀온 후 연휴의 남은 하루는 취업분과 회장님과 함께 보냈다고 합니다. 내가 할 수 없는 일들을 우리 교정봉사자들께서 해주시니 그저 감사할 수밖에……

범준이도 물론 잘 하고 있었습니다. 정말 고마운 분들의 마음을 잊지 말라던 당부를 실행한 것일까요? 그보다는 진정한 고마움이었을 것입니다. 범준이가 출소한 지 1년 반이 지나 업체를 방문했는데 사모님께서 그동안 일어났던 다이내믹한 스토리들을 말씀해주십니다. 어떤 출소자가 전화해서 괴롭힌 이야기며, 신용회복한 이야기들……. 사모님은 미소 뒤에 숨겨진 한마디를 덧붙이셨습니다.

"글쎄 지난 어버이날 범준이가 우리 부부에게 감사의 편지를 썼어요. 가슴이 어찌나 뭉클하던지. 참 착해요. 이렇게 좋은 아들을 보내줘서 고마워요."

두 분은 물론 범준이의 부모님이 되어주셨고, 두 자녀도 범준이의 형제가 되어주었습니다.

그 후로도 출소 후 사회복귀자를 대상으로 격려금이나 행사를 할 때 범준이 지원을 위해 연락드렸더니 사장님은 거부하십니다.

"이제 범준이는 교도소랑 전혀 상관없고 우리 아들, 우리 직원으로만 봐달라"고 하십니다.

아직 범준이만의 단란한 가정을 이루지 못한 아쉬움이 있지만 사장님, 아니 아버님이 계시기에 오랫동안 아픈 손가락 같던 범준이를 내려놓고 한 발짝 떨어져서 기도합니다. '범준이가 외로웠던 시간을 보듬어줄 엄마 같은 아내와 토끼 같은 아이들을 낳아 행복한 가정을 꾸릴 수 있기를……'

범준이를 만난 지 10년이 지났습니다.

10년 전 그곳에서 아직 살고 있고, 아직 일하고 있습니다. 어느 날 내 페이스북에 범준이는 친구신청을 했습니다. 그리고 가끔씩 내 글에 힘을 불어넣는 댓글을 남겨줍니다. 이제는 그들이 나를 응원해주고 내게 큰 힘이 되어 줍니다.

ㄱㄱㄱ
별이 일곱 개

"제가요, 전과 7범인데요, 그동안 교도소에 여러 번 들어 왔는데 처음으로 이런 관심을 받고, 또 출소 후에도 교도소 랑 취업위원님들이 관심을 가지고 지켜봐 주서서 진심으로 감사드립니다."

9년 전 12월 의정부 시내 한 웨딩홀에는 작지만 훈훈한 자리가 마련되었습니다. 한 해 동안 출소 후 취업이나 창업 을 지원해준 분들과 지원을 받은 이들이 한자리에 모여 격려 하고 감사드리는 날이었습니다. 출소자 취업과 창업 지원을 위해 몸과 마음 그리고 경제적인 지원까지 아끼시지 않았던 취업위원님들과 교도소장님, 과장님들과 직원들, 그리고 정 서적이고 경제적인 지원을 받으며 일을 시작했던 사회복귀 자들이 함께 한 시간이었습니다.

경수 씨는 출소예정자 취업교육에 세 번 참석했습니다. 취업교육 초기엔 수용자들이 재미없다고 참석률이 저조했었는데 어느 정도 안정이 되자 수용자들 사이에 소문이 퍼져 참석자가 늘어가고 있었습니다. 경수 씨는 조용히 앞자리에 앉아 교육을 받았고 교육 종료일 내게 개인상담을 신청했습니다. 당시 교육생은 40명쯤이었던 것으로 기억하는데 상담신청은 칠팔 명쯤 된 듯합니다. 그중 경수 씨는 50대 중반, 절도 실형전과 7범, 손가락 하나 장애, 특별한 자격증도 없고, 성격이 밝고 적극적인 이미지도 아니었습니다. 조용하고 차분한 성격에 조금은 굼떠 보이는 이미지였습니다.

범죄자라는 낙인을 가지고 있는 사람을 업체에 취업시킨다는 것은 참 부담스러운 일입니다. 취업을 시키는 사람도, 고용하는 사람도 부담스러운 건 마찬가지입니다. 최근 전국 수형자를 죄명별로 구분하면 사기·횡령, 성폭력, 절도, 살인 순입니다. 그런가 하면 여자는 사기·횡령이 절반 정도이고, 소년범들은 성범죄와 절도 비율이 높습니다. 사기 사건은 특정한 한두 명이 피해를 크게 보는 경우가 많고, 절도는 많은 사람들이 짧은 시간에 피해를 보기 때문에 특히 절도 전과가 많은 사람을 취업시킨다는 것은 쉽지 않은 일입니다.

경수 씨는 출소 후 마땅한 거처가 없어 기숙사가 있는 업체 취업을 하고 싶다고 했지만 선뜻 의뢰할 수 없어서 한참을 망설였습니다. 취업분과 회장님과 상의 후 몇 개 업체 중 경수 씨의 취업 우선 조건 중 1인실을 쓸 수 있는 기숙사가 구비된 업체 대표님께 연락을 드렸습니다. 대표님이 교도소에 오셔서 면접을 보시더니 다행히 채용하시겠다고 합니다. 경수 씨의 출소일 새벽에 취업위원님이 마중을 나오셨고, 출소 후 필수코스인 사우나에 가서 목욕재개하고 국밥 한 그릇 먹고 업체까지 동행해주셨습니다.

형기를 마치고 출소하는 날 아무도 마중 나오는 이 없는 모습에서 그동안 살아왔던 날도 앞으로 살아가야 할 날도 얼마나 외롭고 곽곽한 삶일지 엿볼 수 있습니다. 덩그러니 세상에 내동댕이쳐 버린 사회에 대한 반감으로 범죄를 되풀이할 수밖에 없을 것입니다. 아무래도 이른 새벽 출소 마중과 사우나는 그래도 여자인 내가 하기에는 부담스러워서 취업위원님 중 각자의 멘토 되시는 분들께 부탁을 드렸는데 모두 적극적으로 참여해주셨습니다. 비록 내 가족은 아니지만 서늘한 새벽에 따뜻한 두부로 마중하고 사우나에서 몸과 마음의 때를 함께 벗어줄 수 있는 누군가가 있다는 것만으로도 마음을 열고 사회의 일원이 되기 위해 한 걸음씩 뗄 수 있겠지요.

내 의지가 선하다고 해서 모든 일들이 늘 의도한 대로 되는 것은 아닙니다. 간혹 성공을 하기도 하지만 더 많은 실패를 경험했기에 바라지는 않았지만 실패는 예상됐습니다. 경수 씨가 잘 적응해주기를 원하는 내 바람과 달리 경수 씨 취업 첫날 저녁 사장님으로부터 전화가 왔습니다.

"경수 씨가 힘들어서 일 못 하겠다고 보따리 싸서 나간다고 하는데 어떻게 해요?"

"사장님, 경수 씨 당장 나가면 갈 데 없어요. 돈도 없고 가족들에게도 갈 수 없는데 이대로 나가면 또 다른 사람들에게 피해를 주게 돼요. 잘 달래서 일주일만 버티게 해주세요."

경수 씨는 사업에 실패하고 이혼한 다음 집을 나와 오랜 시간 여기저기 무전취식하며 지내다 보니 오랜만에 하게 된 육체노동이 버거웠던 것입니다. 그래서 갈 곳도 없으면서 그냥 무작정 가겠다고 나선 것입니다. 다음 날 또 일을 못 하겠다는 경수 씨를 사장님이 어르고 달래서 일주일을 넘겼습니다. 내 전략은 성공했습니다.

"주임님, 어쩔 수 없이 여기 있기로 했어요. 대신 기숙사에 없는 게 너무 많아요. 월급 타려면 아직 한 달이나 남았고, 출소할 때 지원해 주신 교통비도 얼마 남지 않았고, 일 끝나고 심심한데 텔레비전이나 라디오도 없고, 더운데 선풍기도 없어요."

마침 낡은 텔레비전은 우리 집에 있었고, 취업분과에서 선풍기와 세면도구, 여벌 옷 등을 지원해주셨습니다.

한 달쯤 지났을 무렵 경수 씨로부터 전화가 왔습니다.

"주임님, 저 월급 받았습니다. 얼마 안 되지만 제가 땀 흘려 번 돈입니다. 너무 뿌듯합니다. 고맙습니다."

"잘하셨어요. 첫 월급 받은 건 어떻게 쓰고 싶으세요?"

"사실은 우리 딸이 고등학생이에요. 와이프가 혼자 키우고 있는데 딸 학비로 보내주고 싶어요."

경수 씨는 그동안 여기저기 떠돌아다니면서도 가족들의 동향을 살피고 있었습니다. 그래서 자신이 땀 흘려 번 당당한 돈은 가족을 위해 쓰고 싶었던 것입니다. 그 후 경수 씨는 신이 나서 일을 했습니다. 사회구성원이 되었고, 아버지가 되어 그동안 돌보지 못했던 가족들에게 조금이나마 보탬이 된다는 생각에 당당해지기 시작했습니다. 경수 씨는 그때부터 외식 절대 금지, 교통비 절약, 야간작업 지원을 통해 돈을 모으기 시작했습니다. 그렇게 모은 돈을 딸에게 보내는 재미, 그동안 못 했던 아빠 역할을 하면서 경수 씨는 자신감이 생기기 시작했고 그 자신감은 업무에도 신바람을 불러일으켜 점점 성장했습니다.

그해 연말 경수 씨에게서 한 통의 연하장을 받았습니다.

좋은 한 해로 마무리 지을 수 있도록 도와주신 장 주임님 감사합니다.

좋은 쪽보다는 항상 나쁜 쪽으로, 비관적인 사고방식으로 세상을 보아 왔었는데 이렇게 좋은 분들을 만나고 나서 함께 어울리는 세상을 살아갈 수 있도록 도와주신 은혜 거듭 감사드립니다. 소원하시는 모든 소망 이루시길 빌겠습니다.

2010. 12. 30. 김경수 드림

경수 씨가 그 업체에서 어느 정도 자리를 잡고 난 이후 살인미수로 전자발찌를 부착한 출소자를 보내고, 강도살인으로 무기징역에서 감형이 되어 가석방된 출소자를 보냈을 때에도 경수 씨는 자신이 먼저 겪었던 애로사항을 잘 알기에 웬만한 부분은 직접 챙겨주고 자신의 힘만으로 버거운 때는 내게 연락을 하곤 했습니다.

자기가 감기가 걸려 아프면 나더러 감기 조심하라고 했고, 외롭고 힘들 때면 나를 위로하는 척하며 자신이 위로받고 싶어 했습니다. 그렇게 일 년이 지나고 이 년이 지날 무렵 업체 대표님으로부터 연락이 왔습니다. 경수 씨가 퇴사를 한다는 것이었습니다. 무슨 안 좋은 일이라도 있었나 걱정하는 내게 그동안 경수 씨가 너무 잘 해서 몇 사람이 모여서 그 회사의 하청업체를 준비해서 나가게 되었다고 전해주셨습니다. 참 감사한 일이었습니다.

십여 년이 지난 지금도 가끔 경수 씨의 카톡 프로필을 확인해봅니다. 어느 때는 들에서 평화를 즐기는 모습이 보이기도 하고, 때로는 멋진 신사복을 입고 있는 사진이 올라와 있기도 합니다. 최근 그의 카톡 프로필은 어느 아파트 사진입니다. 프로필 상태 메시지는 '00가 살고 있는 집'이었습니다. 딸이 살고 있는 아파트인가 봅니다. 경수 씨는 그 집에 들어가서 함께하지 못하고 아직 딸과 아내의 주변에 있는 듯합니다. 언젠가는 가족과 함께 웃는 모습이 경수 씨의 카톡 프로필에 올라오겠죠?

↖↖↖
마중물

주임님, 안녕하세요.

2014년 마지막 날인데 많이 추워요. 감기에 걸리신 건 아니죠? 저는 매일 출근, 아니 출장 다니는 기분으로 열심히 잘 다니고 있습니다. 출근 첫날 사장님께서 방을 보러가라 하셔서 회사 바로 길 건너편에 있는 원룸을 보고 왔어요. 월세는 제가 내고 보증금을 지원해주시겠다고요. 너무 갑작스러워 사장님께 저 좀 지켜보시고 결정하시라고 감히 말씀드렸어요. 그래서 이르 면 1월 초쯤 이사를 할 수도 있을 듯해요.

주임님, 저는요, 요즘은 제 주변에 '천사'들만 존재하는 것 같 아 너무나 행복해요. 누구 하나 너 나 할 것 없이 모두들 도와 주려 하고 도움 주시고. 체감을 하면서도 믿어지지가 않아요. 이 모든 게 마술인 거 같아 자고 일어나면 깨는 꿈 같아요. 이렇게 들뜬 마음으로 실수하지 않고 도와주신 분들께 누가 되지 않도록 열심히 생활할게요.

새해에는 더 많이 열심히 잘 하겠습니다. 주임님도 항상 지금 같은 모습으로 늘 건강하셔야 해요. 꼭 좋은 모습으로 찾아뵐게요. 항상 오래오래 함께 계셔주세요. 제가 주임님께서 베풀어주신 마음에 꼭 보답드릴 수 있게요.

새해에도 건강하시고 지금처럼 멋진 모습 간직하시고요. 복 많이 받으세요. 정말 감사합니다.

2014. 12. 31. 찬미 드림

찬미는 미결수용동에서도 눈에 띄지 않게 조용히 지냈습니다. 담당근무자였던 나는 그녀가 접견을 자주 오지 않는다는 것과 가끔 창밖을 내다보며 훌쩍거린다는 것은 알았지만 미결 여자수용자들에게 특별하지 않은 모습이었기에 다른 근무자들에게 찬미는 평범한 수용자의 한 사람이었습니다. 그러던 그녀에게 수용동 청소부를 하라고 했더니 망설입니다. 그런 찬미에게 담당자인 나와 언니 청소부들의 설득으로 작업이 시작되었습니다. 언니 청소부들은 찬미를 친동생처럼 챙겨주었고, 또래 청소부들은 찬미에게 웃음을 선물하기도 하고 힘든 일도 도와가며 그렇게 잘 지냈습니다. 교도소 생활에 오순도순이나 평화라는 단어는 어울리지 않는 듯하지만 돌아보면 그때가 담당 교도관과 수용동청소부 그리고 수용자들이 참 잘 지냈던 시간이었던 것 같습니다.

그러던 중 내 임기가 끝나 근무지가 바뀌었고, 갑자기 찬미가 여자교도소로 이송을 가게 되었다는 소식을 접했습니다. 전혀 예상하지 못했던 일이었습니다. 대부분 소 내에서 청소부로 지정이 되면 다른 기관으로 이송을 보내지는 않는데 무언가 착오가 생겼나 봅니다. 어찌 됐든 이미 결정된 상태라 아쉽지만 이송을 보낼 수밖에 없었습니다.

그렇게 찬미를 보내고 일주일쯤 지났을까요? 함께 여소로 이송 간 주현이가 내게 편지를 보냈습니다. 편지의 주요 내용은 이랬습니다. '찬미가 이송 온 다음 밥도 안 먹고 매일 울기만 해요. 이러다 무슨 일 날 것 같아요, 주임님 도와주세요.' 수용자들에겐 작은 수용거실이 그들의 세상이나 마찬가지여서 같은 교도소 수용동에 있으면서 수용거실만 바뀌어도 적응하기 힘들어하는 경우가 있는데 꿈에도 생각해본 적 없는 여자교도소까지 이송을 갔으니 얼마나 두렵고 힘들었을까. 그래도 어느 정도 시간이 지나면 수용할 수밖에 없음을 인지하고 받아들이거나 싸우거나 둘 중 하나인데 어쩌자고 찬미는 그렇게 울고만 있는지……

여자교도소는 형기가 긴 수형자가 대부분입니다. 그런 분위기에 형기도 짧고 영치금과 접견이 거의 없는 찬미는 같은 방 장기수들에게는 그다지 반갑지 않은 존재였습니다. 거기에 눈치가 빠른 것도 아니고, 얌전하고 두려움이 많아 놀리면 눈 동그랗게 뜨고 당황하는 모습들은 장기수들의 놀림감으로 적격인 것입니다. 그런 수용동 생활이 눈에 선해서 그냥 적응하기까지 기다리고만 있을 수는 없어 여자교도소에 근무하시는 선배님께 지원사격을 부탁드렸습니다. 역시 멋진 선배님은 찬미를 불러 따뜻한 차와 상담으로 위로하고 다독여 주었고 그 응원 덕에 남은 수용생활은 물론 바리스타 직업훈련과정까지 무사히 마치고 가석방 출소를 하게 되었습니다.

많은 사람들은 당장 교도소만 나가면 무엇이든 해 먹고 살 수 있을 것이라 생각합니다. 하지만 세상일이라는 게 생각대로만 되는 것은 아닙니다. 출소 후 이모네 집에서 거주하면서 여기저기 일자리를 알아보고 아르바이트를 해서 자리 잡으면 독립하려던 찬미의 계획은 걸림돌이 너무 많았습니다. 그럼에도 찬미는 힘들면 힘들다고, 괜찮으면 괜찮다고 연락을 했고, 다양한 아르바이트를 경험하며 일자리들을 알아보고 있었습니다.

그러던 중 아는 분께 부탁해놨던 일자리가 연결이 되었습니다. 그런데 찬미가 살고 있는 곳에서 경기도 광주까지는 너무 멀었습니다. 그러나 찬미는 매일 출장 거리를 왕복하며 그저 고정된 일자리가 생겼다는 것만으로도 감사하며 열심히 일했습니다. 매일 장거리 출퇴근을 감내하고 있던 그녀에게 사장님께서 원룸 보증금을 지원해주기로 하셨답니다. 얼마나 감사한 일인지……. 가까운 거리에서 출퇴근할 수 있게 된 찬미는 정말 열심히 일했습니다. 축산가공 업계는 구제역 등 환경에 민감했고, 동료 외국인 근로자들은 거칠고 대화가 어려웠지만 힘든 시간들마다 출소 후 일자리를 구하지 못해 힘들었던 시간들을 생각하며 버텨냈습니다.

또 그동안 찬미에게 힘이 되었던 이들이 있었습니다. 자신이 입소 전 자식처럼 돌보았던 유기견들과 그 유기견을 맡아 돌봐주는 분과 교도소 청소부 동기들이었습니다. 이들은 자기들끼리 몰래몰래 연락을 하며 지내다 찬미가 취업 후 나와 약속을 잡고 나니 다른 언니들도 보고 싶어 하는데 함께 가도 되는지 조심스레 묻습니다. 우리는 그날 인사동 골방에서 출소 후 근황과 감방 안에서의 일상들로 수다를 멈출 수 없었습니다. 그 당시 힘들었던 일, 웃겼던 일 등 누구에게도 말할 수 없는 우리들만의 이야기를 나누며 스트레스를 해소했습니다. 그렇게 몇 번 만난 후 어느 날 우리는 소풍을 기획했습니다. 당시 일과 공부를 병행하며 시간이 넉넉지 못한 나를 배려해서 우리 집 주변으로 오겠다고 해서 우리 동네 마장저수지 소풍과 장욱진미술관 특강과 관람으로 일정을 준비했습니다. 이들에게 야외소풍은 좋지만 미술관 관람과 강의는 한 번도 경험해보지 못했던 일이었음에도 그저 함께할 수 있다는 것만으로도 달려왔습니다.

그날은 우리의 첫 소풍이기도 하고 또 특별한 날이었습니다. 그동안 나를 포함한 네 식구에서 한 식구가 늘었어요. 나를 참 좋아했던 미숙이가 왔습니다. 그날 저수지에서 미숙이와 나눈 따뜻한 포옹과 미숙이의 눈물은 지금도 생각하면 뭉클합니다. 오랜 시간 재판과 다른 동료 수용자들의 시샘, 자신의 수용생활로 인한 가족들의 고충들이 회한처럼 느껴셨습니다. 그 눈물도 언제였냐는 듯 저수지 옆 숲 그늘 한쪽은 여인들의 웃음소리와 맛난 수다가 가득했습니다. 과일과 음료를 준비한 찬미, 직접 농사지은 쌈야채와 밑반찬을 준비한 미숙이, 정성껏 도시락을 만들어온 큰언니, 미싱을 배워 각양각색의 파우치를 만들어 온 수영 …… 참 푸짐하고 행복했습니다.

그날 이후 우리는 '마중물'이라는 단톡방을 만들었습니다. 처음 그 방을 만들 때는 내가 힘든 그녀들에게 한 바가지의 물이라 생각하고 마중물이라 이름 지었는데 시간이 지나면서 깨닫게 되었습니다. 공황장애를 딛고 자신의 전과가 들통날까 봐 두려워 정식 취업 대신 힘든 아르바이트를 하고 있는 미숙이, 교도소에서도 온갖 돌아이들 뒷수발을 해주었고 이제는 요양보호사가 되어 구순이 넘는 원로음악가의 치매를 돌보고 있는 큰언니, 미싱을 배우면서 학습지교사로 다시 본래의 학원 강사로 돌아간 수영이, 이제는 어엿한 과장으로 승진해서 제법 목소리를 키우고 있는 찬미 …… 이 여인들이 오히려 지쳐가는 내게 일의 의미를 느끼게 해주고, 큰 힘이 되는 마중물이 되어주고 있었습니다.

지난 가을 학위논문 마무리에 정신없는데 찬미에게 전화가 왔습니다. 마중물 식구들이 너무 보고 싶어 한다고, 그리고 인사드릴 사람이 있다고……. '누군지 모르지만 너무 바빠 너희끼리 만나 인사하라'고 했더니, '인사시킬 사람은 결혼할 사람인데 가장 힘든 때 도와주신 분이라 꼭 계장님께 먼저 인사드리고 싶어 한다'고 했습니다. 결국 우리 집 근처 음식점을 예약해놓고 찬미를 위해, 아니 찬미의 허물을 알고도 보듬어준 그 남자를 위해 꽃다발을 준비했습니다. 다행히 그 남자는 마중물 식구들은 물론 찬미의 가장 아픈 시간들까지 따뜻하게 보듬어주고 있었습니다.

며칠 전 찬미의 집들이를 위해 화성까지 달려갔습니다. 찬미가 교도소에 있는 동안 유기견들을 돌봐주었던 그 남자가 이제는 찬미의 배우자가 되었고, 함께 유기견들을 돌보기 위해 시골집으로 이사를 했습니다. 십 년이 넘어 노쇠한 희동이와 다른 유기견들을 정말 자신들의 아이들처럼 돌보며 또 서로를 이해하고 보듬어 주는 모습이 너무 감사했습니다. 우리 마중물 식구들을 위해 정성껏 고기를 구워주던 희동이 아빠도 언젠가부터 우리 마중물 식구가 되어가고 있었습니다. 아직도 아내를 세상에 내놓기 어려워하는 큰언니와 미숙이의 남편도 출소자들끼리 모여서 이상한 짓을 하는 게 아니라 우리가 함께 서로를 의지하고 응원해주는 존재들임을 알고 모임에 적극적으로 참여할 수 있도록 지지해주고 있습니다.

나는 여전히 교도관이랍시고 예전에 했던 것처럼 마중물 식구들에게 상의영상 링크를 보내기도 하고, 책을 읽은 후 감상문을 제출하라며 잔소리도 합니다. 이제는 출소했다고 과제를 안 하기도 하고 내 카톡을 무시하기도 하지만 그 방에서는 서로가 위로가 되고 힘이 됩니다. 한편 아프고 힘들었던 시간들을 이제는 잊고 가족과 사회에 적응해 가는 마중물 식구들에게 나라는 존재, 마중물이라는 모임이 오히려 지우고 싶은 과거를 생각나게 하는 것은 아닌지 염려스러웠습니다. '계장님이 계셔서 우리가 좀 더 편히 돈 벌 수 있는 범죄의 유혹을 이겨내고 있다'고 합니다. 고맙습니다. 이제는 내가 이 여인들의 마중물이 아니라 이 여인들이 내게 또 힘을 낼 수 있는 이유가 되고 있습니다.

희망이 절벽

나는 참 많은 시간을 담장 안에서 보내고 있습니다. 이 안에서 만나는 많은 여인들 중 아픈 손가락 같은 몇 사람이 있습니다. 그중 특별한 기억으로 남아 있는 사람…….

경선 씨는 담 안에서 두 번 만났습니다. 참 아담하고 여성스러운 천생 여자 같은 여자였습니다. 나처럼 투박하고 강한 이미지가 아닌 작고 아담한 키에 긴 머리를 곱게 틀어 올리고 얼굴엔 조용하고 따뜻한 미소가 있어 누군가에게 첫사랑 같은 그리움을 느끼게 하는 그런 모습이었습니다. 수용생활도 조용조용하고 깔끔하고 정성스럽다는 표현이 어울릴 듯한 그런 사람. 내 기억엔 그녀를 찾아오는 가족은 없었지만, 수용생활이 한참 지난 후에는 출소한 이들 중 한둘이 그녀를 찾아오기도 했었던 것 같습니다. 몇 살 때인가 외국으로 가서 그쪽에서 결혼을 했었다고 들은 것 같고 자녀들이나 형제자매, 부모님에 대한 이야기는 듣지 못했습니다.

늘 수용생활에서 솔선수범하며 정리정돈을 잘하던 그녀는 많은 직원들의 눈에 띄었고, 수용동 청소부로 선정되었습니다. 수용동 청소부들은 직원들과 수용자들의 사이에서 중간 역할을 한다고 해야 할까요? 때로는 수용자들을 대변하기도 하고, 때로는 직원들을 도와 여러 가지 잡다한 일을 보조하기도 합니다. 주 임무는 청소와 수용자 식사 배식입니다. 그런 사소한 일 하나하나도 참 곱게, 조신하게 일을 잘해서 많은 직원늘에게 신뢰를 받고 있었습니다.

예전엔 직원들의 침구세탁이나 숙소청소 등을 위해 섬유유연제를 사용하면 마지막 헹굼 처리를 하고 나서 그 물을 화장실 청소에 재활용하고, 버리는 과일껍질 하나도 생활의 지혜처럼 요긴하게 활용하곤 했습니다. 직원들 세면장이나 화장실을 청소할 때도 직접 손걸레로 화장실 바닥까지 정성스럽게 닦곤 했습니다.

어찌 감동하지 않겠습니까. 그렇게 직원들의 신뢰를 한 몸에 받던 그녀도 수용자이기 이전에 여자였습니다. 청소하는 중 직원들이 사용하는 화장품을 조금씩 바르게 되었고, 그 사실이 적발되어 작업이 취소되었습니다. 다른 누구보다 경선 씨를 더 많이 믿고 있던 나는 너무 안타까웠습니다. 그런 내 마음을 경선 씨도 잘 알기에 내게 얼굴을 들지 못했습니다. 그러다 며칠 후 내가 근무하는 날 노란 꽃 편지지를 만들어 자신의 미안한 마음을 담은 편지를 슬그머니 내밀었습니다.

그러다 형기를 마치고 출소했고, 어디선가 잘 살길 기도했었는데 6년 후 다시 담 안에서 보게 되었습니다. 이런 일이 없었으면 좋았을 텐데……. 다행히 출소 후 다시 범행을 저지른 것이 아니라 이전 사건에서 누락된 부분이 있어 몇 개월을 생활하다 출소하게 되었습니다. 출소 후 좋은 사람 만나서 정착한다는 소식이 왔습니다.

그즈음 경북을 방문할 예정이라고 했더니 그곳에 남편과 함께 찾아왔습니다. 남편은 외로운 아내에게 지인이 있다는 사실만으로도 반갑게 맞이해주었고, 나 역시 외로운 그녀를 보듬어줄 사람이 생겼다는 것만으로도 감사해서 남편분께 고맙다는 인사를 하고 싶었는데 오히려 내가 선물을 받게 되었습니다.

명절 때 찾아갈 친정도, 힘들 때 하소연할 가족도 없는 그녀가 자신이 아무리 맛있는 음식을 만들어도 보낼 곳이 없다는 헛헛함과 외로움은 경선 씨를 쓸쓸하게 했습니다. 고민 끝에 고가의 제품이 아니라 소소한 마음의 선물은 받아주겠다고 했더니 그 말이 너무 감사하답니다. 자신이 보내는 것들이 부담이 아니라 편안한 선물로 받아준다는 것은 자신을 출소자가 아니라 한 사람으로 받아들여주는 의미이기에……

가끔 경선 씨는 주변 과수원에서 낙과를 주워 보내기도 하고, 들녘에서 감국을 따서 국화차를 만들거나 우엉차를 만들어 보내기도 합니다. 늘 받기만 한 내가 그녀를 위해 어떤 선물을 할까 고민하다 작은 꽃수반과 책을 생각했습니다. 한적한 시골 음식점 식탁에 낮은 꽃수반에 들꽃 한 송이 꽂혀 있다면 그 식탁을 준비하는 주인의 마음도, 음식을 먹으러 오는 손님도 행복하지 않을까 생각하면서……. 손님을 기다리며 책을 보는 중년의 그녀는 참 고울 듯합니다.

또 한 여인은 우리 직원식당 반장이었던 민정 씨입니다. 신입자 대기실 앞 의자에 누군가 앉아 있었습니다. 힐끗 쳐다보고 지나다가 다시 고개를 돌렸습니다. 이게 무슨 일입니까? 오래전 정말 내가 마음을 주었고 진심으로 잘 살길 기도했고 또 잘 살고 있을 거라 믿었던 민정 씨가 신입자 대기실에 앉아 고개를 숙이고 있었습니다.

그런 그녀에게 나는 한마디 했습니다.

"앞으로 나보고 알은체하지 말아요."

그 한마디는 내 기대를 져버린 민정 씨가 야속해서 한 말이었지만 민정 씨에게는 비수가 되었습니다.

민정 씨가 처음 구속되었을 때 어찌나 성실히 일을 했던지 정말 모든 직원들이 그녀를 좋아했고, 인정했었습니다. 비록 죄명은 마땅치 않았지만 '먹고살다 보니 그런 일을 했었구나' 하며 감싸주는 분위기였습니다. 민정 씨의 육중한 몸은 땀이 마를 날이 없었고, 일을 마치고 방에 들어가서는 요리책을 보며 메뉴와 조리법을 연구했습니다. 그런 민정 씨를 모든 직원들이 고마워하며 응원했습니다.

당시 직원식당 근무를 맡았던 나와 민정 씨를 비롯한 직원식당 출역 수용자들은 점심 배식을 마치고 저녁 식사 준비가 끝나면 뒤껼에 조그만 의자들을 배열하여 쪼그리고 앉아 커피타임을 즐겼습니다. 커피타임의 주제는 서로의 가족들이 되기도 하고, 유행하는 드라마가 되기도 하고, 때론 민정 씨의 멋들어진 노래를 감상하는 시간이 되기도 했습니다. 그런 민정 씨의 소원은 출소 후 나와 함께 노래방에 가는 것이었습니다. 그렇게 서로가 신뢰하며 지냈었는데, 출소 후 오년 정도 되었을 즈음에 다시 교도소에서 만나게 되다니요.

민정 씨 역시 다시 구속될 때 얼마나 비참했을까요. 그럼에도 불구하고 다른 사람은 몰라도 딱 한 사람은 자기를 위로해주리라 생각했는데 그 한 사람에게 너무도 날카로운 비수를 맞은 것입니다. 상처를 주는 사람도 상처를 받는 사람도 아프긴 매한가지입니다. 그녀의 재판과정과 이송과정을 지켜보는 내게 그녀는 이송을 가서야 편지를 보냈습니다. 많이 힘들었다고, 수치스러웠다고, 다시는 교도소에 가지 않겠다고, 혀를 깨물고 죽는 한이 있더라도 다시는 교도소에 들어가는 일이 없도록 하겠다고……. 그러다 다시 의정부로 이송을 오게 되었고, 비록 그녀의 전과가 불편하기는 했지만 그녀의 요리솜씨와 성실함으로 다시 직원식당을 맡게 되었습니다. 역시나 직원들에 대한 정성과 음식 솜씨는 여전했습니다.

난 가끔 민정 씨가 해주던 해물찜이 그리웠고, 전체 배식용 동태찌개를 끓이기 위해 남은 내장이나 부속들로 끓이던 잡탕 찌개도 그리웠습니다. 그러던 중 경기남부에 조그만 음식점을 차렸다는 소식을 들었습니다. 그녀의 손맛을 잊지 못하던 나는 그 맛을 찾아 나섰고 민정 씨 덕분에 오랜만에 맛난 해물찜을 먹을 수 있었습니다.

그때 출소 후 화장품 판매를 하고, 다단계 판매일도 해보고 여러 가지 별의별 일을 다 하다가 인제야 음식점을 하게 되었다고. 그때 내가 던진 비수는 어떤 일이 있더라도 교도소에 가지 않겠다는 기도 제목이 되었다고, 그러기 위해 어느 정도 사람들과 친해지면 자기가 출소자임을 공개한다고 했습니다. 그럼에도 불구하고 이해해주는 이들이 늘었다고 했습니다. 몇 해 전에는 둘이 노래방에 가서 신나게 노래도 불렀습니다. 만만치 않은 내 덩치를 더 큰 덩치인 그녀가 업어주고 안아주며 함께 울고 또 기도했습니다. 앞으론 절대 담 안에서 만나지 말자고……

언젠가 직장 동료들과 야외 음악회를 하는 카페에 저녁을 먹으러 간 적이 있었습니다. 야생화와 다양한 전시회와 음악회가 열리곤 하여 즐겨 찾는 곳이었습니다. 주인장께서는 그날 열릴 음악회를 소개하면서 많은 박수를 부탁하셨습니다. 그날 노래와 연주를 하던 이들은 나이가 지긋한 아마추어들이었지만 실력이 예사롭지 않았고 외적으로 풍기는 느낌도 중후했습니다. 은근 멋진 중년의 삶을 부러워하며 감상하는데 일행 중 누군가 한마디 던집니다.

"저 사람 어디서 본 것 같지 않아. 낯이 익네."

"우리가 저런 멋진 중년들을 어찌 알겠어?"

"그렇겠지? 그냥 닮은 사람이겠지."

그렇게 연주를 듣고 저녁을 먹고 돌아오다가 일행 중 누군가 그녀가 누구인지 생각이 났다는 것이었습니다. 우리가 멋있게 보았던 그녀는 아주 오래전 우리 수용동 청소부였습니다. 나는 당시 민원실에서 근무를 했었기에 정확하게 기억나지 않지만 그 얘길 들은 나머지 일행은 모두 공감했습니다. 어쩐지 낯이 익더라며……

그녀는 사업을 하다가 부정수표단속법위반으로 구속이

되었었고, 형기를 마치고 출소 후 재기에 성공하여 여유로운 생활을 하고 있었던 것입니다. 한때 잘못으로 교도소를 다녀온 전과자라는 생각에서 그치지 않고 그 기간을 만회할 수 있도록 노력하여 안정된 삶과 나누는 삶을 살고 있었던 것입니다.

누구에게나 뜻하지 않은 위기는 닥칠 수도 있겠지요. 그때 위기를 어떻게 받아들이고 이겨내느냐가 중요하다는 생각입니다. 각자의 환경, 각자의 위치에서 고개 한번 돌려 긍정적인 방향으로 접근한다면 어떨까 합니다. 대부분 생각하는 교도소는 절망의 공간이지만 또 누군가에게는 저 깊은 수렁에서 오히려 희망이라는 빛줄기를 볼 수 있는 기회가 되기도 합니다. 우리 모두 김승희 시인님이 말씀하신 가장 낮은 곳에서도 사랑의 불을 꺼뜨리지 않고 희망을 가지고 '그래도라는 섬'을 하나씩 갖고 살았으면 좋겠습니다.

⌐⌐⌐
이번이
진짜 마지막

아는 언니로부터 전화가 왔습니다.

"선숙아, 나 좀 도와줄 수 있어?"

"네. 제가 도와드릴 수 있는 일이라면요."

"정말 창피해서 여러 번 망설이다가 용기 내서 너한테 부탁하는 거야."

"네. 말씀하세요."

그 언니는 결혼해서 시댁식구들과 함께 살았습니다. 시부모님, 시누이가 모두 한동네에서 지내는데 시동생은 어쩌다 잠깐 보였는가 하면 또 사라지고, 가족들 간에 시동생에 대한 얘기만 나오면 어색한 침묵이 흐르곤 했었다고 합니다. 당시는 당장 아이들 키우며 먹고살기 바빠서 간간이 오는 시동생까지 챙길 여유가 없어 오면 오나 보다, 가면 가나 보다 생각했는데 어느 날 우연히 가족들의 어색한 침묵의 비밀을 알게 되었답니다. 시동생이 또 교도소에 갔다는 것이었습니다.

사연인즉 평범한 가정에서 자란 시동생이 군대 갈 즈음 삼청교육대에 다녀온 후로 도무지 사회에 적응하지 못하고 사고를 치고 다녔다고 합니다. 그래서 수시로 교도소를 드나들었기에 형기를 마치면 한두 번 얼굴을 보이고 또 그러다 안 보이면 교도소에 가 있는 시간의 반복이었던 것이었습니다. 그 언니는 이번에야 시동생의 구속사실을 알게 되었습니다. 그 사실을 몰랐을 때는 모른다는 이유로 지나칠 수 있었지만 그 사실을 알고 나니 큰 고민이 되어 나에게 연락하게 되었다고 합니다.

그 언니와 나는 합심하여 작품을 하나 만들어보자고 했습니다. 그동안 시댁식구들에게 아픈 생인손을 치유하기 위해 계획을 세우고 하나씩 시작해보기로 했습니다. 마침 그 언니의 시동생이 수용된 곳에는 내가 잘 아는 분이 보안과장으로 계셔서 이러저러한 사정을 말씀드리고 이번엔 속 차릴 수 있도록 도움을 요청했습니다. 그분 역시 신앙심이 깊고 수용자에 대한 애정이 특별하신 분이었기에 어찌 보면 그때가 가장 적당한 시기가 될 수도 있었습니다. 시동생이 한 살이라도 덜 먹었을 때, 가족들이 마음을 모으고 수용자와 가족들이 의지가 있을 때 기관에서 함께 하면 한결 수월하게 사회복귀가 가능하기 때문입니다.

교도관의 입장에서 보면 시동생은 절도 전과가 많은 사람이었고, 그렇다고 성깔이 못되거나 꼴통도 아니어서 한꺼번에 많은 인원을 관리해야 하는 교도관들에게 특별한 존재는 아닐 것이었습니다. 그런데 그 평범하고 특별하지 않은 수용자에게 뜻밖에 많은 이들의 관심이 집중되었습니다. 보안과장이 휴일날 직접 상담을 해주고 관심을 가졌으니 담당 근무자들도 관심을 가질 수밖에 없었습니다. 이번이 마지막이라는 생각에 출소해서 하고 싶은 일이 무엇인지 생각해보고 관련된 직업훈련을 배우기 위해 한식조리사 과정을 지원하여 훈련생으로 선정되었고 자격증을 취득하여 출소했습니다.

그동안 며느리에게 흉이 될까 봐 쉬쉬하던 작은아들의 부끄러운 사정을 알고 지인들까지 동원해서 적극적으로 도와준 큰며느리에 대한 가족들의 감사의 마음은 대단했습니다. 그 마음들을 모아 실질적이고 경제적인 힘이 되어주기로 했습니다. 십시일반 형제들의 지원으로 동네에 조그만 음식점을 차렸습니다. 무더운 여름 땀을 뻘뻘 흘리며 가마솥에서 토종닭을 삶아내는 모습이 내가 본 시동생의 첫 모습이었습니다. 푹푹 찌는 날씨만으로도 더워서 숨 쉬기조차 힘든데

가마솥에서 뜨거운 닭을 삶아내며 비지땀을 흘리고 있었습니다. 그렇게 더운데 상체에 문신들로 손님들께 불편함을 끼칠까 봐 그 더운 날도 긴 옷을 벗지 못한 채……

그동안 무위도식하던 습관, 그리고 불규칙하며 안일하게 산 시간이 길어서인지, 첫 장사여서 노하우가 부족했던 때문이었는지, 동네 장사라 손님들이 많지 않아서였는지 음식점 운영은 생각보다 오래가지 못했습니다. 모처럼 자신도 큰맘 먹고, 가족들도 모두 합심해서 시작했는데 실패해서 오히려 절망하는 것은 아닌지 염려되었습니다. 음식점 문을 닫았지만 다행스럽게 시동생의 마음에 가족들에 대한 고마움과 자신에 대한 믿음과 희망의 싹이 피어나고 있었습니다. 자기가 잘할 수 있는 다른 길을 적극적으로 찾아보기 시작했습니다.

다행히 형님이 소유하고 있던 자그마한 땅을 빌려 일명 자원재활용사업이라는 고물상을 시작했습니다. 자재 등을 절취해서 부당한 이익을 주로 취했던 자신의 오랜 범행 경험의 강점을 살릴 수 있는 일이기도 했습니다. 다행히 건강한 육체가 뒷받침되었고, 내성적인 성격에 서비스업을 하며 손님들을 싹싹하게 응대하기 어려웠던 것보다는 한결 부담 없이 잘할 수 있는 일이었던 것입니다.

다행히 고물상은 조금씩 자리가 잡혀갔고, 지인의 소개로 비록 이혼 경험은 있지만 참한 중국 한족 여인을 소개받았습니다. 작은 상처가 있었던 그 여인은 또 부족함이 있는 이 시동생을 감싸 안아주었고, 비록 세상에 널리 알릴 정도의 결혼은 아니었지만 가족들의 축하 속에 결혼식을 치르게 되었습니다. 물론 나도 하객으로 참석하여 부모님과 가족들의 감사인사를 받았습니다. 그 후 아내와 함께 고물상을 성실히 운영하며 아이를 낳았고, 그 아내 역시 시댁식구들은 물론 형수님께는 지극정성이랍니다. 이 얼마나 감사한 일인가요.

십여 년 전 취업담당을 할 때 만나 창업을 지원해주었던 상수 씨가 생각납니다. 어린 시절부터 소년원을 드나들었고, 성인이 되어서는 여러 차례 교도소를 드나들었다고 했습니다. 당시 그는 직업훈련생으로 기독교 집회 총무를 맡고 있었습니다.

상수 씨의 전과가 적지 않아 그다지 깊은 신뢰감이 생기지는 않았지만 한 사람이라도 사회복귀를 시키겠다는 열망으로 출소 후 창업을 하겠다는 그를 적극 지원하기로 했습니다. 소 내에서 진행하는 창업아이템경진대회, 소자본 창업교육 등 창업에 관련된 행사에 참여시키고 관련 자료들을 제공해주기도 했습니다. 다행히 상수 씨 역시 스펀지가 물을 빨아들이듯 온몸으로 흡수했습니다.

상수 씨는 마지막으로 한 번만 믿어달라고 했습니다. 나에게도 그랬고, 아직 기다려주는 아내에게도 그랬습니다. 그래서 교육수료증과 아이템경진대회 상장 등으로 아내를 달래고 애원하고 있었습니다. 이제는 절대 사고 치지 않고 성실하게 잘 살겠노라고 했습니다. 그래서 나도 상수 씨를 접견 온 아내를 만나 함께 응원해주기로 마음을 모았습니다.

출소자와 살해 피해자 가족의 창업을 지원하는 천주교 사회교정사목위원회에서 운영하는 '기쁨과 희망은행'에 창업 지원을 요청했으나 상수 씨의 이력과 신용상태로는 창업지원이 곤란하다고 했습니다. 기쁨과 희망은행 본부장님은 내가 보증을 서준다면 고려해보겠다고 하셨습니다. 보증이라는 말에 망설였지만 한번 믿어주기로 한 거니까 기꺼이 보증을 서겠다고 했더니 다행스럽게 창업지원을 해주셨습니다.

상수 씨는 그야말로 바닥부터 시작한다는 마음으로 이삿짐센터 분점을 운영하며 몸이 부서져라 일했습니다. 이제 막 대학을 진학한 딸들에게 당당한 아빠가 되기 위해, 그토록 오랜 시간 기다려준 아내를 위해 열심히 했습니다. 그런 노력과 땀의 대가로 이제는 어엿한 자기만의 이사 브랜드를 만들어서 직원들을 고용한 기업인이 되었습니다.

서울에서 출소예정자를 대상으로 한 석방예정자 교육에 사회복귀 사례교육을 부탁했더니 흔쾌히 달려왔습니다. 그의 강연 내용 중 몇 마디가 생각납니다.

아주 어렸을 때부터 즐겨 드나들던 곳이라 마치 이곳이 친정 같다고, 그런데 이삼십 년을 교도소를 드나들다가 오십이 다 되어서야 정신을 차렸다고, 마지막이라고 도움을 요청할 때 누구도 믿어주지 않았는데 그래도 그때 믿어주셨던 분들이 있어 지금의 자신이 있게 되었다고, 지금 자기는 출소 전에 정말 믿어주셨던 목사님이 교도소 사역을 위해 오실 때 간식을 지원하겠다던 그 다짐을 지키기 위해 노력하고 있고, 신용불량으로 창업지원이 안 될 때 선뜻 보증을 서주신다던 계장님께 다시는 담 안에서 만나지 않겠다는 약속과 힘든 시간 믿고 기다려준 가족들 덕분에 지금 이 자리에 설 수 있었다고 했습니다.

또 자신이 바뀌니까 자기 주변의 사람들이 바뀌고 자기를 대하는 사람들의 대접이 달라졌다고, 그동안은 교도소에서 빵잽이, 양아치 취급을 받았었는데 이제는 당당히 교정참여인사로서, 기업 대표로서 대접받고 있다고, 여러분들도 누군가 도와주려고 할 때 주저하지 말고 다가가서 손을 잡고 기회로 삼아 노력해보라고도 했습니다.

혹시 주변에 혼자 딛고 일어서길 힘들어하는 이들이 있을지도 모릅니다. 그들은 넘어진 김에 그냥 쓰러져 버리고 싶을지도 모릅니다. 그때 혼자서는 일어서기 힘들지만 누군가 거들어주고 부축해준다면 다시 일어설 수 있습니다. 가끔

은 속는 셈 치고 누군가에게 지친 어깨를 한번 내어주는 것
은 어떨까요?

↘↘↘
사기꾼의 아들

어느 날 출소 후 사회에서 잘 살고 있는 수경 씨를 교도소에 초대해서 출소 후 어려움을 극복한 체험담을 듣기로 한 시간이었습니다. 생각지도 않았던 아들이 동행을 한다고 했습니다. 수용생활을 했던 본인도 선뜻 출소 후에 교정시설에 오기 쉽지 않았을 텐데 아들까지 동행한다니 무척이나 뜻밖이었습니다. 수경 씨가 구속되었을 때는 그 아들이 열 살쯤이었는데 그때는 군입대를 앞두고 있는 건장한 청년이 되어 있었습니다. 당시 어린 아들을 두고 수용생활을 했을 수경 씨의 고충도 컸겠지만 아들은 엄마가 교도소에 가고 없었던 시간과 다시 엄마가 돌아왔을 때의 고충을 담담하게 얘기했습니다.

기억을 더듬어보면 수경 씨는 교통사고와 폭력, 사기 사건이 얽혀 있어 2년 6개월쯤 수용생활을 했던 것 같습니다. 당시 수경 씨는 무난한 성격에 손끝이 야무져 교도소 직원식당에서 일을 했었습니다. 엄마가 그렇게 수용생활을 하고 있을 때 열 살짜리 아들은 친가 쪽에 가면 '못된 니 사기꾼 어미'라는 말을, 외가 쪽에 가면 '아이고 불쌍한 니 어미'라는 말을, 그리고 피해자들에게는 더한 욕설을 듣기도 했다는 겁니다.

그냥 내 엄마인데 누군가에게는 자신의 재산을 훔쳐간 못된 사람이고 누군가에게는 정말 불쌍하고 짠한 사람입니다. 도대체 우리 엄마는 어떤 사람인지 혼돈이 오기 시작했습니다. 그 혼란스러움은 수경 씨가 출소하고도 한참이나 계속되었고 엄마를 믿고 이해하기 쉽지 않았지만, 이제는 그때 엄마의 상황과 주위 어른들의 입장을 이해하게 되었다고 합니다. 무엇보다 엄마의 깊은 사랑을 알게 되었다고 합니다. 그러면서 그 소년은 당부했습니다. "앞으론 여러분들의 가족들이 이렇게 아프지 않게 해주세요"라고……. 수경 씨 아들의 짧은 호소는 사기꾼의 아들로 살아야 했던 시간과 엄마가 출소 후에도 쉬이 다가갈 수 없었던 소년의 고통을 고스란히 전해주었습니다.

십여 년 전부터 출소자의 사회복귀를 위해 다양한 직업훈련과 취업 창업지원 등은 시도되었지만 수용자 가족의 어려움을 중요한 사회적 문제로 인식한 지는 얼마 되지 않았습니다. 물론 나 역시 수용자의 취업창업지원 업무를 하면서 당장 눈앞에 보이는 수용자를 취업시켜 사회복귀하기도 어려운데 수용자 가족까지 관심을 가질 수가 없었습니다. 수경 씨 아들은 이런 내게 큰 질문을 던져주었고, 그 후 가족관계 회복프로그램을 하면서 또 한 번 느끼게 되었습니다. 출소한 친구들이 가족과 사회에 정착해가는 과정들을 직접 듣다 보니 수용자의 진정한 사회복귀를 위해서는 수용자 가족관계 회복이 중요함을 깨달았습니다.

　그러다 수용자 가족을 지원하는 단체가 있음을 알게 되었고, 그 대표님으로부터 연락이 왔습니다. 한 중학교 상담 선생님이 자기 학생을 상담하다 부모님의 구속사실을 알게 되어 그 단체와 연결이 된 경우였는데 그 아이의 엄마가 내 근무지에 수용되었다는 겁니다. 그 학생의 엄마를 만나 보니, 아이의 아빠가 먼저 구속되어 엄마가 가족들을 돌봤는데 엄마마저 구속이 되자 중학생 딸아이 혼자 남게 되었답니다. 딸아이는 자주 결석하고 최근에는 부쩍 살인과 관련된 책을 즐겨 읽는다고 했습니다. 아이의 아빠는 정신질환을 앓으며 판단력과 통제력이 극도로 악화되어 중학생 딸아이에게 자신을 빼달라거나 접견과 영치금을 강요하고 있었고, 이런 사실을 알면서도 아무것도 도와줄 수 없는 엄마는 하루하루가 유리조각을 씹는 마음이었습니다. 또 불안한 마음은 다른 수용자들과의 불화로 이어져 악순환이 거듭되었습니다. 다행히 딸은 수용자가족지원 단체의 도움으로 한결 안정을 되찾았습니다.

얼마 전 낯선 이름의 편지를 한 통 받았습니다. 우리 여자 수용자의 딸이었습니다. 엄마는 여중생인 쌍둥이 두 딸과 응급실과 중환자실을 제집처럼 드나드는 남편을 돌보다 보이스피싱으로 법정구속되었습니다. 갑작스런 구속에 넋을 잃고 있던 엄마는 자신의 수용생활보다 남편의 건강과 아이들의 안위에 도저히 마음을 잡을 수가 없었습니다. 교회 목사님이 남편과 아이들을 돌봐주겠다고 했으나 매일 소식을 들을 수 없어 불안하기는 마찬가지였습니다. 나는 세움에 이 아이들의 지원을 부탁했고 며칠 후 가족지원담당 팀장님과 두 딸아이가 함께 엄마 접견을 왔습니다. 언니는 학교를 다니다 중퇴하고 검정고시를 준비하고 있었고, 동생은 학교를 조퇴하고 온 것이었습니다. 동생은 내게 엄마의 수용생활에 대한 불만을 퍼부었고, 언니는 철없는 동생을 다독였습니다. 언니는 3분 먼저 태어났다는 이유로 가장이 되어 있었습니다. 혹여 동생의 무례한 행동으로 내가 맘이 상했을까 봐, 그 맘이 엄마에게 나쁜 영향을 미치게 될까 봐 죄송하고 감사하다는 편지를 보냈습니다. 어찌 미워할 수 있을까요. 이 불쌍한 아이들과 엄마를……. 다행히 엄마는 항소재판에서 2개월이 감형되었고, 남편도 위기는 넘겼으며, 준비하던 임대주택이 잘 진행되고 있어 얼굴에 평화를 찾을 수 있었습니다. 몇 개월 후 엄마가 출소하고 나면 이 집에는 조용한 행복들이 찾아오겠지요?

그래도 이렇게라도 부양해야 할, 또는 자신을 부양해줄 가족이 있는 경우는 그나마 한 가닥 희망이 있습니다. 수용생활이 아무리 고통스럽더라도 견뎌내고 살아야 하는데 남편이 자신의 모든 것이었던 그녀에게 남편의 사망은 스스로를 끝없는 자살의 유혹으로 끌고 갔습니다. 깊은 우울은 결국 여러 차례 자살시도와 정신질환을 가져왔고 그녀 역시 또한 사람을 살해하게 되었습니다. 혈혈단신인 그녀에게는 교정시설 안에서도 잘 살아갈 이유가 없습니다. 아무도 자신을 돌봐주거나 기다려주거나 관심을 가져주지 않기 때문입니다.

아빠가 사업체를 운영하다 경영난에 허덕이자 부부가 안팎으로 수습하기 위해 애쓰다 주변인들에게 돈을 빌리고, 그렇게 마무리가 잘되면 다행이겠지만 악순환이 거듭되면서 구속이 됩니다. 가장의 구속으로 사업체도 문을 닫고 직원들 급여, 물품 대금 등이 채무가 됩니다. 남은 가족들의 생계를 위해 아내도 식당 설거지를 하며 아이들 뒷바라지를 하겠다고 나섭니다. 이렇게 근근이 살아가다 아빠가 출소하니 그동안 밀린 채무를 받기 위해 채권자들이 찾아와 다시 전쟁은 시작됩니다. 그러다 보면 출소해서 잘 살아보겠노라고 굳게 다짐했던 마음들은 자리를 잡지 못하고 방황하게 됩니다. 가족 모두 아빠만 출소하면 나아지리라고 기대했지만 오히려 혼란스러워 다시 아빠는 가출합니다. 믿었던 아빠에게 다시 배신당하는 가족들……

그런가 하면 사고를 쳐놓고 교도소에 갔던 딸이 너무 안타깝고 돌이켜 보면 잘못했던 시간들이 후회되어 출소하면 서로 잘 살아보자고 마음먹고 함께 살기 시작합니다. 아무리 사랑하는 가족이라도 좋을 때도 있지만 힘든 때도 있는 법, 어쩌다 한마디씩 서운한 말들이 가시가 되어 상처를 줍니다. 그 상처들로 인해 다시 갈등이 시작됩니다. 이때는 함께 살면서 더 곪아 터지기 전에 적당한 거리를 두고 서로의 역할을 하다 어느 정도 회복되고 안정된 후에 다시 함께 살아보는 것도 방법입니다.

때로는 침묵하기도 합니다. 다시 집으로 되돌아왔지만 아무도 긴 공백에 대해 말하지도 듣지도 않습니다. 그 긴 시간 동안 서로의 고통을 충분히 이해했지만 딱지가 되어버린 상처를 꺼내 들여다보고 싶지 않고 볼 용기도 없어 그냥 그대로 묵혀 버립니다. 마음 저 깊은 곳에 묵혀 두었다고 없어지는 것이 결코 아닌데 언제쯤 그 딱지를 떼어버릴 수 있을지…….

구속으로 인해 가장 고통스러운 사람은 물론 당사자인 본인이겠지만 사실은 가족들이 더 고통스러운 날들을 보내기도 합니다. 주위 사람들이 범죄자의 가족이라는 사실을 알고 손가락질할까 봐 두렵기도 하고, 구속된 사람이 가장이라면 당장 누군가는 대신해서 생계를 유지해야 하기에 생활고에 시달리게 됩니다. 그런가 하면 범죄피해자들이 찾아와서 행패를 부리기도 합니다. 그런 고통스런 날들 가운데에서도 구속된 가족들을 위해 영치금이라도 마련해서 접견을 가야 하니 삶이 얼마나 고된지 모릅니다.

젊은 아빠가 있었습니다. 두 아들과 아내를 두고 구속되자 어린아이들의 분유와 기저귀를 살 돈도 없습니다. 엄마는 평소 남편을 탐탁지 않아 했던 친정에 남편의 구속사실을 알릴 수도 없고, 시댁에서는 나 몰라라 합니다. 당장 아이들 먹을 게 없습니다. 아직 젖먹이인 아이들을 두고 돈을 벌러 나갈 수도 없고, 집안 상황이 그쯤 되면 구속된 아빠 역시 맘 편히 수용생활을 하기 어렵습니다. 마침 이런 딱한 사정을 알고 도와주시는 분이 계셨습니다. 아빠가 수용된 기간부터 출소해서 안정이 될 때까지 매달 아이의 분유와 기저귀를 지원해주셨습니다.

참 감사한 일입니다. 가장 힘들고 절망적인 순간 누군가의 따뜻함으로 위기를 극복한 가족들은 훗날 누군가에게 또 다른 따뜻한 손을 내밀 수 있겠죠?

　많은 수용자의 자녀들이 부모님의 구속으로 제2의 범죄
피해자가 되기도 합니다. 범죄자의 자녀라는 인식과 생활고,
불안정한 삶으로 또 이 자녀들은 가해자가 되기도 합니다.
범죄자에 대한 처벌은 불가피하지만 선의의 피해자가 생기
지 않도록 우리 모두 조금만 관심을 기울이면 좋겠습니다.

대표님 우리 애들 좀
채용해주세요

오랜 시간 교정본부에서는 갇힌 이들의 수용관리에 집중했었는데 2008년부터는 그동안 담 안에만 한정되어 있던 교정의 업무영역을 담 밖까지 확대했습니다. 근본적인 이유는 수용자의 출소 후 안정적인 사회정착으로 재범을 방지하여 사회적비용을 감소시키고, 안전한 사회를 만들기 위함입니다. 이런 목적에 따라 수용자 취업과 창업을 지원하는 업무가 시작되었습니다. 전문인력 보강 없이 시작되었기에 수용관리만으로도 버거운 현실에 출소 후 삶까지 교도관이 맡아야 하는지 불평불만의 대상이 되고 있었지만 평소 수용자의 출소 후 사회복귀에 관심이 많았던 나는 그 일을 해보고 싶었습니다.

국내 유일한 청주여자교도소를 제외한 대부분 교정기관

에는 남자수용자들이 90% 이상을 차지하고 있습니다. 남자
수용자와 여자수용자는 당연히 분리하게 되어 있지만 교도
관과 수용자의 관계에서도 여자수용자는 여자교도관이, 남
자수용자는 남자교도관이 관리하고 있습니다. 당시 내가 근
무하고 있던 교정기관도 남자수용자가 대부분이었기 때문에
취업과 창업지원 업무의 주요 대상 역시 남자수용자들이었
습니다. 그럼에도 불구하고 여자교도관인 내가 그 일을 해보
고 싶어 하는 것 자체가 문제의 발단이었습니다. 그동안 굳
게 닫혀 있던 성性벽을 넘어서겠다는 도전과도 같았습니다.

무작정 해보고 싶다는 의지만으로 그 일을 지원할 수는
없었기에 업무에 도움 될 전문지식을 습득해서 말도 안 된다
는 그 일을 하기 위해 대학원을 진학했습니다. 마침 이런 내
의지와 열정을 알아주는 분이 있어 그 업무를 맡을 수 있게
되었고, 나는 그 기회에 내가 하고 싶었던 실제 상담, 교육,
취업, 사후관리까지 제대로 해보고 싶었습니다. 많은 사람들
이 말도 안 된다는 그 일이 결코 기획 공문에서만이 아니라
현실적으로 가능하다는 것을 보여주고 싶었습니다.

내 어릴 적 별명처럼 무모한 자신감으로 충만한 돈키호
테는 우선 명함을 찍어 수용자들의 멘토가 되어 줄 봉사자들
을 찾아다니고, 협력업체 발굴을 위해 발품을 팔았습니다.
교도관들은 고위직이거나 꼭 필요한 경우를 제외하고 명함

을 만들지 않습니다. 외부에 교도관인 것을 자랑할 만하지 못해서일 수도 있고, 어설프게 알려지면 수용자들 잘 봐달라는 부탁이나 받게 되기 때문입니다. 경기북부 취업박람회장에 가서 업체 부스마다 인사하고 방문 취지를 말씀드리고 명함을 드렸습니다. 그날을 시작으로 내 협력업체는 하나씩 늘어갔습니다.

취업박람회에서 알게 된 경기북부환편조합과의 인연을 시작으로 당시 환편조합장님의 업체부터 채용을 시작했습니다. 조합장님 업체에서 어느 정도 자리를 잡고 나니 다른 업체들에서도 채용하겠다고 연락이 오기도 했습니다. 차츰 섬유산업만이 아니라 다양한 구인업체 확보를 위해 퇴근 후에도 여러 단체, 기업 및 기업인 회의 등에 참석하여 출소자 사회정착을 위한 기업인들의 참여를 독려하곤 했습니다. 이렇게 출소자 채용에 관심 있는 기업들이 생기면 시간 나는 대로 업체들을 직접 방문하곤 했습니다. 그렇게 출소자를 채용하려는 뜻있는 업체가 하나 둘씩 늘어나기 시작했습니다.

그중 특별히 기억되는 분이 있습니다. 그 업체는 섬유가공회사였는데 생각보다 작업현장이 깔끔하게 정돈되어 있었고 좀 더 특별한 것은 대표님 방 옆에 있는 예배당이었습니다. 알고 보니 그 대표님은 장로님이라고 했습니다. 종교적 사명을 가지고 출소자 재범방지에 기여하고자 하셨습니다.

마침 그 대표님께 부탁드리고 싶은 사람이 있었습니다. 성 관련 범죄로 자신의 형기를 마치고 출소가 얼마 남지 않은 호석이었습니다. 일반 사건이 아니고 성 관련 범죄라 더 조심스럽고, 개인 신상이 노출될 우려도 있고, 전자장치를 부착해야 될 수도 있기에 특별히 주의를 기울여야 하는 경우였습니다. 그렇기에 남다른 사명감을 가진 분이 절실했습니다. 마침 대표님은 신앙심이 깊고 선도하려는 의지가 강하신 분이어서 적임자라고 생각되었습니다. 호석이의 동의를 구하고 대표님과 총무부장님께 호석이의 신상에 대해 말씀드리고 만약의 경우에 대비할 수 있도록 했습니다. 참 다행스럽게도 호석이는 전자발찌를 차거나 신상공개 대상에서 제외되었고, 더 다행스럽고 고마운 일은 그 업체에서 단단히 제 몫을 해주고 있습니다.

몇 해 전 겨울 경기북부지역에는 지독한 폭설이 내렸습니다. 많은 이들이 출근 자체만으로도 지쳤을 무렵 공장 기숙사에서 지내고 있던 호석이는 새벽부터 공장 주변의 눈을 쓸었습니다. 직원들이 출근해서 만난 공장 주변은 눈이 말끔하게 치워진 후였습니다. 평소 업무도 꼼꼼하게 잘하는 데다 폭설까지 치워낸 호석이에 대한 감동으로 오 대표님은 호석이 같은 직원 한 사람을 더 채용하기 위해서 지금도 교도소 구인구직만남의 날 행사에 참여하고 계십니다.

수철이가 전자발찌를 부착한 상태로 가석방을 나가게 된다는 소식을 들은 새어머니는 법무부에 수철이의 가석방을 취소해달라고 요청했습니다. 수형자들이 가석방을 위해 참고 인내한 노력들이 얼마인데 취소신청이라니⋯⋯.

　「형법」 72조에 의하면 가석방의 요건에 대해 '징역 또는 금고의 집행 중에 있는 자가 그 행상이 양호하여 개전의 정이 현저한 때에는 무기에 있어서는 20년, 유기에 있어서는 형기의 3분의 1을 경과한 후 행정처분으로 가석방을 할 수 있다'고 명시하고 있습니다. 가석방이란 자유형의 집행 중에 있는 수형자가 일정한 형기를 집행하고 교정성적이 우수하며 뉘우치는 빛이 뚜렷하여 재범의 위험성이 없다고 인정되는 경우에 형기종료일 이전에 석방하고, 가석방 기간이 경과한 때에는 형의 집행을 종료한 것으로 간주하는 행정처분의 일종입니다. 이 가석방은 수형자의 권리가 아니라 행정처분이기 때문에 사건내용, 보호관계, 수형생활태도 등을 고려하여 기관에서 베풀어주는 은혜적인 급부인 것입니다.

　미결수용자들에게 수용생활 중 징벌 등을 받았을 경우 하게 되는 양형통보가 중요한 제도적인 통제장치라면 기결수형자들에게 가석방은 수형자 스스로 수용생활태도를 통제할 수 있는 아주 강한 족쇄입니다. 때로는 가석방을 위해 간과 쓸개를 빼고 담당 교도관들에게 잘 보이려고 노력하고,

수용자들끼리 가석방을 내주겠다며 사기를 치기도 합니다. 그래서 매월 분류심사를 받는 날 기결 수용동은 눈치를 좀 봐야 합니다. 누군가는 가석방 심사가 되어 기분이 좋은데, 누군가는 기대했던 가석방 심사를 받지 못해 몹시 좌절하고 우울한 상태에 심지어는 분노까지 느끼는 경우도 있습니다. 이렇게 수형자들이 중요하게 생각하고 거의 목을 매고 있는 가석방을 취소해달라니……

알고 보니 수철이 새어머니는 아직 어린 아들을 전자발찌를 부착한 형과 함께 살게 하고 싶지 않았던 것입니다. 그렇다면 집이 아닌 다른 곳으로 가면 됩니다. 어디로 가야 할까요? 가족들도 전자발찌를 찬 수철이를 거부하는데 누가 받아줄 수 있을까요? 가장 좋은 방법은 혼자 쓸 수 있는 기숙사가 있는 업체에서 일을 하면서 가석방 기간을 보내는 것입니다. 출소 후 수철이의 거주지를 경기남부에서 취업예정지인 경기북부로 옮기고, 수철이가 취업할 업체 대표님께는 보호관찰 내용을 자세히 설명드렸습니다. 다행히 대표님은 이런 딱한 사정을 이해해 주셨고, 보호관찰에 적극 협조해주셨습니다.

그해 7월 말 수철이는 무난히 가석방을 나갈 수 있었고 방화문 업체에 취업한 후에도 누구보다 성실하게 일했습니다. 그해 12월 전자발찌를 해제하고 나서부터는 마음이 자유로워졌는지 재취업 준비를 시작했습니다. 교도소에 들어오기 전 중장비 관련 일을 오랫동안 했었기에 출소 후 다시 그곳으로 돌아가기는 부담스러웠던 모양입니다. 수철이는 참 고맙게도 내가 일러준 그 길을 차곡차곡 잘 따라와 주었습니다. 자칫 전자발찌 때문에 가석방을 취소해달라던 새엄마에 대한 분노가 또 다른 더 큰 범죄로 이어질 수도 있었는데 그런 큰일을 사전에 막을 수 있었습니다. 그런 위기가 닥쳤을 때 누군가에게 도움을 요청하고 홀로 설 수 있을 때 자신의 경력에 맞게 스스로 진로를 재설계하기를 권유했는데, 수철이는 전자발찌를 차고 있던 그 기간은 제조업에 충실하고 진정한 자유인이 되자 그때부터 스스로 재취업 준비를 한 것입니다.

수철이가 취업했던 이듬해 5월 어느 날이었습니다. 다음 주 화요일부터 강원도에 있는 중장비 업체에 출근하기로 했다고 전화가 왔습니다. 왜 집으로 안 가고 강원도냐는 질문에 자신의 전과 때문에 동네로 가기가 그렇다고 합니다. 왜 화요일부터 일을 하느냐는 질문에 수철이는 의미 있는 한마디를 했습니다.

"그동안 돌봐주신 사장님께 지난주에 퇴사 인사를 못 드려서, 월요일 출근하시면 인사드리고 가려고 화요일부터 출근하기로 했습니다."

정말 가슴이 뭉클했습니다. 비록 한때의 실수로 수형자가 되었었지만 누구보다 사람의 도리를 다하고 있는 그 녀석이 참 고마웠습니다.

많은 사람들은 이렇게 말합니다. 아무리 정성을 들여도 사람 바뀌지 않는다고……. 맞습니다. 사람 바뀌기 어렵습니다. 하지만 사람은 바뀌기 어려워도 상황과 환경은 바뀔 수 있다고 생각합니다. 간혹 환경이 뒷받침되지 못하여, 또는 한때 잘못된 판단으로 그릇된 행동을 한 사람들에게 기회를 주는 것은 어떨까요? 모든 출소자들이 전과자라는 이름으로 평가되어서는 안 된다고 생각합니다. 그동안 잘못된 것 사체도 모르고, 어떻게 살아야 하는지도 모른 채 살았던 그들에게 자신을 돌아보고, 가족과 피해자와 사회를 돌아볼 수 있는 성찰과 반성의 시간을 주는 것은 어떨까요? 이들이 새롭게 태어나고, 새롭고 긍정적으로 변한 그들이 우리의 이웃으로 돌아오게 하는 것은 어떨까요?

십여 년 전 어떤 출소자가 일가족을 살해한 사건이 크게 보도되었습니다. 그 출소자는 지방 교도소에서 단기형을 복역하고 출소하였지만 가족들에게 돌아갈 수 있는 형편이 되지 않았습니다. 그래서 출소자 지원 시설에서 일용직을 하며 지내고 있었습니다. 여느 날처럼 고된 건설현장의 일과를 마치고 지친 몸과 마음을 달래기 위해 술 한잔하고 숙소로 돌아가는 길에 어느 집에서인가 가족들의 행복한 웃음소리가 들렸습니다. 그저 부러운 것이 아니라 상대적인 박탈감 때문에 분노가 치밀어 그 웃음소리를 따라가 일가족 모두를 살해했습니다. 만약 그 출소자에게 돌아갈 집과 반겨줄 가족이 있었다면 그 역시 하루 고된 일과를 마치고 행복한 마음으로 가족들에게 갈 수 있었을 텐데……. 그 사건이 있고 난 후 지인들을 통해서 들은 소식은 나를 더 당혹스럽게 만들었습니다. 살해당한 일가족이 우리 직원의 친척이었다는…….

누군가는 많은 이들의 관심을 받으며 수용생활을 하고 출소 후에도 가족들이나 지인들에게 돌아갈 수 있지만, 돌아갈 곳이 없는 이들도 자신의 형기를 마치고 나면 사회로 돌아가야 합니다. 그들이 출소해서 사회로 돌아왔을 때 모든 사람이 자신과 관련된 사람이 아니라고 하면서 무조건 배척한다면 출소자들은 특정 개인이 아니라 사회와 그 사회의 구성원들에게 분노를 품고 더 큰 범죄를 저지를 수도 있습니다. 예전에 범죄피해자는 주로 지인들이었지만 요즘은 불특정인이거나 불특정 다수, 즉 사회 구성원 모두가 되고 있습니다. 요즘 같은 세상엔 언제, 누가 범죄의 피해자가 될지 모를 일입니다. 일가족을 살해한 그 출소자가 자신의 잘못을 제대로 반성하고 자신의 삶을 설계할 수 있었더라면, 가족이나 지인 중 누구라도 자신을 받아들여주고 이해해주고 도와

췄더라면, 사회의 누군가 한 사람이라도 자신을 따뜻하게 보 듬어 주었다면 오히려 그 사람은 또 다른 누군가에게 힘이 되고 희망이 되지 않았을까요?

빨간 줄

교도소를 상징하는 높은 담은 물질적으로 외부세상과의 차단을 의미하기도 하지만 마음의 벽이 되어 단념, 체념을 의미하며 아예 오르기를 시도하는 것조차 단념하게 하기도 합니다.

혹시 사람들과의 관계에서 누군가에게 마음의 담을 쌓은 경험은 없으세요? 저는 몇몇 사람들에게 나와 가치관이 다르다는 이유로 내 마음에 담을 쌓아 나 스스로 그들을 진입하지 못하게 막은 적이 있고 앞으로도 그러지 않겠다고 장담하기는 어려울 듯합니다. 자신만이 담을 쌓은 주체가 되는 것은 아니겠지요. 누군가도 내가 접근하지 못하게 마음의 담을 쌓고 있을지도 모를 일입니다. 그런가 하면 누군가는 열심히 담을 쌓고 또 누군가는 그 담을 허물기 위해 노력하고 있을

지도 모를 일입니다.

　공시가격 구백만 원짜리 기울어가는 시골 흙집 담장을 허물고 나서 큰 고을 영주가 된 공광규 시인의 「담장을 허물다」라는 시처럼 마음의 담을 허물면 사람과 세상을 얻을 수 있습니다. 출소 후에도 뻔뻔하게 사기행각을 하고 파렴치한 행동을 서슴지 않는 이들도 있지만, 지난 잘못을 반성하고 새사람으로 거듭나고자 노력하는 이들도 있습니다. 또 누군가는 일정기간 수용생활을 마치고 출소 후에도 스스로 '전과자'라는 사회적 낙인에 부딪혀 스스로를 담 안에 가둬버리는 경우도 있습니다.

　낙인이란 어떤 사람 또는 집단에 대한 심한 편견으로 그들에게 부당하게 매우 병적인 내용을 담은 표식을 하고, 그 표식이 찍힌 개인 또는 집단을 소외시키고 배척시키는 행위를 말합니다. 고프먼이라는 범죄학자는 낙인은 심각한 불명예를 주고 신뢰도를 극도로 상실시키는 속성이라고 하며, 수형자에 대한 낙인은 개성적인 결함으로 정신장애자, 동성애자, 범죄자, 약물중독자, 알코올중독자, 자살기도자, 급진적 정치성향을 가진 사람 등에서 추정되는 바람직하지 못한 특성들과 관련이 있다고 했습니다. 또 다른 연구에 의하면 어떤 개인이나 집단이 낙인을 받게 되면 마치 이러한 특징을 가진 것처럼 행동하게 되고 결국에는 원래 가지고 있지 않던

특징을 가지게 된다고 합니다(박종규, 1988).

　수용자들은 전과자라는 공식적인 낙인, 사회적지지 미약, 진로단절, 경제적 어려움, 낮은 자기효능감으로 출소 후 취업에 어려움을 겪고 있습니다. 공식적인 낙인으로 지역사회는 그저 전과자와 함께 일하기 싫다고 차별하고, 「국가공무원법」 등에서 출소자의 공무담임권을 제한하며, 「부동산중개업법」을 비롯한 각종 자격취득에서 직무특성의 고려 없이 전과사실만으로 출소자들의 취업과 자격취득이 제한됩니다.

　아동청소년 관련기관 등의 장은 그 기관에 취업 중이거나 사실상 노무를 제공 중인 자 또는 취업하려 하는 자에 대하여 성범죄의 경력을 확인하여야 합니다. 성범죄 사건의 판결과 동시에 취업제한명령을 선고받은 경우에는 아동청소년 관련 기관 등과 경비업무에 직접 종사하는 경우도 취업이 제한됩니다. 다만 취업제한 기간은 10년이 넘지 않도록 하고 있습니다. 「성폭력범죄의 처벌 등에 관한 특례법」에서 신상정보를 공개하는 경우는 아동 청소년을 대상으로 성폭력범죄를 저지른 자이거나 13세 미만 아동 청소년대상 성범죄를 다시 범할 위험성이 인정되는 자로 한정하고 있습니다.

　이러한 공식적인 낙인은 물론 일정기간 사회와 단절됨으로써 자신의 이전 경력이 단절되기도 하고, 자신의 전과 사실이 드러날까 봐 기존에 하던 분야에 재취업을 못하는 경우도 있습니다. 입소 전 범죄에 이르기까지 경제적인 어려움이 악화되고 가족 및 주변인들의 정서적인 지지 또한 낮아지며 이런 종합적인 이유로 무언가 자신이 출소 후 어떤 특정한 상황에서 특정행동을 잘 수행할 수 있을 것이라는 신념인 자기효능감이 부족해지게 되는 것입니다.

한 여인은 사기사건으로 징역 5년을 복역하고 출소하였습니다. 세 아들과 딸을 남편에게 맡기고 들어와 자신의 죄를 씻기 위해 낮에는 정신병자, 거동이 불편한 환자들을 돌보고 이른 새벽이면 조용히 일어나 기도를 하곤 했습니다. 남아 있는 가족들을 위한 마음과 피해자들에게 용서를 구하는 마음의 기도였을 것입니다. 수형생활을 마치고 출소 후 혹시나 자신의 전과가 자녀들의 진로에 걸림돌이 되지 않을까 내심 걱정이 많았습니다. 며칠 전 그녀가 조심스럽게 한 마디 합니다. "계장님, 우리 큰아들이 공무원 시험 합격했어요. 형이 하는 걸 보더니 둘째도 공부한대요. 제가 안에 있어서 아이들 너무 고생시켰는데 공무원 시험마저 저 때문에 안될까 봐 걱정했었는데 다행이에요." 최종합격자가 발표될 때까지 얼마나 가슴 졸이며 기도했겠습니까? 이제는 자신이 갖고 있었던 마음의 짐을 조금이나마 내려놓을 수 있을까요?

「국가공무원법」에 의하면 "금고 이상의 실형을 선고받고 그 집행이 종료되거나 집행을 받지 아니하기로 확정된 후 5

년이 지나지 아니한 자, 금고 이상의 형을 선고받고 그 집행 유예 기간이 끝난 날부터 2년이 지나지 아니한 자, 금고 이상 의 형의 선고유예를 받은 경우에 그 선고유예 기간 중에 있 는 자는 공무원으로 임용될 수 없다"고 명시하고 있습니다. 간혹 우리 수용자들은 자신들의 범죄로 인해 자녀들의 진로 에 방해가 될까 걱정하는 경우가 있습니다. 오래전 연좌제 로 인한 오해인 듯합니다. 「대한민국 헌법」에는 "모든 국민은 자기의 행위가 아닌 친족의 행위로 인해 불이익한 처우를 받 지 않는다"고 명시되어 있습니다. 우리나라는 학연, 지연 등 의 관계로 복잡하게 얽혀 있어 범죄자 가족으로 낙인찍히는 순간부터 심리적인 고통과 경제난 등 현실적인 어려움에 놓 이지만 부모님의 범행전력은 제도적으로는 자녀들의 진로에 장벽이 되지 않습니다.

한때 대기업에 근무했던 미숙이는 출소 후 작은 제조회 사에서 아르바이트를 하고 있습니다. 열심인 그녀를 정규사 원으로 채용하겠다는데도 그녀는 도리질을 합니다. 혹시라 도 전과사실이 드러날까 봐 두려워서랍니다. 사실 법률에 명 시된 경우 외에는 전과로 인해 취업이 제한되지 않는데도 혹 시나 하는 마음에 두려운 것입니다. 시댁에선 남편과 아이들 을 힘들게 했다는 이유로, 친정에서는 또 가족들을 마음 아 프게 한 죄인이라 어딜 가든 죄인처럼 고개 숙이고 일만 했습니다. 오 년쯤 숨죽이고 살더니 이제야 조금씩 고개를 들고 살아나고 있습니다.

대부분 사람들은 교도소에 다녀오면 빨간 줄이 그어진다고 합니다. 빨간 줄은 범죄인에 대한 조선시대 자자형刺字刑이라는 문신 같은 형벌에서 유추된 것이라 생각합니다. 현대 사회에서는 주민등록 말소(거주지불명등록)와 수형자 선거권 제한을 위한 수형인명부를 의미하는 것은 아닐까 합니다. 행정기관에서는 매년 2회 이상 주민등록사실조사를 통해 실제 거주사실을 확인하여 거주하지 않은 경우 거주지불명등록으로 처리하고 있습니다. 거주지가 일정하지 않은 수용자들의 경우 지인의 주소지에 등록했다가 실제 거주사실이 확인되지 않으면 거주지불명등록 대상이 되고 이런 경우는 과태료가 부과됩니다. 과태료는 기간에 따라 부과되지만 그 기간이 수용생활로 인한 경우는 수용증명서를 증빙자료로 제출하면 과태료를 감면받을 수 있습니다.

또 하나는 수형자의 선거권 제한과 관련된 것 같습니다. 2015년 이전에는 모든 수형자가 선거권이 제한되었기에 형이 확정되면 각 지역 행정기관 수형인인명부에 등재하여 선거권을 제한했었는데, 2014년 집행유예자와 수형자에 대하여 전면적 획일적으로 선거권을 제한하던 「공직선거법」이 헌법불합치 결정됨에 따라 2015년부터 집행유예자와 징역 1

년형 미만인 자 그리고 금고 집행 중인 수형자가 거소투표를 신청하면 투표권을 주도록 개정되었습니다. 덕분에 2016년 4·13 총선에서 수형자들이 투표에 실제 참여했고 23% 정도의 참여율을 보였다고 합니다.

선영 씨는 25년 전 자신의 형기를 모두 마치고 출소했지만 스스로 아주 견고하고 높은 담을 쌓았습니다. 그동안 자신이 바라고 꿈꾸었던 삶과는 달리 남들이 손가락질하는 전과자가 되었던 자신에 대한 형벌이었습니다. 선영이 쌓은 담이 너무 높아 가족들도 친구들도 누구도 그 담을 넘지 못했고, 그런 그녀에게 나는 유일한 친구였습니다. 사실 나 역시 그녀의 친구였던가 하는 의문은 남을 수밖에 없습니다. 그저 어쩌다 서울에 올라오면 함께 밥을 먹고, 지방 출장을 갔을 때 남편과 함께 만나기도 했었고, 간혹 내게 힘들다고 외롭다고 하소연하기도 하고, 아픈 데 없는지 안부를 묻기도 했고, 자신의 진로에 대한 고민을 얘기하기도 했습니다. 그리고 내게 힘든 수용자들에게 무언가 잘 해주려고 하기보다 그저 들어주고 공감만 해줘도 큰 위로가 된다고 조언을 하기도 했습니다. 어쩌다 반찬 걱정을 하면 자기만의 레시피를 알려주기도 하고, 맥주 한잔 마시다 심심하다며 전화해서 소소한 수다를 나누기도 했습니다. 낯선 지역에서 일하며 외롭다고 공부만 하지 말고 바람 좀 쐬러 오라고 하던 그녀가 갑자기

사라져 버렸습니다. 선영이 새로이 찾아간 그곳은 담이 없는 광활한 벌판이기를, 전과라는 빨간 줄 없이 그저 평범하고 고운 여인으로 다시 태어나길…….

책 한 권이 나오기까지……

꼭 한번 책을 쓰고 싶었습니다.

집보다 학교와 직장을 더 좋아했기에 책도 그 부분을 중심으로 쓰리라 생각했었습니다. '좀 더 있다 높은 자리에 올라가 여유 있을 때 써야지' 마음먹고 미뤄두었었는데 어느 날 문득 '더 늦기 전에, 현장에 있을 때, 열정이 남아 있을 때 써야겠다'는 생각이 들어 마음이 급해졌습니다. 그렇게 시작해서 제가 하고 싶었던 이야기들, 나누고 싶은 이야기들을 중심으로 제가 쓰고 싶었던 글을 미친 듯이 썼습니다. 그러다 다시 덮었습니다. 내가 하고 싶은 이야기만이 아니라 누군가 보고 싶고 듣고 싶어 하는 글은 어떤 것일까에 대해 질문하기 시작했습니다. 그렇게 다시 시작했습니다.

몇 분의 이야기는 많은 이들에게 진한 감동을 줄 수 있었지만 그분들이 불편해질까 봐 적지 못하고 마음속에 묻어 두었고, 또 많은 이들은 자신들의 이야기가 누군가에게 도움이 되기를 바라는 마음으로 용기를 내어주었습니다. 사실 이 이야기들은 제 이야기일 수도 있고, 몇몇 수용자의 이야기, 몇몇 출소자의 이야기일 수도 있지만 모두 담장 식구들의 이야기이고 모든 세상 사람들의 이야기입니다.

'모든 사람은 책을 써야 하지만 장 교감은 반드시 써야 한다'고 격려해주시고 수시로 다독여주시던 나태주 시인님, 강의 등 일정으로 바쁘시지만 저에게 도움 되는 일이라면 기꺼운 마음으로 도와주시겠다는 김창옥 강사님, 교정인보다 더 교정의 역사와 사람에 많은 관심을 가지고 계시는 서해성 작가님, 밝고 따뜻한 세상을 위해 노력하시는 양중진 검사님, 모두 함께 춤추는 세상을 꿈꾸는 최보결 박사님, 그리고 누구보다 힘든 시간을 잘 이겨내고 잘 살아가고 있는 이○○.

자연과 사람에 깊은 애정을 갖고 찍은 귀한 사진 작품을 흔쾌히 '뜻대로 쓰소서' 하며 응원해주는 여주교도소 배대현 교위님, 원형옥의 목적과 사상을 한 장의 그림에 담아 쓸 수 있게 해주신 박재국 작가님, 그 외 소소한 일상에서 지칠 때마다 응원해주셨던 많은 분들 감사합니다. 특히 집안일보다 바깥일에 더 많은 관심을 가지고 사는 며느리, 엄마, 아내, 동생을 지켜준 가족들 고맙습니다.

많은 시간 일터에서 저에 큰 힘이 되고 많은 이들에게 사랑의 에너지를 쏟고 있는 현직 동료는 물론 지금의 교정의 기틀을 마련해준 선배님들, 그리고 또 이어나갈 미래의 교정 인들과 한때 잘못된 환경과 선택으로 교정기관의 신세를 졌으나 자기 성찰의 기회로 삼고 열심히 살아가고 있는 마중물 식구들을 비롯한 담장 친구들이 고맙습니다. 더불어 교정을 사랑하고 아껴주시는 많은 분들께 깊이 감사드립니다.

이 책이 우리 교도관들이 얼마나 가치 있는 일을 하는 사람인지 자부심을 느끼는 계기가 되고, 담장 친구들이 교정기관을 삶의 막다른 곳이 아니라 다시 태어날 수 있는 공간과 시간으로 활용할 수 있도록 작으나마 도움이 되기를. 그리고 세상의 많은 사람들이 담장 식구들을 이해하고 응원하며 '아, 그곳도 사람들이 살아가는 곳'이구나 생각해주면 좋겠습니다.

한 권의 책을 준비하면서 새삼 제가 '교정'에서 받은 선물들이 얼마나 많은지, 그래서 얼마나 행복한 사람인지 느낄 수 있었습니다. 이 책을 통해 더 많은 분들과 제 행복 에너지를 함께 나누고 싶습니다.

이런 제 마음을 담아 세상에 선보일 수 있게 도와주신 도서출판 예미 대표님과 관계자 여러분께 진심으로 감사드립니다.

가을입니다. 부디 아프지 마세요.

저자 장선숙

장선숙 교도관께 드리는 감사의 글

"차 마실래?"

이 한마디는 흔히 할 수 있는 말이지만 그렇지 못한 곳노 있습니다. 저는 작가님과 수용자와 교도관들만 존재하는 담장 안에서 서로 다른 옷을 입고 만났습니다. 그 세상은 교도관의 조그마한 관심이 수용자들 사이에서는 시기와 질투가 되어 싸움이 되기도 하는 곳이었습니다. 저 역시 그 전쟁터에서 살아남기 위해 발버둥 치던 한 사람으로 그 고통의 시간에서 잠시나마 해방이 되고, 딸에게 조금이라도 당당한 엄마가 되기 위해 검정고시를 준비하게 되었습니다.

그분과는 고졸검정고시 모의고사장에서 처음 만났습니다. 시험감독을 위해 사복차림의 여자가 왔는데 그분이 유일한 여자수험생인 저에게 던진 첫마디는 "차 마실래?"였습니다. 그냥 차를 준 게 아니라 어떤 차를 마실 건지 제 의견을 물어주셨고 저는 왠지 모를 편안함을 느끼며 시험을 마쳤습니다. 그 순간 나도 모르게 "계장님과 상담하려면 어떻게 해야 돼요?"라고 말해버렸습니다.

2018년 1월 그분이 우리 여자수용동 기동팀장으로 오시자 나도 모르게 어깨에 힘이 들어가기 시작했습니다. 그분을 통해 외부 상담전문가와 우편으로 상담을 하며 조금씩 저를 돌아보게 되었고, 점점 경직되었던 제 몸이 부드러워지고 얼굴도 편안해져 갔습니다. 그분의 따뜻한 한마디는 저에게 최선이라는 씨를 뿌리고 기쁨을 수확하는 경험을 선물했습니다. 검정고시는 나름 우수한 성적으로 합격했고, 작업장 봉사원의 역할, 출소 후 취업을 위해 허그일자리 프로그램 참여, 가족만남의 집, 출소 후 취업준비와 신용회복 등 사회적응 전반을 도와주셨습니다.

교도소에 들어가기 전 저는 항상 눈을 뜨면 사채업자들의 빚 독촉을 받을 휴대폰이 없는 세상에서 살고 싶다고 빌고 또 빌었습니다. 제 바람처럼 결국 휴대폰 없는 담 안에서 3년을 살게 되었지만 결코 그 안에서 보낸 시간을 후회하진 않습니다. 죗값 달게 받고, 그전에 보지 못했던 좀 더 발전한 저를 보게 되었으니까요. 지금의 저는 가구 제조유통회사에서 170만 원 정도의 월급을 받으며 입소 전에 진 빚을 갚고 채 40만 원도 되지 않는 돈으로 딸과 함께 작은 원룸에서 행복하게 살아가고 있습니다.

"출소하면 돈 많이 벌어 딸에게 해주고 싶은 거 다 해주고 싶다"는 내 말에 "딸에게 부끄럽지 않고 당당하고 닮고 싶은 엄마가 되는 것이 더 중요하다"고 하셨던 그 말씀처럼 평범한 워킹맘처럼 일하고 딸과 함께 도서관에 가서 책도 보고 문화생활도 하며 또 다른 꿈을 꾸어봅니다. 대학생이 되는 것입니다. 아직은 당장 먹고살아야 하기에 바로 시작할 수 없지만 곧 시작하게 될 겁니다. 지금 제 옆에는 제가 닮고 싶은 그분이 가까이 계시니까요. 그분의 한마디, 그분이 내밀어주셨던 손을 이제는 제가 힘과 용기가 필요한 모든 이들에게 내밀고 싶습니다. "차 마실래?"라고 …… 말입니다.

『왜 하필 교도관이야?』는 한 편의 소설 같기도 하고, 때로는 너무 적나라한 현실이기도 합니다. 나는 이 책을 읽다 부부입소한 후 딸을 데리고 찾아온 분의 이야기를 들으며 가슴이 울컥 했습니다. 딸을 가진 부모라는 점과 그 딸의 꿈이 제 꿈이기도 했기에 너무도 가슴에 와닿았습니다. 언젠가부터 교도관이라는 꿈을 갖게 되었는데 수형자들은 자격이 제한된다는 사실을 나중에야 알게 되었습니다. 제가 이룰 수 없는 그 꿈을 그분의 따님이 이룰 수 있기를 응원합니다.

이 책에는 절망의 공간에서 누군가의 관심과 사랑으로 변화되어가는 순간과 과정들이 담겨 있습니다. 그분이 늘 말

쓸하셨던 것처럼 세상의 밑바닥이라는 곳에서 탱탱한 고무 공이 되어 되튀어 오를 수 있는 힘을 느낄 수 있습니다.

저는 수용생활을 하면서 어떤 교도관도 수용자의 마음을 헤아리지 못하고 또 헤아려줄 교도관도 없다고 생각했었습니다. 하지만 역시나 이번에도 저의 생각은 빗나갔습니다. 30년의 경력과 매의 눈 그리고 자애로운 마음을 제가 감히 헤아릴 수 없었습니다. 저 혼자만 세상의 모든 고통을 다 지고 있다고 생각했었는데 장 계장님이 주신 숙제 '감사하기 훈련'을 하며 제 얼굴이 환해지기 시작했습니다. 그리고 이 글들을 통해 저보다 더 어려운 환경에서도 버텨내고, 또 이겨내는 이들이 있음을 알았습니다. 이제는 제가 그분의 뒤를 따라 차 한잔의 쉼과 힘이 되도록 노력하겠습니다.

편견을 교정하는 어느 직장인 이야기

왜 하필 교도관이야?

초판 1쇄 발행 2019년 10월 31일
초판 6쇄 발행 2023년 5월 13일

지은이 장선숙
발행처 예미
발행인 박진희

편집 이정환
디자인 김민정

출판등록 2018년 5월 10일(제2018-000084호)

주소 경기도 고양시 일산서구 중앙로 1568 하성프라자 601호
전화 031)917-7279   팩스 031)918-3088
전자우편 yemmibooks@naver.com

ISBN 979-11-89877-14-9 (03810)

이 도서의 국립중앙도서관 출판예정도서목록(CIP)은 서지정보유통지원시스템 홈페이지
(http://seoji.nl.go.kr)와 국가자료공동목록시스템(http://www.nl.go.kr/kolisnet)에서
이용하실 수 있습니다. (CIP제어번호 : CIP2019040762)